CSI：科学捜査班

ダブル・ディーラー

マックス・アラン・コリンズ
鎌田三平＝訳

角川文庫 13737

CSI: CRIME SCENE INVESTIGATION
DOUBLE DEALER

作家であり、師であり、よき指導者である
わが友デビッド・R・コリンズの思い出に捧《ささ》ぐ

M・A・CとM・V・Cより

科学的追究により、
犯罪学の達人は
物的証拠に語らせる。
血液から、銃から、薬物から、
毛髪から、繊維から、金属片から、
タイヤ痕《こん》から、道具の痕跡から、そして弾丸から、
真実を引きだすのだ。

——ジャック・ウェッブ

〈ラスベガス市警科学捜査班（CSI）のメンバー〉

ギル・グリッソム……特殊技能：昆虫学。科学捜査班主任。状況判断の冷静さと思慮深さを併せ持つ、チームの要《かなめ》

キャサリン・ウィロウズ……特殊技能：血痕分析。元ストリップ・ダンサーという異色の経歴の持ち主。娘と仕事を愛する犯罪学者

ウォリック・ブラウン……特殊技能：オーディオ・ビジュアル分析。チームで唯一のベガス出身者。腕は優秀だが、ギャンブル好きなのが唯一の弱点

ニック・ストークス……特殊技能：毛根・繊維分析。真面目で明るく仕事熱心だが、女癖が悪いのが欠点で、トラブルに巻き込まれることも

サラ・サイドル……特殊技能：元素分析。ハーヴァード出身の才女。グリッソムに引き抜かれてCSIへ

アル・ロビンス……検視官

グレッグ・サンダース……CSI技師

テリー・サドラー……コンピューター技師

〈その他の主な登場人物〉

ジム・ブラス……ラスベガス市警殺人課警部。科学捜査班の元ボス。グリッソムたちと連携して犯人逮捕を目指す
オライリー……ラスベガス市警殺人課部長刑事
リック・カルペッパー……FBI特別捜査官
フィリップ・ディンゲルマン……シカゴの弁護士
マラキー・フォルトゥナート……十五年前に失踪《しっそう》したカジノ従業員
ジョイ・スター……マラキーと一緒に失踪したストリッパー。本名モニカ・ペティ
アニー・フォルトゥナート……マラキーの妻
ゲリー・ホスキンズ……アニーの恋人
バリー・トーマス・ハイド……レンタルビデオ店経営者
マージ・コスティチェク……元ストリップ店経営者

1

かんだかいサイレンが朝の大気を切り裂き、青、赤、青と点滅をくりかえすダッシュボードに置かれたライトで周囲の車を照らしながら、黒のシボレー・タホがラッシュアワーの九十五号線を縫うように走っていた。オレンジに輝く太陽が、雲を薄赤色に染めながら昇ってくるところだったが、件《くだん》のSUV（スポーツ・ユーティリティ・ヴィークル）のエアコンは、すでに七月の熱気と戦っていた。

SUVの助手席に乗っているのはギル・グリッソム、ラスベガス市警科学捜査班（CSI）の夜番専従主任である。運転しているのはウォリック・ブラウン、階級はグリッソムのすぐ下のCSIレベル3だった。後部座席にいるのは、レベル2のサラ・サイドルだ。ステアリングを左右に切り、車の間をすり抜けていくウォリックの顔には、なんの感情も現れていない。ペンキが乾くのを観察しているような顔だ。

グリッソムは少年っぽさの残る整った容貌《ようぼう》の持ち主だが、茶色の髪には白いものが混じり、目尻《めじり》と口元にはしわが刻まれていた。このところ、主任に昇進したことによる雑務で老けこんできたのだ。犯罪捜査をこよなく愛してはいるものの、昼番主任であるコンラッド・エクリーとしょっちゅうやりあい、予算は引き締められ、部下の管理という重責をになっているおかげで、変わらぬ若さを保っていたグリッソムにも、老いが忍び寄ってきている。もともとあまり眠らなくても平気な性質《たち》だが、最近ではほとんど眠れなくなってしまったため、老化にさらに拍車がかかっていた。

ＳＵＶが前方のホンダに急接近する。ウォリックが右に急ハンドルを切り、フェデックスのトラックにあやうくぶつかりそうになって、今度は車を左に振り、青いリンカーンのストレッチリムジンをぎりぎりでかわす。

後部座席のサラがわめいた。「ちょっとウォリック、被害者が今以上に死ぬことはないんだから、スピードを落として」

ウォリックはサラの発言を無視し、車線を急変更してタクシーを抜き去ると、元の車線にひょいと戻った。

「どうしてわたしに運転させなかったんです？」シートベルトをいっぱいに張って左右に揺さぶられながら、サラは上司に訴えた。「主任、ウォリックになんとか言って」

サラの抗議が聞こえなかったのか、グリッソムは赤みがかった空に目を向けた。自分でも気づかないうちに静かに口ずさむ。「夕焼けは船乗りの喜び、朝焼けは船乗りの心配」

サラが前に身を乗りだした。「なんですって、主任？」

「格言じゃないですよね」とサラ。「なにかの引用をまくし立てるつもりじゃないわよね。このとんでもない……」

グリッソムは雲を注視したまま首を振った。「なんでもない」

「船乗りですか？」ウォリックが訊《き》いた。「主任、ぼくらは砂漠の真ん中にいるんですよ」

「黙って」サラがぴしゃりと言った。「ちゃんと道路を見なさい」

ウォリックはルームミラー越しにサラを一瞥《いちべつ》し、にっと笑うと一気に三車線をまたぎ、右に急ハンドルを切ってディケーター・ブルバードに入った。数秒後、SUVはブレーキの音も高らかに、ビーチコマー・ホテル・アンド・カジノの正面に停車した。

「六分二十七秒」ウォリックはドアをさっと開け、上司に向かって自己満足の笑みを向けた。「応答時間としてどんなもんでしょう?」

ウォリックはしなやかな身のこなしで車から飛びだそうとしたが、グリッソムに肩をつかまれて驚いた。グリッソムはいつもの物静かで親しみさえ感じさせる声で、しかしきっぱりと言う。「今後は、特に指示されないかぎり制限速度を守るんだ、分かったな、シューマッハ?」

ウォリックは従順に笑ってみせた。「はい、主任——すみません」

うしろのサラがうんざりしたように首を振りながら悪態をついた。その動きにつれて首からさがったIDカードが揺れる。車をおりたサラは、フィールド・キットの入った黒い小型のスーツケースを引っ張りだしながら言った。「みんな死んじゃうわよ。そしたら誰が現場検証をしてくれるのかしら? 本当に、みんな死んじゃうわ」

グリッソムはふりかえり、開け放った後部ドアの向こうにいるサラを、サングラス越しに見た。サラは視線の意味を理解して口をつぐんだ。

ウォリックは車の後部から自分のケースをとりだすと、サラにならんだ。車をおりたグリッソムがフィールド・キットの入った銀色のハードケースを持って、先頭に立った。朝早いためにホテル前の歩道に人影はまばらで、客よりもホテルのドアマンの数のほうが多い。まもなく正面玄関というところでジム・ブラス警部が忽然《こつぜん》と現れ、グリッソムにならんだ。

ブラスが口を開いた。「ホテルの支配人は、こちらがいつ引きあげるか知りたがってる」

「なぜです？」

ブラスは悲しげな目を瞬《しばた》かせた。「なぜだって？　事件があったフロアで部屋に足止めを食っている客を、解放してやれるからさ」

首を振りながらグリッソムが訊く。「なんと答えるんですか？」

ブラスは肩をすくめた。「できるだけ早く」

丸々と太ったドアマンが進み出て、大きなガラス製のドアを開けてくれた。サングラスをはずしてけばけばしいロビーを通り抜ける――スロットマシンが回転する音、ルーレットの上をボールが転がる音、ディーラーのコールなど、カジノ特有のガチャガチャジャラジャラした音が響いていたが、グリッソムは意識から閉め出す――ブラスは一行を先導し、右手にならぶきらびやかなエレベーターに向かった。

「被害者はどこです？」ウォリックが訊いた。

「四階だ」とブラス。「自分の部屋のすぐ前の廊下で、頭に二発食らってる。小口径、たぶん二二か二五口径だろう。揉《も》みあいで撃ったらしい。ただの強盗事件だったのかもしれん」

「すぐに分かるでしょう」グリッソムが言った。早い時期の仮説など興味がない。「ビデオはありますか？」

ストリップ地区に建つリゾート・ホテルには、たいていすべての廊下に防犯ビデオカメラがそなえつけられている。だがビーチコマーのようにストリップ地区をはずれたホテルでは、すべてにカメラがあるわけではない。

ブラスはうなずいた。「警備本部室に用意してある。いつでも見られるぞ」

エレベーターに乗り、宿泊客や従業員に聞かれる恐れがなくなったところで、グリッソムはブラスに向き直った。「支配人に、やるべきことをやったら終わると言ってください。客を部屋からだすのにクレーンを使うことになっても知ったことじゃない。現場を荒らさせはしません。部下の仕事が終わるまでは、犯罪現場はホテルのものではありません」

ブラスは降参とばかりに両手をあげた。「分かった、分かった。支配人に話しておく。こちらはただ、きみが支配人を敵に回さんように気を使っただけだ」

グリッソムは大きく息を吸い、心持ち下を向いて息を吐いた。「できるだけ迅速にやると伝えてください。だが、手っ取り早くできる仕事じゃない」

チャイムが鳴り目的の階に着いたことを告げた。ドアが開き、現場検証がはじまった。エレベーターをおりたグリッソムは左手を見た。エリン・コンロイ刑事が、二十歳そこそこの若い男から事情聴取をしていた。白いシャツに黒い蝶ネクタイとスラックス——ウェイターだ。

CSIのメンバーは、エレベーターをおりたところでラテックスの手袋をはめる。

「デビッド・カッパーフィールドそっくりじゃないか」グリッソムのうしろでウォリックが小声で言った。

「あのウェイターでしょ」サラがおもしろがって言った。「そうね、ほんと」

グリッソムがふたりに向き直った。「誰だって？」

サラが眉《まゆ》をつりあげた。「主任——ベガスに住んでいるのにデビッド・カッパーフィールドを知らないの？」

「ディケンズの小説の登場人物だろう。ちがうか？」とグリッソム。

サラとウォリックは黙って視線をかわした。

グリッソムは先頭に立って歩きだした。左にはブラスがおり、ウォリックとサラはうしろからついてくる。事件現場のはしで警戒に当たっている制服警官の前で、グリッソムは足を止めた。巡査の向こうには、客室のドア前のアルコーヴ（奥まった部分）に倒れている遺体が見えた。大きな丸い銀色のトレイが廊下に転がり、スパゲッティとミートソース、それにグリーンサラダの中身がそこらじゅうに散らばっている。花瓶から落ちた白いカーネーションが一輪、遺体の足元に落ちていて、間に合わせの献花のようだ。

「きみが来てから、誰かここを通ったか？」グリッソムが質問した。

ガルシア巡査は首を振り、廊下の反対側にいるひょろりとした巡査を指さした。「相棒のパーソンが、支配人には奥の非常階段を使用させました」

「上出来だ」

「ありがとうございます」

ブラスのほうを向き、グリッソムは訊いた。「被害者の身元については、なにか？」

「判明している――ジョン・スミスだ」

グリッソムはいぶかしげに片眉をあげた。

ブラスは大げさに肩をすくめた。「そう宿帳に書いてあるんだ。なにもかも現金払いだからな」

「ほう。財布は確認しましたか？」

ブラスは首を振った。「きみが現場検証をするのを待っていたんだ。以前はきみのポストにいたんだぞ、忘れたのか？」

たしかに、ブラスがCSIの主任だったのは、それほど昔の話ではない。実際、人づかいの荒さはちょっとしたものだったが、殺人課にもどってからは丸くなった。

「宿泊客の聴取はさせていますか？」

「今やらせている――両端の部屋からはじめているから、現場は荒らしていない」

「それはけっこう。それで？」

「誰もなにも見ていないし、聞いていない」

注意深く足を運び、グリッソムは遺体にかがみこんだ。

うつぶせに倒れ、頭はわずかに横を向いている。茶色の目は開いていたが、どんよりと曇ってなにも映してはいなかった。ジョン・スミスはとにかく驚いているように見えた。グリッソムは慎重に位置をかえ、傷をよく見ようとした。きれいな射入口、二発、小口径。ブラスが言うとおり――二五口径だろう。奇妙なのは傷の位置だ。被害者の頭蓋骨《ずがいこつ》のうしろに、小さな穴がコロンのように縦にならんでおり――グリッソムの目測が正しければ――ふたつの穴の間隔はぴったり一インチだろう。

グリッソムは注意深く財布を探したがなにも見つけられず、あきらめて立ちあがると部下のほうを向いた。

「足跡からだ。手順は分かっているな。ピーター・パンでもないかぎり、足跡が残っている」

一見眠たげな瞳《ひとみ》にするどい光を宿し、ウォリックがうなずいた。「すべては靴跡に行き着く」

「そうね」サラが言った。

グリッソムは場所を空けてフィールド・キットを持ったウォリックとサラを通した。「サラ、きみは指紋を頼む。ウォリックは写真を」

「朝ごはん抜きでよかった」と、サラ。

「少なくともまだ虫は湧いていないさ」ウォリックがサラに言った。昆虫とその幼虫は、気丈なサイドルにとっては、ほとんど唯一の弱点だった。

「絶対にいないとはいえないぞ」グリッソムが口をはさんだ。「ホテルはいやがるだろうが、小さなお友達はどこにでもいる」

サラとウォリックは、足跡を採取するために現場全体に通し番号を振る作業からはじめた。これには少し時間がかかるため、グリッソムはブラスといっしょにウェイターの事情聴取をしている女性刑事、コンロイのそばに行った。

胸ポケットのバッジを弾《はじ》きながら、ブラスはウェイターに声をかけた。「わたしはブラス警部、こちらはCSI主任のグリッソムです」

痩《や》せぎすで、黒っぽい髪をしたウェイターはふたりに会釈をした。

コンロイ刑事は淡々と言った。「こちらはロバート・ラフェイ……」

「ボビーです」ウェイターが口をはさんだ。

ウェイターの言葉など聞こえなかったかのように、コンロイは話しつづけた。「……ルームサービスのウェイターです。注文の品を……」メモを確認する。「……420号室に届けるところで、殺人犯と遭遇して」

グリッソムはさっとウェイターを見て、訊《き》いた。「ラフェイさん……ボビー――見たんですか、犯人を？」

ラフェイは貧相な肩をすくめた。「見たというか……ちゃんとは見ていません。死体をまたぐように立っていて、こちらに背中を向けていました。あのひとはもう倒れていたのに、やつはさらに頭の真うしろを撃ったんですよ！　それからこっちに気づいてふりむき、腕をあげて顔を隠しました——その、ドラキュラがマントでやるみたいに」

「ボビー、男の顔を少しでも見ましたか？」

「いいえ、ちゃんとは」

「大柄な男でしたか、小柄、それとも平均的？」

「ぼくが見たのは、もっぱら銃です。すごく大きくて、今朝二度目に見た銃でした」

ブラスと視線を交わし、グリッソムが言った。「二度目？」

ウェイターはうなずいた。「813号室です。FBIだと言っていましたけど……大柄な男が、ナイトスタンドに大砲みたいに馬鹿でかい銃を置いていたんです」

「FBIだって？」ブラスがいぶかしげに言った。

「信じられない？」グリッソムが訊く。

「ああ」

グリッソムはもう一度ちらりとブラスに視線を送ってから、ラフェイに注意を戻した。「で、あなたは犯人をここで見た——それからどうしました？」

ラフェイは大きく目をみはった。「それから夢中でエレベーターに逃げこみました。相手はたぶんちがうほうに行ったと思います」

「ええ。とにかく分かっているのは、やつがぼくに銃を撃たなかったってことです」

ブラスが言った。「ボビー、もしきみに向けて撃ったら、分かったと思うかね？」

「どうかなあ。銃声はそんなに大きくなかったから」

眉をあげて、ブラスが訊いた。「そうかね？」

「ええ。もっともぼくにとっては、びびって漏らしちゃうくらい大きかったですけどね」

ブラスは笑ったが、グリッソムのほうは、ウォリックに階段の指紋も調べるように指示しなくてはと考えていた。「なんでもかまいませんから、犯人のことを話していただけますか？」

「あまりよく見てませんでした」

「よく考えて、ボビー。目を閉じて思い浮かべるんです」

ラフェイは言われたとおりにした。額にしわを寄せる。

「白人でした」

「いいぞ。他になにが見えましたか、ボビー？」

「年配の男です」

「年配とは？」

「四十くらいかな、もっと上かも」

急に年寄りになった気分を味わいつつも、グリッソムは相手を励ますようにうなずいた。

「他にはなにか？　傷痕《きずあと》とか、タトゥーなんかは？」

ウェイターは首を振った。「なにも」

「奥のほうへ？」

「着ている服は？　目を閉じて、ボビー。思い浮かべて」

「……ジャケット——スーツの上着です」ボビーはぱっと目を開けるとにっこりした。「思いだしたぞ！　なぜってそのあと、考える余裕ができたとき、七月のベガスでどうしてジャケットを着る人がいるんだろうと思ったんですよ」

「おみごと——他には？」

「これだけです、グリッソムさん。明日まで目を閉じていても、もうなにも浮かびませんね」

グリッソムはウェイターに笑顔を向け、励ますように腕に触れた。「ラフェイさん、犯人を見れば分かりますか？」

ウェイターは少し考え、グリッソムを見てゆっくりと首を振った。「いいえ、そこまでちゃんと思い浮かべることはできません」

グリッソムとブラスは礼を言い、ウォリックとサラのところに戻った。ウォリックはなにかに覆いかぶさるようにして床に膝《ひざ》をついており、かたわらではサラが慎重にトマトの切れ端を袋に入れている。

「なにかあったか？」グリッソムが訊いた。

「血溜《ちだま》りのなかに足跡がありました」ウォリックが答えた。「ですが、擦《こす》れていますね。ちょうど、逃げようとして滑ったみたいに」

注意深くサラを回りこみ、グリッソムはウォリックのとなりに行って視線をたどった。

ウォリックの言うとおりだ。この足跡は使えない。グリッソムは背後をふりかえって頭をさげ、廊下を入念に観察した。「ほら」ウォリックの三フィート後方を指さして言う。「もうひとつある」

ウォリックは別の足跡のそばに行って確認すると、グリッソムのところに戻ってきた。「やっぱり擦れています」

グリッソムは顔を床に近づけたまま言った。「もう三フィート先を見てみろ」

「なにも見えませんが」

「ロイコ・クリスタル・バイオレットを使ったことは？」

ウォリックは肩をすくめた。「そりゃありますがね、ずいぶん前のことです」

グリッソムはにやりと笑った。「じゃあ、おさらいをするいい機会だ」

ウォリックがフィールド・キットの入ったバッグからスプレーのビンをとりだしていると、ブラスが歩いてきた。「それは？」

「カーペットの染みが見えますか？」グリッソムが訊く。

ブラスは肩をすくめた。「見えるのは汚いカーペットだけだが」

「そこに血のついた足跡があります」

「そうなのか」

「ええ──見えないだけです」

ブラスは顔をしかめた。「血のついた見えない足跡か？」

「赤血球そのものは靴底から拭《ぬぐ》いとられてしまいますが、ヘモグロビンと白血球は残っています」

ウォリックは敷物の一部に慎重に薬剤を噴きかけると、講義をつづけた。「こちらはロイコ・クリスタル・バイオレット——通常は粉末です。しかし本日、テレビショッピングでは、これにスルホサリチル酸、酢酸ナトリウム、過酸化水素の溶液を加えました」

ブラスはクックッと笑った。「爆発するんだったら先に言ってくれよ」

薬剤が反応をはじめると、グリッソムはふざけた口調をまねた。「こうやって染料のように作用し、汚いカーペットから足跡を浮きあがらせるのでございます」

「まさか」

「できるんですよ」グリッソムが答えると、床の染みが紫色に変わり、靴底の輪郭が現れた。

「サイズは十一ってところですね」とウォリック。「じゃあ、写真を撮ります」

ブラスが訊いた。「なにかと照合できるのか？」

グリッソムはうなずいた。「ラボに持ち帰れば、その靴底の模様がどの靴のものか、正確に特定することができます。データベースが教えてくれますよ。そして容疑者が見つかれば、この靴と容疑者の靴を比較して、正確な照合結果が得られます」

「主任」サラがグリッソムを呼んだ。「パスタとサラダばかりです。言わせてもらえば、シーザース・パレスのサラダバーのほうがましだわ」

「つづけてくれ。それからウォリック」

ウォリックは顔をひょいとあげた。「なんです、主任」

「階段も忘れるなよ——われらのエルヴィスはそこから退場したんだ」

ウォリックはうなずいた。

「それで——ギャングの見せしめか？」ブラスが訊く。

グリッソムはブラスをエレベーターのほうにうながした。「まだ分かりません」

「強盗がドジったか？」

グリッソムはその質問には答えなかった。「ビデオを見ましょう」

「行っててくれ」ブラスが言った。「上で例の男の話を聞いてから合流する」

グリッソムの目が厳しくなった。「大砲を持ったFBIの御仁ですか」

「ご名答」

「ビデオは待ってくれます。ごいっしょしますよ」

「いいとも。きみはFBIとうまく話せるだろうしな」

上の階につくとブラスが先にエレベーターをおりた。813号室に向かう廊下を進んでいるとグリッソムがすっと横にならんだ。ブラスは官給品のリボルバーをホルスターから引き抜きながら、アルコーヴの外にいるようにグリッソムに合図を送った。

眉《まゆ》をひそめたグリッソムは入り口のすぐ手前で足を止め、ブラスはアルコーヴに入ると左手でドアをノックした。

「ちょっと待ってくれ」

押し殺した声がドアの向こうから聞こえた。

足を開き、三八口径をドアに向けてかまえる。さいわい、ドアにのぞき穴はついていない。角から顔をのぞかせたグリッソムは、ドアがゆっくりとわずかに開くのを見た。トランクスをはいた大柄な男と——がっしりした腕に握られた、とてつもなく大きなオートマチックが見えた。

とっさに、グリッソムが言った。「拳銃《けんじゅう》だ！」

ブラスはすばやくアルコーヴを出て、ドアから離れた壁に張りついてわめいた。「警察だ！　銃をおろしてドアを開け、両手を上にあげろ――高く！」

沈黙。

「早くしろ！」とブラス。

ドアが開き、大柄な男が――両手をあげながら――うしろにさがった。警戒したような表情を浮かべており、あごをしゃくってベッドを示す。そこには拳銃が投げだしてあった。

「武器は持っていない！」男が言った。「丸腰だ……」

ブラスは大男を壁に向かって立たせた。

「手足を広げろ」

男が言葉にしたがうと、グリッソムは緊張を解いて部屋に入り、ボディチェックをするブラスのうしろに立った。

「なぜ銃を？」グリッソムが冷静な声で質問した。

大男は肩越しにふりかえって言った。「わたしは宝石を運んでいるんです。護身用ですよ」

ブラスが割りこんだ。「今朝、下の階で殺人事件があったのは知っているか？」

男はひどく驚いたようだ。「いいえ！　とんでもない！　まさか……わたしの仕業だと思ってやしませんよね？」

グリッソムは男に近づいた。「まあ、少しおちつきましょう。お名前は？」

「ロン・オリーです」

「身分証明書は?」ブラスが訊《き》いた。

オリーはナイトスタンドをあごで示した。「財布はそこです」

「拳銃の許可証はお持ちですか」

「それも財布に」

グリッソムはつかの間、銃を注視した。四五口径だ。「お持ちの拳銃はこれだけですか?」

おちつかな気にオリーはうなずいた。「携帯しているのはそれだけです」

ブラスをちらりと見て、グリッソムは首を振った。

「これは凶器ではありません。大きすぎる。ジョン・スミスを殺した銃は、もっと小さいものです」

ブラスはオリーを解放したくなさそうだった。「なぜ、あんたはウェイターにFBIだと名乗ったのかね?」

オリーは肩をすくめた。「自分の職業を説明したくなかったんです。わたしの仕事を知っている人が増えると、襲われる危険が増しますからね。馬鹿な失敗をしたもんです。ふだんは銃をだしておいたりしないんです。ですがルームサービスに朝食を頼んだら、着替えて銃をホルスターにしまう前にウェイターが来てしまって」

警部は疑っているようだ。

グリッソムは財布をざっと検分し、ニュージャージーの運転免許証とニュージャージー、ニューヨーク両州が発行した拳銃の携帯許可証を見つけた。「あなたはたしかにロナルド・ユージーン・オリーだ」グリッソムは免許証の写真と男を見くらべながら言った。「最新の銃の携帯許可証もお持ちだ」

「ええ」

「許可をいただけるなら、両手の残留物を調べたいのですが」

「なにを……なんの残留物ですか？」

「銃を発射したときに残るものですよ」

「ここ何ヵ月も銃を撃っていません」

「けっこう。異議がおありで？」

「いや……ありません」

「どうも。一時間以内に科学捜査班の者がうかがいます」

男はたじろいだ。「しかし、わたしを部屋に足止めする権限があるのですか？　協力しないつもりではありませんが……」

口元だけに留まりきらなかったブラスの不機嫌さが、全身に広がったように見えた。「そう簡単に運ばないことは分かっていたさ」ブラスは体中でそう言い、グリッソムも目で応じた。

「簡単であったためしがありませんね」

ブラスが言った。「オリーさん、あなたはネバダ州発行の銃の携帯許可証をお持ちですか？」

オリーは首を振った。

「では、あなたはその銃を持って部屋を出ることはできない。そうですね？」

男はうなずく。

「もし表で銃を持っていたら、逮捕しますからね」

「分かりました」

「それから、もう誰にもFBIだと言わないこと」

「いいえ……その、分かりました」

「そして、科学捜査班の者が来るまでここで待つこと」

「承知しました」

「そして、もしあなたの客室を調べることになった場合、令状を取得するように要求しますか?」

「いいえ」

「以上ですか?」グリッソムが訊いた。

ブラスは唯一の容疑者を手放したくなさそうだったが、結局は「ああ、以上だ」と答えた。

グリッソムが言った。「ビデオを見に行きましょう」

2

ニック・ストークスは、犯罪現場捜査研究所に二台ある同じ仕様の黒いシボレー・タホの一台を運転しながら、ニックの人生のサイドラインにいる——たとえば審判なら、こんな状況をきちんと説明できるのだろうかとでもいうように、窓の外に視線を投げかけて笑った。「こんな無茶苦茶、信じられます?」車はストリップ地区をめざして、中央の車線を走っている。

「あと十五分で勤務時間は終わりなのに！」

助手席のキャサリン・ウィロウズが赤みがかったブロンドを弾ませながら、静かにするように合図をした。手には携帯電話を持っている。キャサリンは電話に番号を打ちこみ、通話ボタンを押すと、もどかしげに相手を待った。

三回目の呼び出し音で相手が出た。「もしもし」

「グッドウィンさん？」キャサリンが訊いた。

「そうですが？」

「キャサリンです。事件なの。リンゼイを学校に送りだしてもらえるかしら？」

携帯電話を通してさえ、女性の声からは誠意が伝わってきた。「もちろん、大丈夫よ」

「あの子、どうしてる？」

「天使のように眠っているわ」

胸がつかえ、目の奥が熱くなった。「ありがとうグッドウィンさん。恩に着るわ」

「なに言ってるの」グッドウィン夫人が言った。「大丈夫だから」そして、電話が切れた。

キャサリンが電話を切ったとたん、またニックのグチがはじまった。

「仕事のあと、誰と朝食をとることになっていたと思います？」

「誰なの？」

「チアリーダー」

「ふーん」

「ええ、きれいなＵＮＬＶ《ネバダ大学ラスベガス校》のチアリーダーですよ」

「あのやぼったいUNLVのチアリーダーたちじゃないのね」

「朝食を食べそびれちゃいましたよ。おれのために起きだしてくるはずだったんだ」

リンゼイのことが気がかりでならないキャサリンも、これには吹きだしてしまった。「ノーコメントにしとくわ」

ニックの彫りの深い顔に、一瞬、無念そうな笑みが浮かんだ。

ニックが閉じこもっていた殻からようやく出てきたことはよろこばしい、とキャサリンは思う。そうはいっても仕事に追われて自分が——ニックも——抱えている問題をきちんと見据え、考える暇はない。犯罪現場の捜査という仕事には時折息抜きが必要なことも、分かってはいるのだが。キャサリンはようやくそれを実感できるようになった。今度はニックにも理解してもらいたいと思う。

キャサリンはニックに訊いた。「この通報について分かっていることは？」

ニックは首を振った。「どこかの建設作業員らが、暑さを避けようと早くから作業をはじめたんだ。で、古いぼろぼろのトレーラーの下から死体を発見した」

「新しい死体なの、それとも古くてぼろぼろの死体？」

「そこまでは知りませんよ」

ふたりはマンダレイ・ベイ・ホテルをすぎ、ラッセル・ロードを越えてロマノフ・ホテル・アンド・カジノの新築現場に入った。ストリップ地区の次なる巨大リゾート・ホテルになるであろうロマノフは、華麗なる帝政ロシアをテーマにする予定だ。ホテルの本館はサンクトペテルブルクにあるニコライ二世と皇后アレクサンドラの宮殿をまねて作られ、宮殿に実在する部屋を模した客室が売り物になる。そしてベガスについてのキャサリンの知識がまちがっていなければ、ホテルは踊るラスプーチンとアナスタシアでいっぱいになるのだろう。

しかし目下のところ、何年も空き地だった建築現場はごみ捨て場と化しており、建設作業員たちは瓦礫《がれき》の撤去に追われている。金属のごみに太陽が反射して、ロシア貴族よりもマッドマックスに似合いそうな、瓦礫が散らばる荒れ野のような眺めを作りだしている。建設予定地の向こう側にずらりと駐車したピックアップトラックを見ると、かなりの数の作業員が働いているようだ。

作業員たちがトレーラーハウスの残骸《ざんがい》のまわりに半円状に集まり、地面の上のなにかを見つめているところが事件現場だろうと、キャサリンは当たりをつけた。作業員の数フィート後方には、エンジンがかかりっぱなしの油圧掘削機があるが、掘削機のシャベルはダンプの荷台に載ったままだ。そのダンプの運転手もいなかった。視線を一方に移すと、二十ヤードほど離れたところに二台のパトカーが停まっており、パトロール警官が車にもたれてコーヒーを飲んでおしゃべりをしている。パトカーの向こうにはＬＶＰＤ（ラスベガス市警）の刑事の覆面パトカーが停まっていた。

ニックはＳＵＶのブレーキをかけ、黄色いダンプの近くに車を停めた。さっとドアを開けたキャサリンの前に、熱気が壁のように立ちはだかって、エアコンの利いたタホを離れたことを後悔させた。ニックが反対側におり立った。ふたりはそれぞれのフィールド・キットを持ち、キャサリンが先に立って男たちが立っているところをめざした。

クルーカットに堂々たる体躯《たいく》のオライイリー部長刑事が、作業員たちの輪を離れ、ふたりを途中まで迎えにきた。

「あんなのははじめてです」

「なにが?」ニックが訊いた。

「まるでミイラですよ」

「ミイラね」とキャサリンが言った。

オライリーは両手を前に伸ばして怪物のまねをした。「だって、ミイラですよ」

ニックはキャサリンに肩をすくめて見せた。「ミイラだって」

キャサリンはわざとらしい笑顔を浮かべる。「さあ、行くわよ。ぼうや」

作業員の群れが分かれて、ふたりを通した。

錆《さ》びついたトレーラーハウスの残骸は、神が手を伸ばして中身を抜きとってしまったように見えた。穴の中を見ると、一部残った床の下になにやら人間らしきものがあり、茶色いなめし革のような頭部にある黒々とした眼窩《がんか》が、上を向いていた。

「中に入った人はいます?」キャサリンが質問した。

建設作業員たちは首を振り、中にはあとずさった者もいた。

キャサリンはフィールド・キットをおろすとオライリー部長刑事のほうを向いた。オライリーの顔には汗がだらだらと流れ、顔色は彼が着ている趣味の悪いジャケットの色とそっくりになりつつあった。

「話を聞かせてくれる、部長刑事」

「作業員たちは四時半にここに来ました。涼しいうちに仕事を進めて昼には休めるようにしようとしたんです」

キャサリンはうなずいた。午後の気温が摂氏五十五度にも達する砂漠の町ではよくあることだ。

「わずか一時間かそこら働いたところで、ミイラを発見しました」言いながらオライリーはトレーラーハウスを示した。

「オーケイ。警官をふたり呼んで現場を封鎖してちょうだい」

オライリーはうなずいた。

「死体はあれ一体だけか、確認したいわ」

顔をしかめてオライリーが言った。「一体だけって？」

カメラを引っ張りだして点検しながら、キャサリンが言う。「長い間にたくさんのものが投棄されているでしょう。ここに捨てられた死体が一体だけってことを、確認しておきましょうよ」

キャサリンの横に立っていたニックが言った。「ここが連続殺人鬼の裏庭だとか？」

「かもね。可能性は否定できないわ」

オライリーが制服警官たちを呼ぶと、ふたりはコーヒーの紙コップをドラム缶に捨て、重い足取りで近づいてきた。

「ああ」キャサリンがさらりと言った。「作業員は家に帰したほうがいいかもね。ほとんど一日かかりそうだから」

オライリーはうなずいて制服警官に手短に指示をだし、次に現場監督と話をすると、それまで止まっていた景色がゆっくりと動きはじめた。集まっていた作業員たちは埃《ほこり》まみれのピックアップトラックに乗って四方八方に走り去り、警官たちはごみだらけの土地のまわりに、黄色い立ち入り禁止のテープを張った。

「こういうとき」黄色と黒の境界線が作りあげられていくのを見ながら、ニックが言った。「立ち入り禁止のテープを作っている会社に投資できればと思うよ」

「スマイリー顔で大よろこびよね」キャサリンが相槌《あいづち》を打った。

キャサリンはフィールド・キットのケースから青い作業着《カバーオール》をとりだし、身につけるとジッパーをあげた。証拠が集まるのは望むところだが、自分の服につくのはいただけない。黄色いヘルメットをかぶるとひんやりとしたバンドの感触を頭に感じたが、それも数秒で消える。

ニックと他の者たちが周囲を調査しているあいだ、キャサリンはトレーラーハウスの写真を撮った。最初は全景から、それからなめし革のような死体にじょじょに近づいていく。死体のあるトレーラーハウスの残骸に入ろうとするころには、ニックも戻ってきた。警官たちは立ち番に戻っている。

「なにかあった？」カメラのフィルムを入れ替えて、タホのボンネットに置きながら、キャサリンが訊《き》いた。

「なにも」ニックが答えた。「ここにあるのは、そのミイラ一体だけだよ」

「オーケイ、中に入るわ」キャサリンはラテックスの手袋をはめると、カメラを手にとった。

「気をつけて」

なんですって、と言わんばかりの視線が向けられた。

「念のためだよ、キャサリン。錆びて崩れやすく……」

「破傷風の予防接種は受けているわ」

食い破られたような巨大な穴の開いたトレーラーハウスの外板をくぐり、キャサリンは慎重に破片を避けて進んだ。床の裂け目をくぐり抜け、死体の横に滑りおりる。この時間、大きく裂けた屋根を通して降り注ぐ日差しが、死体の半分を照らしだしていた。トレーラーの下で陰になっている地面は、外よりも冷たい。死体からはまったく臭いが感じられず、皮膚の状態からは、死後かなりの時間が経過していることが分かる。

「白人男性」最初の写真を撮りながらキャサリンが言った。

トレーラーハウスの外で、ニックがキャサリンの言葉を復唱しながら記録をとる。

写真を六枚撮ると、キャサリンはかたわらにカメラを置いた。死体は、廃棄されたトレーラーの外殻らしき板状の金属の上に安置されて、ぼろぼろの車体の下に滑りこませてあった。殺人犯は死体を巧妙に隠したが、それが死体を守ることになり、乾燥したネバダの空気の中で死体は腐敗せずにミイラ化したのである。

そこにあるのは、まさにミイラだった。

慎重に位置を変えながら、キャサリンは頭蓋骨《ずがいこつ》のてっぺんから赤茶色のローファーの先まで丹念に調べた。眼球と軟組織は失われて空の眼窩が残り、皮膚は収縮して骨に張りついて、まるで色あせたビーフジャーキーのようだ。白髪交じりの乱れた頭髪と歯は、完全な形で残っている。上々だ。

衣類の状態は驚くほどよかったが、細襟のスーツは、被害者がここに隠されることになる前に、とっくに流行遅れになった代物だろう。キャサリンは被害者の上着のポケットを丹念に調べたが、なにも見つからなかった。被害者の臓器の一部が残っていることは、着衣の上からでも分かった。収縮したが、それでも残っている。こういうケースでは珍しいことではない。死体の足側に移動したキャサリンは、ズボンのポケットを念入りに調べた。

「財布はなし」キャサリンは声をあげた。

ニックが復唱した。

左前側のポケットから少量の小銭が見つかり、手早く数えた。「小銭で二ドル十五。一番新しいのは一九八四年の二十五セント貨よ」キャサリンはコインを証拠品袋に入れて密封し、かたわらに置いた。

ニックはまた、キャサリンの言葉を復唱した。

キャサリンは被害者の両手を見て言った。「二度とピアノは弾けないわね」

「なんだって？」

キャサリンは首を振った。「被害者の指はすべて第一関節で切り落とされているわ」

「万一誰かに見つかった場合に、身元の確認を困難にしようとしたんだな」

「そうね。剪定《せんてい》ばさみかなにかを使ったみたい。とても滑らかな切断面よ。でも、金の指輪が残っているわ」

カメラをとりあげると、しなびて切り口が黒く変色したミイラの両手と金の指輪を、手早く数枚の写真に収めた。カメラを置いたキャサリンは、ミイラの右手を注意深く持ちあげた。指輪は簡単にはずれた。

「金の指輪」もう一度、キャサリンが言った。「Fの形にダイヤモンドがはめこまれているわ」

「そそられるね」ニックはそう言ってから、キャサリンの言葉をくりかえした。

「強盗には見えないわね、そう」キャサリンは新しい証拠品袋をポケットからとりだし、指輪を入れて封をした。

「死因は？」ニックが大声で訊く。

「はっきりとは——体の前側にはなにも見えない」

遺体をそろりと左向きにして体の下の金属板を見るが、昆虫や屍肉《しにく》をあさる生物の類《たぐい》がいた痕跡《こんせき》はない。グリッソムはがっかりするだろう。もぞもぞ這《は》い回る虫が大好きときているから。スーツの背中は黒ずんで見えた。頭のほうに移動したキャサリンは、探していたものを見つけた。

「射入口がふたつ。頭蓋骨底部。プロの仕事でしょうね」

「拳銃《けんじゅう》かな？」

「わたしの見立てでは」

「他には？」

もうなにも出てこないでほしかった。上からの猛烈な熱気がキャサリンを苛《さいな》んでいる。暑さをやわらげてくれた土の冷気は消えうせ、背中、腕、そして顔にも汗が流れている。

それでもキャサリンは自分に鞭打《むちう》ち、目の前の仕事に集中しつづけた。ほどなく、ミイラの頭部のすぐ左手で、土から顔をのぞかせる黒いものに注意を引かれる。最初はグリッソムのお友達の虫がいるのだと思ったが、近づいてよく見てみると金属であることが分かった。銃身《バレル》が、ほぼ完全に埋まっているのだ！　あやうく見落とすところだった。

カメラを手にとり、写真を何枚か撮る。

「なにを見つけた？」ニックが訊いた。

「少なくとも銃身。たぶんもっと出てくるわ」

遺体を回りこんで近づく。慎重に黒い銃身のまわりを掘り、完全に露出させた。拳銃本体はなかったが、殺人犯は被害者といっしょに銃身を残し、拳銃の同定ができないようにしたのだろう。

猫の皮をはぐ方法はひとつじゃないのよ――そう考えながらキャサリンはさらに写真を三枚撮り、証拠品を袋に収めた。銃弾の照合以外にも、キャサリン・ウィロウズは殺人犯を捕まえる方法をたくさん知っているのだ。

銃身をとりだしたあとの穴をちらりと見かえすが、なにもない……いや、あれは？　小型のマグライトをとりだして点灯すると、浅い穴を照らした。まわりの土よりわずかに明るい色をした小さな隆起が、穴の一方のはしに見えた。

注意深く掘ると、古い煙草のフィルターの残骸《ざんがい》が出てきた。殺人事件と関係があるのだろうか、それとも四半世紀にわたってごみ捨て場として使われてきたこの土地の堆積物《たいせき》なのだろうか？　注意しておくに越したことはない。キャサリンはひとりごち、写真を数枚撮ってから袋に収めた。

「これが最後」

「なんだい？」

「煙草のフィルター。袋に入れたわ」

キャサリンはトレーラーの残骸をのぼり、証拠品の入った袋をニックに手わたした。

「小口径だ」ニックは透明な袋を持ちあげ、中の銃身を見た。「二五口径かな？」

キャサリンがうなずくと、オライリーが近づいてきた。

「身元は？」刑事が訊いた。

キャサリンがこたえた。「財布もなにも見つからなかったし、被害者の指先はなくなっていたわ」

オライリーは顔をしかめた。「指先がない？」

「心配にはおよばないわ。指紋はとれるから」

「ロスコー・ピッツみたいだな」ニックが言った。

オライリーは困惑気味だった。「ロスコー・ピッツ？　身元は分からないと……」

「そうじゃないの」キャサリンが言った。「ロスコー・ピッツは一九四〇年代の悪人なの。医者に指紋を除去させて、腋《わき》の下の皮を指先に移植させたのよ」

ニックが話を引き継いだ。「やつは何週間も、こんな恰好《かっこう》で歩き回ったんだ」腕を交差させ、両手をそれぞれ腋にぴたりとつけて見せた。「指先を腋の下から切り離して自由になったときには」指先を小刻みに動かす。「指先はつるつるだった」

話を理解したオライリーが言った。「指紋がないからな」

キャサリンがにっこりした。「ロスコーが理解していなかったのは、まず、つるつるの指先のおかげで、今まで以上に目立っていたこと。そして、第一関節より下でも指紋はとれるってことよ」

「じゃあ、やつは捕まったのかい?」

「ほとんどあっという間にね」

「で、この被害者の身元もそうやって特定するのかい?」

ニックはうなずいた。「もしこのミイラ氏の指紋が登録されていれば、今日中に身元が判明する」

救急救命士のひとりが毒づく声を聞いて、三人はふりかえった。

「どうしたの?」キャサリンが問う。

金髪をクルーカットにした大柄な救命士は、足が入ったままのローファーを持ちあげた。

「申し訳ありません。とれてしまいました。ポテトチップスを拾いあげるようなもんです」

キャサリンが言った。「ニック、まず手袋をはめてしまいましょう。それからこの人たちが全身をばらばらにしてしまう前に手を貸してやって」

ニックはにやりと笑った。「はい、マミー。おおせのとおりに」

キャサリンは笑いをこらえようとしたが、うまくいかなかった。

そして、立ち入り禁止のテープが張られた広大な土地のただなかで、ふたつの小さな人影は仕事に戻った。

3

警備本部室はこれといった特徴のない青灰色の部屋で、二階のフロアのほとんどを占めていた。一方の壁はビデオテープで埋めつくされ、テープを交換するたびに、警備員がクリップボードにはさんだリストをチェックしている。隣接する壁はカジノのフロアを見おろすマジックミラーになっており、ギャンブラーたちの狂乱の世界が無音で広がっている。

フロアのほとんどと東側の壁ぞいは、ディスプレイを見つめる警備員たちとコンピュータで埋めつくされている。定期的に切り替わる防犯カメラの映像を見ている者たちもいれば、計器の数値を監視している者たちもいる。数値のひとつがカジノ内部の気温であることにグリッソムは気づいた。南側の壁いっぱいに、九つのビデオモニターがはめこまれた巨大な制御卓があった。制御卓の前にフロント係のような服装をしたアジア系の若い技師がすわり、キーボードを叩《たた》いた。

「ええっと」コンピュータ技師が言った。「四階の廊下で、何時から何時までです？」

技師のうしろでブラスが手帳を見た。「今朝の五時半から六時だ」

グリッソムが見ていると、中央の画面が暗くなり、それから無人の廊下が白黒のざらついた映像で映しだされた。画面の右下には時刻が、左下には日付が表示されている。「誰かが映っているところまで早送りできますか？」

「分かりました。この時間帯にはそれほど通行はないでしょう」技師はそう言ってまたいくつかキーを叩いた。廊下の映像にはなにも変化はないように見えたが、時刻の表示はどんどん進んでいく。ひとりの男が現れ、時刻の表示は、進みはじめたときと同じように急速に元のスピードに戻った。

「スミス氏ベガスに行く」ブラスが言った。

ブラスの言葉をさえぎるようにグリッソムが言った。「部屋をめざしている——走っていると言ったほうがいいな。殺人犯に襲撃されることを知っているのだろうか？」

みずからの死の記録映画に主演するスミスは、廊下の中ほどで右手のアルコーヴに逃げこんだ。二十秒もしないうちに、ふたり目の男が廊下の奥から現れた。その男は廊下の中央付近を歩きながら、左右に視線を配っている。顔がカメラにとらえられないように、頭は注意深くさげたままだ。

「カメラ嫌いだな」グリッソムが言った。「獲物に近づいて——ほら！　ジョン・スミスのところに入った」

ビデオテープに音は収録されていないため、見ている者に二発の銃声は聞こえなかった。だが、殺人犯が後ずさりながらアルコーヴから出てきたとき、二発目の銃口炎《マズルフラッシュ》が見えた。ボビー・ラフェイが廊下に現れ、殺人犯はふりかえってラフェイと向きあった。ラフェイはエレベーターに逃げ戻り、料理を載せたトレイが音もなく床に落ちた。殺人犯はカメラのほうに向き直る。顔は下を向いたままだ。スミスの血ですべり、それから腕をかざして顔を隠しながら、カメラに向かって疾走した。殺人犯はカメラを通り過ぎて、姿を消した。おそらく、一階まで非常階段を使ったのだろう。

「もう一度再生してくれ」グリッソムが言った。

なにが起こったかは分かったのだから、今度はこまかいところをくわしく見るのだ。

ふたたび、黒っぽいスーツを着たスミスが、あわてて廊下を走ってきた。恐怖にひきつった顔でカードキーを探しながら、アルコーヴに飛びこんでカメラの死角に消えた。次に来た殺人犯は、ともに明るい色のシャツとスポーツジャケットを着ている。暗色のスラックスはジーンズかもしれない。そして暗色の靴はたぶんランニングシューズかなにかだろう。すでに右手に小型拳銃《けんじゅう》を握っており、左手も前方にだしてなにかしている。いったいなにをしているんだろう？　そうグリッソムは自問した。

「十秒戻して」グリッソムは技師に言い、こう付け加えた。「スロー再生はできますか？」

技師がキーボードを叩き、時刻の表示が十秒戻ると、また再生がはじまる。今度はスローモーションだ。殺人犯が両手を胸の前にあげて廊下に入ってきた。右手には銃を持っており、左手は……。

「消音装置《サイレンサー》をとりつけている」グリッソムが言った。

「ギャングだな」ブラスが反射的に言った。

「結論をだすのはまだ早い」グリッソムもまた、反射的に切りかえす。

サイレンサーを銃にとりつけた殺人犯は、アルコーヴに飛びこんで見えなくなった。それからスミスが倒れて、足が映った。

グリッソムが言う。「撃たれた衝撃でまずドアに叩きつけられた。ドアにぶつかったあと、ずり落ちて足が廊下にはみだしたんだ」

うしろにさがった殺人犯は、倒れている被害者に拳銃を向け、二発目を撃った。銃口炎の白い閃光《せんこう》。そしてまさにその瞬間、ボビー・ラフェイがトレイを運んできた。もう一度殺人犯がふりかえり、ウェイターに向けて拳銃をあげる。トレイに載った料理が、音もなく、なおかつスローモーションで床に撒《ま》き散らされる。ふたりの男は反対方向に走りはじめた。もう一度、殺し屋が走り去る。腕はあげたままで顔は隠れたまま。なんの特徴もない。指にはひとつの指輪もなく、手首にブレスレットもない。皆無だった。

ブラスのほうを向いてグリッソムが言った。「今朝からの録画はすべて署に持って行くんでしょう？」

「ああ」

「では、わたしは上に戻ります」

ブラスは技師と手早く話をつけると、グリッソムといっしょに四階に戻った。四階に着くと、ウォリックが証拠品の入ったポリ袋を持って近づいてきた。

「なにがあった？」グリッソムが訊《き》いた。

中が見られるように袋を持ちあげ、ウォリックが言った。「五つの大きな——マネークリップが、ズボンの左側のポケットから見つかりました」

「そうか。どのみちビデオでは強盗には見えなかったが」

ウォリックが訊く。「ビデオでなにか分かりましたか？」

「実にありきたりなギャングの殺し屋に見えたな」ブラスが言った。

ブラスを横目で見て、グリッソムが言う。「なんだったかは証拠に語らせましょう。結論を急がないで」

ブラスはあきれたように目を丸くした。

サラがゆっくりと歩いてきて話に加わった。「遺体の下に薬莢《やっきょう》があったわ。でも二発目の銃撃の痕跡《こんせき》がないの」

グリッソムはうなずくと、部下らを現場に戻した。

「この廊下はくまなく調べたのよ、主任」サラは少々気分を害したように言った。「これ以外に薬莢はないわ」

ウォリックもうなずいた。「二回調べましたが——主任、なにもありませんよ」

グリッソムは廊下を見わたした。こぼれたトマトソースをじっと見、カーネーションが入っていた花瓶からこぼれた水の跡をたどる。グリッソムの視線は濡《ぬ》れたカーペットをたどり、廊下をはさんだ向かいの部屋のドアで止まった。「あの部屋に入れますか？」

「あの部屋には誰かいたんだ」ブラスはポケットからリストをとりだしながら言った。

足を置く場所に気をつけながら、グリッソムは向かいのアルコーヴに入ってドアをノックした。

「ゲーリー・カーティス夫妻だ」ブラスが告げた。

部屋の中から足を引きずる音が聞こえ、ドアがゆっくりと開いた。グリッソムを出迎えたのは四十がらみで、あごひげをたくわえた気の短そうな男だった。

「なにかご用ですか？」男が訊いた。

水の跡はドアの側柱の角で止まっており、グリッソムはそこできらりと光を放つ真鍮《しんちゅう》の薬莢を見つけた。「用はすみました、カーティスさん。ご協力ありがとうございます」

ブラスが宿泊客に説明をした。「捜査中なんです、カーティスさん」

「知っています」カーティスの声に少しいらだちが混じった。「もう事情聴取を受けました。あとどれくらい、妻とわたしは部屋に閉じこめられるんですかね？」

ブラスはそっけない笑みを浮かべた。「あと少しです。ご協力ください。あなたの部屋の前で殺人があったのです」

カーティスは顔をしかめ、肩をすくめた。

グリッソムはふたりのやりとりを無視し、体をかがめて薬莢をちいさなポリ袋に収めた。今はその薬莢を光にかざしている。「完璧《かんぺき》な犯罪はありえない」

「終わりましたよ、カーティスさん」ブラスが言うと、客はドアをぴしゃりと閉めて引っこんだ。

グリッソムはポケットからカードキーをとりだした。ウォリックとサラをちらりと見やる。

「スミス氏のスイートルームでパーティだ。行きたいだろう？」

ウォリックが訊いた。「そのカードキーは支配人から手に入れたんですか？」

グリッソムは軽くうなずいた。「きみは被害者のキーを袋に入れただろう？」

「もちろんです」

「そう、それは証拠だから使えない。だがこれで部屋の中も調べられるぞ」

ウォリックはカードキーを受けとった。

サラが質問する。「主任はどうするの？」

「わたしは階段を引き受ける」

「さあ、やるぞ」ウォリックが言い、皆は廊下の反対側に引きかえした。ちょうど救急隊員らがジョン・スミスの遺体をストレッチャーに乗せ、エレベーターに向かうところだった。

「では、このフロアの人を部屋からだせますよ」グリッソムはブラスに告げた。「荷物をまとめてもらってください――支配人は新しい部屋を用意する必要がありますね」

「今はかきいれ時なんだぞ。空いている部屋なんか……」

「ではロビーにテントを張らせてください。こちらの知ったことじゃありません。ここは犯罪現場なんです、警部」

「ああ、だんだんそう思えてきたよ」

グリッソムは皮肉を気にもかけなかった。「ですが、廊下に何人か警官を配備してください。客がこちら側から入ってこないように」グリッソムは左手を示した。「コーラスラインみたいに踏み荒らされたくはない。ただエレベーターに乗せ、このフロアから退去させるだけです」

ブラスはうなずくと携帯電話をとりだした。ウォリックとサラは被害者の客室に消え、ブラスとグリッソムは階段へ向かった。

グリッソムはまず、非常階段から建物内に戻れるように、ドアの掛け金を銀色の粘着テープで押さえた。非常階段の踏み板は型押しの金属製で、八段おりたところにある金属製の踊り場で百八十度向きを変え、さらに八段おりて三階に到達する造りになっている。型押しの踏み板は調べても無駄だったが、グリッソムは踊り場を見てほくそ笑んだ。

「その辺にすわっていれば大丈夫ですよ」グリッソムは五階へあがる階段を指さした。

「そりゃどうも」ブラスは階段に腰かけ、携帯で電話をかけた。

四階と三階のあいだの踊り場からなにも見つからなかったので、グリッソムは下の踊り場に移動した。

グリッソムは床に手足をつき、ゴムローラーを使って踊り場にマイラー・シートを平らに延ばした。裏が黒、表が銀色のこのシートを使って、埃《ほこり》から足跡を採取できるはずだ。シートを平らに延ばすと、グリッソムはかたわらの小さなグレーの箱のほうを向いた。箱の前面にはスイッチ、赤い電球、電圧計、そして導線が二本ついていて、一本の先端には鰐口《わにぐち》クリップ、もう一本には五ミリ程度の探針が、それぞれついている。

ブラスの電話が終わった。「足跡はとれそうか?」

「すぐに分かります」

グリッソムはマイラー・シートの一端を鰐口クリップではさみ、反対側に探針をつけた。箱の前面にある電圧計の針が跳ねあがると、グリッソムは笑みを浮かべて探針をはずした。箱のスイッチを切り、鰐口クリップをはずすと、マイラー・シートに意識を向けた。

「さあ、お立会い」グリッソムはズボンで両手の平をこすった。

注意深くマイラー・シートを裏返すと、はっきりした足跡がふたつ現れた。ひとつは階段をのぼり、もうひとつはおりている。

「思ったとおりだ」グリッソムは言った。「ふたりの内どちらかが、犯人の足跡の真上を踏んでいます」

「どちらか？」

「あなたの部下パターソンと、ホテルの支配人のどちらかですよ。足跡から判断すると、おそらく支配人のほうでしょう」

「それが犯人の足跡だと考える根拠はなにかね？」

「ランニングシューズですよ。廊下にあった血の足跡に似ています。もっともこれは、希望的観測かもしれません。そして支配人は、平らなゴム底の、おそらくフローシャイム社製の靴を履いています」

　次にグリッソムは、踊り場と三階のあいだの右側の手すりに、指紋採取用の粉末をまぶした。同じく右側の、四階から踊り場までの手すりからは、多数の指紋が出ている。殺人犯がつけた、捜査に役立つ指紋がとれる見込みは、千にひとつといったところだろう。宿泊客、ホテル従業員、警備員と営繕、防火管理者、そして誰とも分からない人間が、前回の清掃以来この手すりに触れているのだ。

　グリッソムは手すり越しにブラスを見あげて訊いた。「この階段の清掃担当者と、清掃の頻度を調べてもらえますか？」

「いいとも。なにか出たか？」

「なにか？」グリッソムのあげたうつろな笑い声が、階段に反響した。「むしろあらゆるものが出たと言ってもいい。指紋大会ですよ」

　グリッソムはほとんど一時間半をかけて階段を調べ終えた。大量の指紋を採取したものの、どれかが役に立つとはとても考えられなかった。こういった公共の場所の問題点は、たとえこの非常階段のように滅多に使われないところでも、ほとんどは事件と無関係の膨大な量のデータが手に入り、捜査員が圧倒されてしまいかねないことだ。

客室は二、三の点をのぞいては、ベガスにある他のホテルの客室と変わったところはなかった。ベッドカバーは片寄り、足元のほうにかたまっていた。シャンパンのボトルがドレッサーの上においてあり、横にはグラスがふたつある。小さなクローゼットには洋服がかかっており、被害者の髭剃《ひげそ》り道具は洗面所にきちんとそろえてあった。ブリーフケース、書類の束、そして携帯情報端末《パームパイロット》が部屋の隅にある丸テーブルに置かれている。「テーブルと洗面所を調べるわ」サラがウォリックに言った。「そっちはドレッサーとベッドをおねがい」

「この前ベッドをやったんだぜ」

サラは頭を振った。「どうでもいいじゃない、ウォリック」

ウォリックはのろのろとサラに視線を向けた。「そうでしょうとも」

サラは降参とばかりに両手をあげた。「いいわ。そっちが洗面所。わたしがベッドね」

こういう場所のシーツはDNAで汚れきっていることを承知しているウォリックは、ベッドを免除されたことをよろこび、洗面所に足を踏み入れた。右手のシンクはきれいだ。そのとなりのカウンターの上からは、被害者がなみはずれて整頓《せいとん》好きな男であることがうかがえた。小さなタオルが広げてあり、その上にかみそり、歯ブラシ、歯磨き粉、そして櫛《くし》がほぼ一インチ間隔で置かれている。そのうしろには防臭剤、シェービングクリーム、口腔《こうこう》洗浄液、アフターシェーブローションが、それぞれラベルを正面に向け、まるで気をつけをする兵士のように一インチ間隔で立っている。ウォリックは手早く洗面所の写真を数枚撮り、寝室を調べているサラにカメラをわたした。

カウンターの上にクズカゴを載せて中をのぞきながら、ウォリックは、この仕事は時によって四割が科学者で、六割は掃除夫みたいなものだなと思った。クズカゴから見つかったのは口腔洗浄液のボトルを封印していたシュリンクラップ、そして丸めたティッシュが数枚……だがティッシュの一枚は口紅を拭《ふ》きとったものだ。

「女を部屋に入れていたのね」寝室のサラが大声で言った。

ウォリックはいぶかしげにティッシュを、ついで鏡を見て、最後に洗面所の外を見て、サラが自分におせっかいを焼いているわけではないことを確かめようとした。だがサラの姿はどこにも見えなかった。「洗面所に口紅の付着したティッシュがあった。結論は同じだ」

「グラスのひとつに口紅がついていて、灰皿にも口紅のついた煙草の吸い殻がある。被害者がカプリを吸ったはずはないわ」

洗面所を出たウォリックは、サラが手にした袋の中の極細の煙草をしげしげと見た。「男っぽい煙草とは言いがたいな」

「ジョン・スミスが口紅をつけているのでないかぎり、彼の銘柄ではないわね」

ウォリックはあやうく笑いそうになり、サラは証拠品袋をフィールド・キットにしまうと、小さめのもうひとつの黒いブリーフケースのほうに行った。ケースのふたを開け、望遠レンズに拳銃《けんじゅう》のグリップがついたようなものをとりだした。

「ＲＵＶＩＳさんもお越しとは」

「そうよ」サラはRUVIS（反射紫外線画像化システム）のスイッチを押した。「ジョン・スミスと女友達がこのベッドで性交渉を持ったかどうか、RUVISが見せてくれるわ」

「政治的に正しい言い方だな」

装置のスイッチを入れて十秒も立たないうちに、サラは深いため息をついた。

「どうかした？ なにも見つからなかったのか？」

サラはウォリックをじろりとにらみつけた。「わたしがなにを見つけなかったって？ このシーツは染みだらけよ」

サラはRUVISをウォリックに手わたした。ウォリックはベッドのほうを向き、レンズをのぞきこむ。紫外線を照射されたときだけ浮かびあがる染みが、大きな白い花を六カ所に咲かせ、ベッドは巨大なカモフラージュ柄の毛布のように見えた。「全部が被害者のものだとしたら、かなりお盛んだな」

「彼のだと思う？」

「いいや。マイク・タイソンが逮捕されたときのこと、覚えてるかい」

「もちろん。インディアナポリスよね」

「そうだよ。おれが参加したセミナーで、捜査を担当した犯罪学者が発表をしたんだ。現場となった部屋は一晩に八組が使っていて、ホテルはできてから一年未満だった」

「それで？」

ウォリックはRUVISを切り、ケースに戻した。「犯罪学者が見つけた精液の染みはいくつだったと思う？」

サラは肩をすくめた。

「百五十三」

サラが目を見張った。「百五十三ですって？」

「そうさ……タイソンのはひとつもなし」

サラはいやな顔をした。「もうホテルに泊まれそうにないわ」

「たしかにな」そう言ってウォリックは洗面所に戻り、仕事を再開した。シャワーの排水口から数本の髪の毛を採取したが、他にはなにもなかった。数分のうちにまた別室にいるサラのところに行く。サラはベッドからサンプルを採取する作業をつづけており、ウォリックはパームパイロット、書類、シャンパンのボトルとグラスを袋に収めた。

「あのさ」ウォリックは洗面所の入り口で言った。「主任はおれに一度も……なにも言わないんだ……その、カジノで捜査にあたることをさ」

サラは仕事の手を止めない。「主任らしいわ」

「ああ。おれはただ、主任にもう一度信用してもらえるようになるのか、確信がなかったんだ」

サラは手を止めてウォリックをじっと見ていた。「ウォリック？」

「なんだい」

「つらいの？」

「なにが？」

「近づくのが、その、カジノに」

ウォリックは長々とサラを見つめた。「更生中のアル中が酒屋の犯罪現場で働くよりはましさ」

サラはウォリックと視線をあわせた。「そんなにもつらい?」

のろのろとうなずく。「そんなに、だ」

サラは言いにくそうに口を開いた。「ねえ、その……もしわたしで役に立つなら……」

「誰かが役に立つなら」ウォリックが言う。「こんな話をしているはずないだろう」

ふたりは現場の捜査をつづけた。黙って。

4

ラスベガス市警犯罪捜査課は——青々とした松の木にかこまれた近代的で広大な平屋に入っているのだが——オフィスと会議室が雑然と寄り集まっており、中でもラボは、意味もなく休憩室やロッカールームといっしょくたに配置されている。縦型ブラインド、指紋照合装置、ガラスと木製の壁、そして証拠物件庫に囲まれた、このくたびれた空間では、キャサリン・ウィロウズは不思議とリラックスできた——第二のわが家なのだ。

キャサリンは首尾よく娘のリンゼイを学校で拾い、楽しい夕食の時間を過ごし、あまつさえ仕事前に二時間の睡眠時間をとり、午後九時を少し回ったころに出勤した。

今は十時を数分過ぎたばかりだというのに、コンピュータのディスプレイに集中していたキャサリンの目は、すでに熱くうずいていた。未解決の行方不明事件の些細《ささい》な点に——五十二歳の白人男性、氏名はフランク・メイフィールド、十三年前に失踪《しっそう》——はまりこんでいた彼女は、左手にある部屋の入り口に誰かが立っているのに気づいた。

ふりかえるとグリッソムが立っていた。片手にブリーフケースを持ち、反対の手で山のようなフォルダを抱え、いっしょに持ったカップからはコーヒーがこぼれそうだ。黒い半袖《はんそで》のスポーツシャツとグレーのスラックスというでたちが、カジュアルだがプロらしい印象を与えている。グリッソムはドアを片足で押さえていた。

「早いな」

「あのミイラの身元を割りだそうと思って」

グリッソムのまなざしが鋭くなった。「それで、なにを……？」

「過去十年から二十年に発生した行方不明事件を洗っているところ。予備報告によると、例のミイラは十五年ほど前に死亡したらしいから」

グリッソムはキャサリンの横に来て、コーヒーカップを机に置いた。「何件あるんだ？」

「砂漠の砂粒ほどではないわね」キャサリンは背筋の凝りをほぐそうとストレッチをした。「ほら、過去二年間だけで、三千二百を超える行方不明の届け出があるのよ」

グリッソムは首を振った。「で、どうだい？」

「まだよ」

「この根気を要する調査は、成果が期待できるのか？」

キャサリンは苦笑して肩をすくめた。「なにかしなくては。ＤＮＡや歯型の照合は、目星がつかないとできないもの」

グリッソムは机のはしに腰かけた。「手がかりはなにもなし?」

「Fの形にダイヤモンドが埋めこまれた指輪があるけど」

グリッソムは眉《まゆ》をあげた。興味を惹《ひ》かれたようだ。「ファーストネームかラストネームかな?」

キャサリンはまた肩をすくめた。「それはわたしも考えたわ」

「他に刻印は? 誰それへ、誰それから、とか。愛をこめて、とか?」

「なし。いまいましいFだけ」

グリッソムは片眉をあげた。「死因は分かっているのか?」

「頭を撃たれているわ」

「……おもしろい」

「笑っちゃう?」

「もう一件の――わたしが見た廊下で起きた殺人も、頭を撃たれていた」

ふたたび苦笑がこぼれる。「じゃあ十五年の歳月以外には、二つの事件を隔てるものはないってわけね」

グリッソムは畳みかけるように訊《き》いた。「指紋はとったのか?」

「ニックが来るのを待っていたところ。ミイラの状態はきわめて悪いの。トレーラーの下から引きだされるときに、片足はもげてしまったし」

「許しがたいな」

「わたしとニックで指紋をとったほうがいいと思って」

グリッソムはうなずいた。「いい判断だ。だが、きみはここにいるが、ニックはいない——わたしが手を貸すのでは？」

「足とかね」キャサリンのため息は途中からあくびに変わった。「お申し出に感謝するわ——担当事件の交換も悪くない。大きな干草の山から、一本の針を探すようなものだもの」

グリッソムはうなずき、積みあげたファイルを抱えた。「こいつをオフィスに置いてきたら、すぐにかかろう」

コンピュータの電源を落として、キャサリンは席を立った。グリッソムは部屋を出ていこうとしていたが、コーヒーは置きっぱなしだった。犯罪現場できめこまかに仕事を進めるのがグリッソムの長所だが、日常生活ではうっかりしたところもあるようだ。

戸口でグリッソムに追いつく。「コーヒーをごちそうさま、主任」

今にもコーヒーを飲まれそうに見えたのか、グリッソムは顔をしかめた。キャサリンがカップを手わたす。「冗談よ。しっかり」

廊下に出たグリッソムは、コーヒーを飲みながら言った。「ときどき注意力が散漫になるようだ」

「そうは言わないけど。女性を死体保管所《モルグ》に行かせるのは、普通じゃないわね」

まもなくふたりは死体保管所で、服の上に青い手術着をまとって立っていた。ふたりの前には、銀色の金属台に横たえられた身元不明死体《ジョン・ドウ》十七号の死体があり、両手には袋がかぶされたままだった。

「今年の身元不明死体がもう十七体だなんて、信じられないわ」

グリッソムは眼鏡をかけて前に進んだ。キャサリンの声は耳に入らなかったようだ。グリッソムが死体を観察するあいだ、キャサリンは少しうしろにいた。グリッソムがこういう仕事が好きなのは知っている。生きている人間より、死んだ人間を相手にするほうが得意なのだ。グリッソムにはどこか無垢《むく》ともいえるところ、捜査と真実を探求することを、どこか純粋に愛しているところがある。

だがそれ以上に、グリッソムは知ることが好きなのだ。新しい死体は、その被害者のみならずこれから人々を助けるための、新しい知識を得る機会をグリッソムに与えてくれる。犯罪被害者のために力をつくそうとする情熱と、悲嘆にくれる遺族を思いやる気持ちは、この犯罪学者が人と接することが不得手であることを補ってあまりあるものだった。

グリッソムはまず全身を見た。舐《な》めるようにというほどには熱心ではないと、キャサリンは考えた。いつでも好奇心を持て、そうグリッソムは口癖のように言う。グリッソムは金属の台のまわりを回り、あらゆる角度からミイラを観察した。

「犯人があんな風に死体を隠したおかげで、こちらは大いに恩恵をこうむった」

「このミイラを収容するために崩れかけたトレーラーハウスの中を這《は》い回ったのは、主任じゃないでしょ」

グリッソムはちらりとキャサリンに目を向けた。「ここが砂漠地帯でなかったら、数本の骨以外は残らなかっただろうね」

キャサリンはうなずいた。「主任のお気に入りの虫たちに、なにもかも食べられてしまうわね」

グリッソムは死体に近づき、ごく慎重に腹部を押した。「臓器は完全に残っている感じがする」

死体をあつかうグリッソムを見ていたキャサリンは、去年のクリスマスプレゼントにガラスのティーセットを与えた時の、リンゼイの様子を思いだした。幼い娘は茶器を壊したりひびを入れたりすることがないように注意しながら、ひとつずつ念入りに調べていた。グリッソムは、それと同じことをミイラにしている。そこを押し、あそこをつつき、胸の一部にライトを近づけて観察する。

「よし」ようやくグリッソムが言った。

「終わったの？」

グリッソムがばつが悪そうな顔を向けた。「悪い。担当者はきみだった——どこからはじめる？」

ふたりが動きはじめる前に、一組のX線写真を持った検視官のロビンス医師がスイングドアを通って入ってきた。「おっと、すまん——人がいるなんて知らなかった」

「驚くのには不向きな場所ね、先生」キャサリンは中途半端な笑いを浮かべた。

六十前後、頭髪はなく、きれいに手入れされた白髪交じりの髭《ひげ》をたくわえた、情に厚いロビンス医師は——グリッソムたち同様、二軍に所属している——腕に通して肘《ひじ》を支えていた歩行補助杖《ほじょづえ》のカフをはずし、杖《つえ》を壁に立てかけた。

「なにを持っているんです、先生？」グリッソムが言った。

「死因だよ」ロビンス医師は最初のX線写真を読影用パネル《シャウカステン》のクリップにさしこみ、ライトを点《つ》けた。蛍光灯がともると身元不明死体十七号の頭蓋骨《ずがいこつ》の側面が浮かびあがった。すぐに、いくつかの黒っぽい点が目に入る。検視官が次にセットしたX線写真は頭蓋骨の背面で、黒い点はふたつしかなかった。ロビンスはまず後頭部の写真を指さした。「このふたつの黒い点は射入口だ」

「たしかですか?」グリッソムは鋭い視線を向けた。

ロビンスは、覚えの悪い子供を見る親のようなまなざしでグリッソムを見た。「どうして確信があってはいかんのだね?」

「X線写真をとりちがえていませんね?」グリッソムは写真に近づいた——間近に顔を寄せる。「これはジョン・スミスですか、それとも身元不明死体《ジョン・ドウ》十七号ですか?」

「ミイラに決まっているだろう。身元不明死体十七号だよ」ロビンスの口調は、怒りよりもとまどいを多分にはらんでいる。「ジョン・スミスが誰なのかさえ知らないのに」

「ビーチコマーの被害者です」グリッソムが言った。「ふたつの射入口が縦にふたつ、ぴったり一インチ間隔でならんでいる。ちょうどこの写真みたいに……」

キャサリンは眉をひそめ、赤みがかったブロンドの束を揺らしながら首を振った。「射入口のパターンが同じなの? 冗談でしょ」

グリッソムはさっと軽く眉をしかめ、キャサリンをふりかえった。「わたしが冗談を言ったことがあるか?」

「いいかね」ロビンスが言った。「まちがいはない。わたしは他の死体はまだ見ていないんだ。

たちの悪い偶然の一致だ」

「偶然なんて信じないわ。必ずきちんと説明できるはずよ」

グリッソムはゆっくりと首を振った。「偶然があることは否定しない——特にふたつの死体の死亡時期に、何年もの隔たりがある場合には」

ぐるぐると思考をめぐらせながら、キャサリンが言った。「わたしたち、ふたつの事件をあつかっているの、それともひとつ？」

グリッソムはほとんど目を閉じ、口をぎゅっと引き結んだ。それから口を開く。「被害者がふたりいる。ふたつの事件として捜査をしよう。証拠がひとつの事件であることを示すなら、ひとつの事件としてあつかう。それまでは……偶然を否定しないでおこう」

「だけど目を光らせつづける」

グリッソムは大きく目を見張った。「どんな時でも望ましい態度だな」

もう一枚のX線写真を指さしながら、ロビンスは額の右側にある黒い点を示した。「ここからはじめるのがいいだろう——ここに弾丸のひとつがある。頭蓋骨の中に留まっているんだ」

グリッソムが訊いた。「で、二発目は？」

「救急救命士が死体を運びこんだとき、ストレッチャーの上で見つけた。凶弾が転がり出たわけだ」

「銃弾は今どこに？」キャサリンが訊いた。

「他の証拠といっしょにしてある」ロビンスは歩行補助杖をとりあげた。「さて、よろしければ、ジョン・スミス氏にご挨拶《あいさつ》してきたほうがいいだろう」

検視官が出て行くと、キャサリンとグリッソムは本腰を入れて仕事にかかった。ふたりは慎重にミイラの手から袋をはずす。

グリッソムが言った。「犯人は指先をとったんだ。被害者の指紋を奪いとったと思っている」

「悪人よりこちらがうわてな時って気分がいいわ」

グリッソムはたしなめるように人差し指をあげた。「うわてなんじゃない——より多くの情報を持っているんだ」

「指に水分を与えて戻すべきかしら？」

グリッソムは干からびた指をじっと見ていたが、やがて言った。「指紋をとるには、そのほうが都合がいいかもしれない」

キャサリンは、大きなビーカーをふたつ用意し、それぞれに半分強ずつホルマリンを入れた。そのうしろで、グリッソムが引き出しの中をがさがさと探っている。キャサリンがふりかえると、グリッソムは巨大なはさみを持って遺体の横に立っていた。

大きく息を吸いこみ、それをゆっくりと口から吐いて、キャサリンはミイラの横に立った。

「大丈夫か？」グリッソムが訊《き》いた。

「ええ」なんど経験しようとも、これをすんなり受け入れられるようにはならない。グリッソムはこれまでに何度か、死体の手の皮膚を手袋のようにキャサリンの手にはめて指紋を押捺《おうなつ》させたことがあったが、今回はそれとくらべればましだろう。

キャサリンが革のような右腕をじっと保持し、次にグリッソムが足を踏みだし、それを切り落とした。鉛筆をぽきりと折るような音が耳にこだまし、キャサリンはわずかにたじろいだ。

キャサリンがミイラの手をビーカーにそっと入れると、ふたりは左側に回って同じ作業をくりかえした。

はさみをかたわらに置きながら、グリッソムが言った。「傷の類似性がどうしてもひっかかるんだ」

グリッソムに射入口が見えるように、キャサリンはゆっくりとミイラの頭を横に向けた。

グリッソムは傷をじっと見つめた。「精神科医のエリザベス・キューブラー・ロス博士の言葉を知っているか？」

「なんについての？」

「偶然についての」

「教えてちょうだい」

グリッソムはまばたきもせず、新生児のように無垢で、老人のように博識そうなまなざしをキャサリンに向けた。「『誤りも偶然もない——すべての出来事は、そこからなにかを学びとるために授けられたのだ』」

「偶然があることは、否定しないんじゃなかったの」

「受け入れてもいない」

「まったく同じ傷、十年以上の隔たり。ここから分かることは……？」

グリッソムは首を振った。「ていねいに調べつづけるだけだ。ふたつは別々の事件なんだ。別々の事件としてとりあつかう」

グリッソムはわたしを納得させようとしたのかしら、それとも自分を？　キャサリンは思った。

キャサリンは傷を調べた。「おかしいわ」

グリッソムがうなずく。「だが笑えんな。きみが早く身元を割りだすほど、偶然の問題にも早く片をつけられる」

「ニックといっしょに全力をつくすわ」

グリッソムはちらりと笑った。「わたしも仲間に入れてくれよ、キャサリン」

キャサリンはうなずき、グリッソムを見送った。グリッソムの態度がどこか変だと感じたが、どこがと指摘はできなかった。なんだか、他のことに気をとられているみたい、主任にしてもあんまりだ。目を離さないようにしよう——キャサリンは自分に言い聞かせた。

とりあえずはニックを見つけて、もしいい案がないようならデータベースのつづきを調べよう。ミイラの手に水分を含ませるのには、一時間ほどかかるだろう。


ニックは休憩室で、『法医学ジャーナル』を広げてコーヒーを飲んでいた。

「やあ」ニックが言った。

「あら」

キャサリンは自分のコーヒーをいれると、テーブルをはさんでニックの向かいに腰をおろした。「どこにいたの？」

ニックはふりかえって壁の時計を見た。「勤務時間がはじまってからのこの三分間にってこと？」

ニックの視線を追ってキャサリンは時計を見た。にっこり笑って首を振る。「ごめんなさい。わたしは早く来たの。疲れたみたいね」

「ミイラの指紋を処理するんだよね」

「もうやっちゃったわ。主任が手伝ってくれたの」

ニックは眉《まゆ》をひそめた。「おれが手伝いたかったのに」

「言ってみれば」キャサリンが肩をすくめた。「主任から申し出があったの」

ニックはもう立ち直っていた。「まあ、主任の腕が一番たしかだからね。なにか分かった？」

「ミイラの手をホルマリンに漬けているところなの。あとで見られるわ」

ニックはにやりと笑った。「それって古い映画じゃない？」

「なに？」

「『ミイラの手《マミーハンズ》』とかいうの」

「見どころは手だけじゃないのよ。銃弾のひとつが頭蓋骨の中にあるのを見つけたわ。X線写真に写っていたの」

「ひとつだけ？」

キャサリンはうなずいた。「もうひとつはストレッチャーに落ちていたの。ロビンス先生が頭蓋骨からとりだしてくれるのを待って、二発いっしょに鑑定にだしましょう」

ニックはコーヒーを口に含んだ。「さしあたって、なにをすれば？」

「わたしはデータベースに戻る。とにかく頭文字にFがつく行方不明者をあたっていたの」

「やる価値ありそうだね。おれは被害者の持ち物を調べるつもりだ——たぶんなにか見つかるだろう」

ふたりはコーヒーを飲み終え、少し雑談を交わし、休憩室を出ると反対の方向に向かった。ニックは身元不明死体十七号の衣類を徹底的に調べるために、死体保管所へ行った。スーツの状態はかなりよかったが、いまやミイラの一部、実質的に第二の皮膚と化していた。頭の傷から大量に出血しており、それが上着の背面についた黒っぽい染みの原因だった。

衣類からミイラにかび臭いにおいが移っていたが、それはニックが予想していた死体のにおいとは、少し異なっていた。被害者が死亡する前にどこを歩いたか、ひょっとしたら鑑識課の技師グレッグ・サンダースがなにか見つけだせるかもしれない。そう期待して、ミイラの靴底から塵《ちり》を掻《か》きだす。ポケットから綿クズを集め、袋に収めた。なにかがこの、ずっと以前に殺害された男の、身元を割りだす手がかりになるかもしれない。

次にニックは、二ドル十五セント分の小銭を調べた。二十五セント硬貨が六枚、十セントが五枚、五セントが二枚、そして一セントが五枚だ。一番新しいのは一九八四年の二十五セント硬貨、古いのは一九五七年の五セント硬貨だ。一九五七年の五セントをのぞけば、どの硬貨もきわめてきれいで、ニックが指紋採取用のアルミ粉をかけても、照合に使える部分指紋がふたつ出ただけだった。

指輪からはひとつの指紋も出なかったが、小さな頭文字が一組彫りこまれているのが見つかった――銘文ではない。その文字が被害者ではなく、指輪を製作した宝飾店のものだろうと見分けられる程度には、ニックは宝飾品に関する知識を持っていた。少なくとも、この頭文字がなにかの手がかりになる。宝飾店が開くのは、あと四、五時間は先だろう。

最後に、ニックは煙草のフィルターの残骸《ざんがい》の入った証拠品袋を見た。十五年もたてば大したものは残っていないが、ニックが期待しうる以上のものがあるだろう。フィルターは生物分解されることがない――環境問題の専門家にとっては頭痛の種であるが、科学捜査班にとっては望みの糸だ。袋を手にとると、ニックはグレッグ・サンダースを探してラボに戻った。

やせて、例によって頭髪を立たせた若い男が、熱心に顕微鏡をのぞいているのを見つけた。とっくに二十代になっているのに、サンダースは新しい化学実験セットをもらった子供のように、いつも楽しげでうきうきとした表情をしている。

「また恋人候補のDNAを調べているのかい？」ニックが訊いた。

サンダースは顔をあげて目を輝かせた。「よう――科学には人を刑務所にぶちこむよりましな使い道もあるんだぜ」

「結婚と刑務所――つながりを感じるよ」

サンダースは片手でバットを振るような動作をした。「おっぱいフェチもいれば脚フェチもいる。おれは、上皮組織にこだわるタイプかな」

ニックは袋に入った煙草をさしだした。「そりゃけっこう――なにしろ、ここからDNAを検出してほしいんだ」

サンダースは袋を持ちあげて光にかざした。「ゲゲッ――汚ねえな！　どれくらい風雪に耐えていたわけ？」

ニックは肩をすくめた。「分からない。きみが教えてくれよ」

「番号札をおとりください。仕事が溜《た》まってるんだ。しばらくかかるよ」

「他になにを抱えているんだ？」

サンダースはニックをきっとにらみつけた。「おい、おれの体はひとつしかないんだぜ」

「分かってるさ、グレッグ。だけどプレステ2の『グランツーリスモ3』を貸してもらえる当てが、他にあるかい？」

真面目くさった口調でサンダースが言った。「本件は最優先事項になりました」


ファイルを次々と調べていくにつれてどの事件もごちゃ混ぜになってきて、お代わりをするたびにコーヒーはどんどん苦味を増していったが、キャサリンにはまだ手がかりらしきものは見つからなかった。

ニックが部屋に入ってきて、入り口近くのプラスチックの椅子にどかりと腰をおろした。

「なにか見つかった？」

「うーん、ファーストネームかミドルネームにFのつく人の行方不明事件を四十件、無関係と判断したかな」

「で、今は？」

「ラストネームにFがつく人にとりかかるところ」

「何件あるの？」

「十年から二十年前のあいだで、まだ見ていないファイルがたったの百件くらい」

「あのミイラがベガス出身だったらね」

キャサリンは一瞬、むっとした表情を見せた。「ましなやり方があるとでも？」

ニックは腕時計を見た。「指紋をとってみる時間だ」

ふたりは死体保管所に戻ると、ホルマリンの中から腕をとりだし、水気を切るために検視台に置いた。

「少し置いておいて、それから指紋をとりましょう。なにか食べてから戻ってこない？」

ニックはうなずいた。「いいね」

キャサリンは笑って首を振った。「科学捜査班の人間が食欲をなくすほどエグいものってあるのかしら？」

「なにかあったら」ニックはいたずらっぽく言った。「教えるよ」

四十五分後、ふたりはデリのサンドイッチを食べて帰ってくると、両方の掌紋と、各指の切り口から下の中節紋を採取した。ＡＦＩＳ（指紋自動識別システム）にデータを読みこませると、可能性ありとされる結果が十五件得られた。勤務時間のすべてをその確認作業に費やしたが、結局なにも収穫はなかった。

キャサリンはこわばった手足を伸ばすと、時計を見た。「家に帰ってリンゼイを送りださないと」

ニックはうなずいた。「おれは朝飯にするよ」

「また食べるの」

「それからちょっと残業して、指輪にあった宝石商の頭文字を調べようかな。リンゼイを送った後、きみも来るかい？」

キャサリンは首をふった。「少し眠らなきゃ。わたしは勤務時間がはじまる前に時間外労働をしたから……。なにが分かったか、あとで電話して」

「了解」そう言うと、ニックは袋に入った指輪を手にとった。

駐車場で、キャサリンは左手に停めてある自分の車に向かい、家で待つ娘のもとに帰って行き、ニックは右手に停めた自分の車に乗りこむと、食事をするために出かけていった。ダラスからベガスに越してきたころ、ニックはカジノの朝食ビュッフェをちょくちょく利用していた。だが、そのおかげで増えた体重を絞りこんでからは、食事をとる店や食事の量にもっと気を使うようになっている。

この街でニックが面識のある宝石商は、ひとりしかいなかった——年配の男で名前はアーニー・マッツ。先日、狂言強盗による保険金詐欺の容疑がかけられた際に、ニックが無実を証明するのに一役買ったのだ。マッツはあと一時間は店に出てきそうにないため、ニックはジェリー食堂でゆったりと朝食を食べ、朝刊もざっと目を通すのではなく、ちゃんと読むことができた。

『ラスベガス・サン』紙には、建設現場でミイラが発見された話が一面トップに掲載されていたが、ビーチコマー・ホテルの殺人は二面の地方版で、あつかいも小さかった。ミイラの話は珍しく、朝刊のちょっとした話題づくりになる。だがホテルの廊下で起きた殺人の話は、旅行者に警戒心を抱かせるため、あつかいが小さくなったのだ。健全で、家族向けの環境づくりに尽力しているこの街のお偉方連中が、イメージが台無しになりかねないスキャンダルにとても神経を尖《とが》らせていることは、ニックも承知している。

次にスポーツ欄を読む。ニックは筋金入りの野球ファンだ——昨夜はラスベガス・フィフティ・ワンズがナッシュビル・サウンズを完封した――しかし仕事があるために球場に足を運ぶことはほとんどなく、機会を見つけては新聞で戦績をチェックすることを余儀なくされている。

食事を終えたニックは小さなカフェをあとにして、チャールストン・ブルバードをはずれたところにあるマッツの宝飾店までの短い距離を車で移動した。車を停めたときはまだ準備中の札がドアにかかっていたが、ショーウインドウにネックレスを配置するマッツを見つけ、ニックはその前に駐車した。きびきびとした足取りでドアに歩いてノックする。

マッツはすぐにニックに気づき、手を振るとドアの鍵《かぎ》を開けた。「こりゃ驚いた、ニック・ストークスじゃないか！　ようこそ、よく来てくれた――どうぞ、中は涼しいよ」

にっこりと笑って、ニックは足を踏み入れた。「お元気ですか、マッツさん？」

「元気さ、ニック、元気だとも」七十代間近、身長は五フィート六インチくらい。白い半袖《はんそで》シャツを着て、ひどくゆったりと見える袖にやせた腕のほとんどが覆われてしまっている宝石商は、下手をすればふざけて大人の服を着ている子供のようだ。黒縁の眼鏡は鼻の途中までずりおち、フレームの左端についた小さな拡大鏡が、まるで小さなガラスの旗のように揺れている。

「そっちはどうだい？」

「元気ですよ。ただ、ちょっと問題があって、お知恵を貸してもらえるんじゃないかと思っているんです」

「なんなりと言ってくれ」

ニックはポケットから証拠品袋をとりだし、マッツが中の指輪を見られるように掲げて見せた。「これを製作した人が分かりますか？」

マッツは袋を受けとり、光にかざしてみた。「出してみてもいいかね？」

「どうぞ」

宝石商は慎重に袋をガラスのカウンターに置いて封を開け、細心の注意をはらって指輪をとりだした。「わたしに言わせりゃケバすぎるな。もちろん、ここではありがちなデザインだがね」

ニックは口のはしをゆがめて笑った。「他に分かったことはありませんか？」

拡大鏡をおろして左目のレンズに重ね、マッツは長い間、指輪を右に回したり左に回したりして調べていた。「この頭文字」マッツは指輪の内側をさした。

「J・R・B」

「そう。この指輪の製作者だ。J・R・ベネットの頭文字だよ」

「ご存じなんですか？」

マッツはうなずいた。「昔からの仕事上の知り合いだよ。店はアラジンのショッピングモール……あそこはなんと言ったっけ？」

「デザート・パッセージ？」

「そう、それだ、デザート・パッセージ。店の名前は……ちょっと気取りすぎの……、ああ、そうそう、オマーの店だ」

「オマーの店？」

「あそこにはくだらないテーマがあって、砂漠の市場《バザール》のイメージで統一しているんだ。ベネットに会ったらよろしく伝えてくれないか」

「お伝えしますよ。ありがとう」

「いつでも寄ってくれ、ニック。前に言ったことを忘れないで――恋人が見つかったら、指輪を贈るのを手伝わせてくれよ」

ニックはふっと視線をそらして苦笑いをし、それから宝石商に視線を戻した。「覚えておきますよ」

おそらくはカサブランカの市場をイメージして造られたのであろう、デザート・パッセージ・ショッピングモールはラスベガスで唯一、決まって雨降りがみこまれる場所である。実際に十五分ごとに五分間、モールの建物内では雷雨が池の上に降り注ぐ。人工の嵐は大量の雨を降らせるが、なにひとつ濡《ぬ》らすことはない。観光客が足を止め、天井に隠されたスプリンクラーから噴きだしてくる水を撮ったり、ストロボが作りだす白い稲妻の閃光《せんこう》に目を見張ったりしており、好評を博しているようだ。

ニックはモールを四分の一周ほど歩き――死んだ恋人、クリスティのことを考えながら……小さな売店、そうここでバスオイルとボディオイルを買ってあげたっけ――そこまで考えたところで、オマーの店が見つかった。

宝飾店はこぢんまりとしていたが、高級品をあつかっていることは見れば分かった。実際、高級な店なのだ。U字形のガラスカウンターがひとつだけ設置され、一山当てたラッキーな客に、手にしたばかりの大金を使わせるためにデザインされた、さまざまな商品がならべられている。だが本来この店は既製品を買うところではなく、裕福な客が宝飾品をオーダーするところである。

カウンターの奥には五十くらいで、少なく見積もっても六フィート七インチはあろうかという男が立っていた。上背のある男の髪は短く、頭頂は薄くなっている。ほとんど感情の読みとれない、骨ばった顔。大きな茶色の目は、さらに無表情だ。男はニックに笑顔らしきものを向けた。「いらっしゃいませ」

男にバッジを見せながら、ニックは訊《き》いた。「J・R・ベネットさんですか？」

「はい」

ニックは証拠品袋をポケットからとりだし、Fの形にダイヤモンドがはめこまれた金の指輪を宝石商に見せた。「これをご覧になったことはありますか？」

「まちがいなく」ベネットが言った。「わたしがデザインし、製作しました」

「誰だか教えてもらえます？」

「誰に」ベネットが言い直した。

ニックはため息をつきながら宝石商に向き直り、辛抱強く言った。「誰に、この指輪をお作りになったか、教えていただけますか？」

「マラキー・フォルトゥナートです」

ややこしい名前だ。

ニックは眉《まゆ》をひそめた。「顧客リストなりを見なくても……」

「マラキー・フォルトゥナートです。ちょうど十八年前、フォルトゥナートさんご自身の依頼を受けて、わたしがこの指輪をデザインして製作したのです」

「ちらっと見ただけなのに——」

「よくご覧なさい。この指輪には優雅さのかけらもなければ品もない。愛情をこめて作った品は、ほとんど記憶しています。これは気に入らなかったが——お客様がこれをお望みだったのです」

「では、この指輪に関しては確信がおありなんですね——でも時期もですか？　十八年前……？」

「ええ。あの方が失踪《しっそう》する三年前です」

「失踪した？」

宝石商はため息をついた。あからさまに迷惑がっている。「ええ、くわしいことは覚えていません。でも新聞に載りましたよ。この指輪があるということは、あの方が見つかったということですか？」

「分からないんです、ベネットさん。ですが、たいへん助かりました。お時間をいただきありがとうございます」

「かまいませんとも」ベネットはそう言ったが、迷惑がっていたのは見え見えだった。

ニックは店を出ると、すぐさまキャサリンに携帯電話をかけた。キャサリンはきっとこれも残業につけたがるだろうと、ニックは確信めいた思いを抱いた。

5

化学ラボで、ウォリックはカウンターに置いた取扱説明書を四回読み、ようやくビーカーに入った液体をゆっくりとかき混ぜた。ちょうど仕上げにかかろうとした時、サラが入り口に現れた。身につけたジーンズと濃い青のブラウスは充分ぱりっとしていたが、サラ本人はウォリック同様よれよれに見えた。

「その魔法の煎《せん》じ薬はなんなの？」

ウォリックはビーカーをガラスの攪拌《かくはん》棒で軽く叩《たた》いて言った。「スミス溶液」

「誰の溶液ですって？」

「スミスさ」

サラは部屋に足を踏み入れ、カウンターにもたれた。「初耳だわ」

「誰も聞いたことないよ。二カ月前の専門誌に載ったばかりでね。『法医学ジャーナル』で配合《レシピ》を見つけたんだ」

「いつも役に立つ料理本よね」サラはビーカーを見てうなずいた。「どんな奇跡をおこすの？」

「薬莢《やっきょう》についた指紋がばっちりきれいに浮かびあがる……アイオワのベッテンドーフの研修員、カリィ・スミスが発見した」

「アメリカの中心《ハートランド》に幸あれ」サラは特徴的なすきっ歯をちらりとのぞかせて笑った。興味をかきたてられたのはあきらかだ。「本当なの——もう塗抹法はなし？」

「そんなもの過去の遺物さ――自動車《バギー》アンテナ《ホイップ》やセルロイドのカラーみたいにね」ウォリックはホテルで採取した薬莢の縁を鉗子《かんし》でつまみ、溶液に浸した。そのまま二、三秒浸して引きあげて流水をかける。それを光にかざしたウォリックは、くっくっと笑い声をあげた。「とれた」

「見せて」

底部近くについた部分指紋がサラに見えるよう、ウォリックは薬莢をひっくりかえした。サラの笑顔が一転して、意地の悪そうな表情になった。「写真を撮ってAFISに読みこませましょうか」

薬莢からうまく指紋をとる方法がないことは、ふたりとも承知していた。写真に収めることしかできない。だが、それで充分ことはたりる。サラがカメラを用意するあいだに、ウォリックはカウンターの上に撮影の準備を整えた。黒いベルベットのパッドの上に、指紋の部分を上に向けて薬莢をそっと置く。サラが手早く写真を四枚撮った。

「一晩中どこにいたんだい？」ウォリックが訊いた。

「部屋から採取した指紋を調べていたわ」

「へえ？　なにか分かった？」

サラは位置を変え、別の角度からまた四枚撮った。「大したことは――被害者のことだけ」

「教えてくれ！」

「シカゴの弁護士――フィリップ・ディンゲルマンって人」

ウォリックは眉をひそめてサラを見た。「なんだっておれは、その名前を知っているんだろう？」

「知らないわよ。どうして知ってるの？」

「分からない……でも知ってる……」鈍った思考をなんとか働かせようとするが徒労に終わり、ウォリックはため息をついた。長い夜だったのだ。

「女の指紋は？」

「売春婦よ」

「驚きだねえ」

「この女はベガスで三回検挙されているけど、たいていはクラーク郡の外にあるスタリオン・ランチで仕事をしているの。きっと気に入るわよ、これ——名前はコニー・ホー」

ウォリックの眠たげな顔が少ししゃきっとした。「ホー（売春婦の意）だって？」

サラは肩をすくめた。「仕方ないじゃない。ホーは香港出身なの。名前に変な意味があるのは、本人のせいじゃないでしょ。アメリカには十年いて、一昨年市民権を獲得しているわ」

「それだけこっちにいれば、ホーという姓が売春婦にふさわしくないことは、分かっているはずだろ」

「宣伝になるって考えているのかも」

ウォリックはちらりと笑った。「スタリオン・ランチに行ってコニー・ホーとやらに事情聴取する必要があるって、主任に伝えるのが待ちきれないよ」

サラは満面の笑みを見せた。ウォリックもサラのすきっ歯が愛らしいと認めないわけにはいかなかった。「わたしたちは証拠を調べるだけ。忘れたの？　いつもそう言ってなかった？」

そのとおりだ。だがウォリックも他のCSIメンバーも、時には証拠に関して容疑者に質問することはあった。というのも、実のところ、刑事たちは犯罪現場から見つかった証拠品を適切にあつかうことに慣れていないからだった。

「どっちにしろ」サラは話をつづけた。「もう主任には報告したわ。ブラス警部に電話して、スタリオン・ランチに行ってもらったから、わたしたちは証拠品を調べることができる」

「そりゃよかった。スタリオン・ランチに行くより指紋と薬莢を調べるほうに時間を使いたいものな」

にやにや笑いから一転し、サラはいたずらっぽい表情を見せた。「お馬鹿で露出度の高い女たちの事情聴取をわざわざやりたがらないことくらい、分かっていたわ」

サラの指摘はたしかにそのとおりだったが、ウォリックは相手を満足させる気はなかった。

「それで」撮影会をおえて、彼女は訊いた。「次はなにをするの？」

「まず、この指紋をAFISに読みこませる」ウォリックはカメラを見てうなずいた。「次に下に行って、サドラーがあのパームパイロットをどうしたか確かめる。急ぐように頼んだんだ」

ほどなくふたりは、地下にあるコンピュータ技師テリー・サドラーのせまいオフィスにいた。サドラーは二十代後半、短い茶色の髪に細く長いもみあげ、肌は日の光に当たる頻度があまりに低いために青白かった。

「どうだい、テリー」ウォリックが言った。「例のパームパイロットからなにか見つかった？」

カプチーノを二杯飲んだ躁《そう》状態のフェレットよろしく、背中を丸めたサドラーはワークステーションに覆いかぶさるようにして、猛烈なスピードでキーボードを叩いていた。「ありきたりのものだね」動作と同じく、話すのも早口だ。「電話番号リスト、予定表、Eメール二通。全部プリントしておいたよ」

「どこだい？」サドラーは片手でキーボードを叩きつづけながら、反対の手でデスクのまわりを引《ひ》っ掻《か》き回し、ようやく薄いフォルダを見つけだした。「ほらよ」

サラは一連の出来事を、目を丸くして見ていた。

「ありがとう、テリー」ウォリックはサドラーとは対照的な低い声で言った。「恩に着るよ」

「そうとも」コンピュータ技師は犯罪学者をちらりと見た。「いつものね」

「いつもの……明日の夜は？」

「いいとも、ウォリック、それでいい」

ふたりは階段を戻った。ウォリックは歩きながら、ファイルにはさまれた紙にざっと目を通した。

「いつものって？」サラが訊《き》いた。

「週に一度、中華のデリバリーをご馳走《ちそう》しているんだ。サドラーと、同室のふたりに」

「うわあ——五十ドルは飛んで行くわね」

ウォリックはにやりと笑った。「正義の車輪にもちょっぴり潤滑油が必要な時があるのさ」

首を振りながらサラが訊いた。「で、なにが入っていたの？」

Eメールのプリントアウトを一番上に置き、ウォリックはファイルを手わたした。

サラは声にだして読んだ。「フィル、隠れている場合じゃない。ショーまで一週間を切っているんだ。準備をしなくてはならない。一体全体どこにいるんだ？　泣ける手紙ね——サインはなし」

ふたりは休憩室に入った。サラはすわり、ウォリックがふたり分のコーヒーをいれた。

「送信者のアドレスは突き止められる、ちょろいもんだ。誰かにつながっているはずだ」

「ショー」サラはEメールを読みかえしながら言った。「あの人、芸能関係の弁護士だったの？」


殺人課のジム・ブラス警部は車でスタリオン・ランチに向かっていたが、本音を言えば、七月の朝にこんなことをするのは願い下げだった。ラジオのニュース番組が気温は摂氏四十度であると告げると、これ以上ありがたいニュースを聞いて、これ以上ケチがつくのはたまらないとばかりにラジオを切った。売春宿は管轄外だったので、ブラスは独断で、いつもの覆面パトカーの茶色いフォード・トーラスの代わりに、自分の青いトーラスを使った。ほんの小さなちがい——茶色い車が青に変わっただけ——それは、ここ最近のブラスの人生そのものだった。

ブラスは科学捜査班のチーフから殺人課に左遷されたとき、怒り、落胆し、そして当然ながら苦悩した。しかし時が——それほど時が必要だったわけではないが——万事解決してくれた。不思議なことに、ギル・グリッソムや科学捜査ラボに所属するくせのある連中と同等の立場で働くことは、連中を監督するよりずっと楽で、もっとやりがいのあることだと、ブラスは分かってきた。

デスク・ワークはジム・ブラスの仕事ではない。現場に戻った以上、最善をつくす——殺人犯を追い、そして犯人逮捕のために容疑者、目撃者、証拠を捜し求めるのだ。

夜勤時間が終わろうとしたころグリッソムが電話をかけてきた。ブラスは、被害者が弁護士だと聞いて少し意外だったが、相手の女が売春婦だと分かってもちっとも驚かなかった。だが、その売春婦の名前――コニー・ホー――は偽名にちがいない。

スタリオン・ランチは、新規企業地域のちょうど南、郡の境界線の向こう側にある、低木が散在する砂漠のなかにぽつんと立っていた。他に生命の兆候といえば、道路を半マイルほど行った先にあるトラック・サービスエリアだけだ。馬が後ろ脚で立っているネオンサインは、早朝で電源が落ちていても見落とすことはない。ブラスは本物の「ランチハウス」――とにかくパンフレットにはそう書いてある――につづく短い私道に車を乗りいれた。どちらかというと、建物はT字形をしたコンクリートの燃料庫に似ていて、Tの横棒部分が道路に面している。がらんとした未舗装の駐車場には、片側に二台のトレーラートラックが、それに数台の乗用車がぽつんぽつんと停まっていた。

ブラスが車からおりて建物に向かってのんびり歩きだすと、なぶるような風が車のまわりに砂ぼこりを舞いあがらせた。ここへ来るまでに、どんな攻め方をしようかとあれこれ考えてみた。頭のなかの舞台で、いくつかの筋書きを試してみた。しかし今回はどれもぴったりこないので、正攻法でいくことにした。

ジム・ブラスはいつも正攻法なのだ。

ブラスがドアを開けると、冷気が平手打ちのように感じられる。待合室にいた長身でみごとな赤毛の女がブラスを迎えた。部屋の床は屋内外兼用のカーペットが敷きつめられ、壁は黒っぽい板張りで、金の額に入った艶《なま》めかしい裸体画が飾ってあった。もっとも、ブラスに近づいてくる女ほど艶めかしくはなかった。女はゆったりとした南部訛《なま》りで話しかけた。「いらっしゃい、ハンサム・ボーイ。マダム・シャーリーンよ――それで、今日はどんなことをお望みかしら？」

たぶん五十代だろうが、外見は四十代――かなりつらい経験をしてきた四十代――に見える。かつては魅力的だったらしく、その面影はかすかに残っていた。

ブラスは革の札入れを開いてバッジを見せた。

「あらま」南部風のしゃべり方が消え、かわりにニュージャージー訛りでシャーリーンは言った。「一体なによ？」

ブラスは返事をせず、自分がベガスからやってきたことが分かるように女にもう一度近くからバッジを確認させた。

シャーリーンはにらみかえした。「ちがう郡にいるわよ、坊や」

ブラスは無表情な口元をゆがめた。「おたくの女を探している」

シャーリーンは不機嫌になって両手を腰にあてた。「女なら大勢いるわよ。なんで探しているのさ？」

「通報があったんだ。その女はビーチコマー・ホテルで客といっしょにいた。あそこはおれの管轄だ」

化粧をした顔にしわを寄せながら、シャーリーンはいちだんと不機嫌になる。「それでうちの子を逮捕しようって言うの？　ふたりの大人が、プライベートでこっそりやったことで？」

ブラスはかぶりを振った。「売春のことをいってるんじゃない。その客は殺されたんだよ―

──頭を二発撃たれてな」

シャーリーンは驚いて緑色の目を見開いた。「うちの子が殺《や》ったと思っているの？」

ブラスは首を振る。「その女が犯人じゃないことは分かっている。いくつか訊きたいことがあるんだよ。被害者が死亡する前に、彼女はしばらく被害者といっしょにいた──たぶん犯人以外で、生きている被害者を目撃した最後の人間だろう」

シャーリーンはブラスの表情をうかがった。「いくつか質問して、それだけでしょうね」

「そうだ。必要以上に詮索《せんさく》はしない」

「ずいぶん話が分かるわね……。どの子なの？」

ブラスはかすかにほほえんだ。「ああ、コニー・ホーだ。本名じゃないんだろ？」

マダム・シャーリーンも同じようなうすら笑いを浮かべる。「まあ、ひどい。あの子は自分の名前を誇りに思っているわよ」

「そうかい」

「とにかく、コニーはうちでいちばんの子よ。人気があって、人当たりもいいし。小柄でスリムで──もちろん合法にやってる」

「そんなことまで訊いてない」

「奥へどうぞ」シャーリーンが指さした。「124号室よ。廊下をまっすぐいって右」

「すまんな、シャーリーン。おたがいの生活が悲惨なことにならないように、協力しようや」

シャーリーンは本心をのぞかせたような笑みを浮かべた。「警官にしちゃ、見込みありじゃない」

ブラスがきびすをかえして屋内外兼用カーペットをすすんで行くと、ようやくT字形のいちばん下に近いところで124号室にたどりついた。ドアをノックし、返事を待って、もう一度ノックする。

「どうぞ」ドアの向こうから女の声が聞こえた。

しゃべり方にほとんど訛りがないことにブラスは気づいた。「ホーさん？」

女がドアを開けた。コニー・ホーはアジア系だったが、それにもかかわらず本物そっくりなブロンド――いや、プラチナだ。五フィート四インチくらい、一一〇ポンド、やわらかくて薄いラベンダー色のネグリジェと黒のパンプス以外になにも身につけていない。

「ご用かしら、ハンサム・ボーイ？」

ブラスは最近四回ほど「ハンサム」と呼ばれたが、そのうちの二回がその日だった。バッジをちらっと見せると、女は目を見開き鼻孔をふくらませて、ブラスの目の前でドアを閉めようとした。ブラスは訪問販売員のように靴の爪先をこじ入れ、両手でドアを押しながら無理やりなかに入りこんだ。

コニーは奥の壁際まで逃げ、裸同然の自分の姿にだしぬけに気づいたかのように腕をくんで体を隠した。

部屋はせまく、ダブルベッドと椅子つきの化粧台だけでいっぱいだった。壁紙はピンクのブロケード織りで、シーツも壁紙にあわせたピンク。ブランケットやベッドカバーはない。頭上の照明のせいで部屋はけばけばしく見えて、煙草の臭いが幕のようにただよっている。

「令状なしであたしの部屋に入れるとでも思ってんの！」コニーはどなった。

「ここのオーナーが入れてくれたんだよ、ホーさん——令状は必要ないのさ」

「ここで合法的に商売をしているのよ。あたしは仕事でやってるの」

ブラスは休戦のしるしに片手をあげた。「ホーさん、二、三訊《き》きたいことがあるんだ」

「なにも話すことはないわ」

「まだなにも訊いていないのに、どうして分かる？」

「それはラスベガスのバッジよ。話す必要はないわ」

「昨夜のことだよ——ビーチコマー・ホテルの」

「そんな場所、聞いたこともない——もちろん行ったこともない」コニーは化粧台に近づいて、そこにあった煙草の箱から一本引っぱりだすと火をつけた。急に老けこんで見える。

「どうも、まずいやり方ではじめちまったようだな、ホーさん。はじめからやり直そう」

「とっとと消えな」

ブラスはコニーに笑いかけた。「ワイングラスからおまえさんの指紋と唇の跡を採取した。ベッドカバーの染みを調べればDNAが検出されるだろう。それでも、ビーチコマーなんて聞いたこともないって言うのか？」

「聞いたことない。あたしはベガスで仕事をしない。あたしはここで働いているの」

「おまえさんがベガスにきて売春をするたびに逮捕することを、おれのライフワークにすると言っても、話さないつもりかい？」

コニーは上唇をめくりあげて小さな白い歯を見せながら、中指を突きたてた。「やれるもんなら、やってみな」

腹をたてたブラスはドアのほうに戻りかけた。ふりかえるとこう言った。「ホテルでおまえさんを買った客がいただろ？　重要なことなんだよ。おまえさんが帰ってすぐに、その男が殺された」

コニーは顔色を変えたが押し黙っている。できるだけ長くもたせようとしているみたいに、ほんの少し煙草を吸った。

ブラスはつづけた。「なあ、おまえさんが男を殺していないことは分かっている。ただ男といっしょにいた時間について訊きたいだけなんだよ」

「なにも知らないわ」

ブラスがもう一度背中を向けると、コニーが呼びとめた。

「ねえ――あのひと、あたしにやさしかったよ。とってもいい男だと思ったわ」

ブラスはコニーに近づいた――慎重に。小さな手帳とペンをとりだす。「男と知り合いだったのか？　常連か？」

コニーはきらきら光るブロンドの頭を振り、鏡の前にあった椅子にすわりこんだ。「シャーリーンに行くように言われたの。前に会ったことはないわ」

「男について話してくれないか？」

コニーは肩をすくめた。「身なりは清潔だったわ。それは、この商売じゃなにより大事なことなの」

「他には？　男は自分の仕事のことやなにか話したか？」

コニーは首を振った。

「心配そうだったり、極度に興奮したりしていたか？」

また首を振る。

「あの晩のことをはじめから話してくれ」

コニーはため息をついて記憶をたどりはじめた。「あたしは八時ごろ着いたの。ふたりでシャンパンを飲んだわ。フェラチオをしたら、あの人すぐにイっちゃって。一晩分の料金をもらっていたから、もう一回元気にしてあげて、それからまたやったの。でもDNAは見つからないわよ」

「どうして？」

「二回ともゴムを使ったから」

科学捜査班の連中でも分からないことがある。「つづけて」とブラスは言った。

「彼はシャワーをあびて着替えると、外出してくるって言ったの。しばらく部屋にいて、ルームサービスを頼んだり、シャワーをあびたり、一休みしてていいって言ったわ。気にしないからって。ただ彼が戻ってくる前に帰れって、朝の五時ごろに戻るって言ったの」

ブラスはメモを書き留めてたずねた。「他におぼえていることは？」

「それだけよ。あたし、彼のことをちょっぴり好きだったわ。気の毒ね」

「ああ」

「でも、死ぬ前に楽しいことをプレゼントしたから」

「二回もな」ブラスはそう言ってうなずくと、コニーに礼を言ってから廊下に出た。

ブラスは、ロビー奥にあった木製の小さなドアの事務所にマダム・シャーリーンを見つけた。

シャーリーンは、電話と請求書らしき小さな書類の束がいくつか載った金属製の机に向かっていた。ポスト・イットがいたるところに貼ってある。机のうえのコンピュータが売春がいかに進化したかを物語っていた。

ブラスはドアの側柱をノックして礼儀ただしくたずねた。「シャーリーン、ちょっと話せないかな？　長くはかからないよ」

シャーリーンは請求書を書いていた手をとめて、大きな緑色の目でブラスを見あげた。「他にもまだ、なにかあるのかしら、坊や？」南部訛りがもどっている。

ブラスはゆっくりとした彼女のしゃべり方をまねた。「どうして、コニーのデートを手配したのがあんただと教えてくれなかったんだ――お嬢さん？」

また南部訛りがうすらいだ。「わたしはここで人の手配をしているだけよ、女と寝たい男たちのためにね」

「おまえさんはやってないのか……出張サービスを？」

「危険なまねはしないわよ――ベガスではエスコートサービスに切り換えたの。犯罪行為はしてないわ」

「でもホーは寝ている――おまえさんの意向にそむいて、ホーが自分で客をとったわけだ」

マダム・シャーリーンはため息をついて体を前にのりだした。「だって――そのデートが重要だと思わなかったのよ。あんたがあの子と話をしたいって言ったのよ。協力したでしょ」

ブラスはうなずいた。「ああ――感謝している。だが、もう少し協力してもらいたい――デートの手配についてどうだ？　おまえさんが決めたんだろ？」

「ええ、でも……」マダム・シャーリーンはゆっくりと肩をすくめた。「いつものデートよ」

ブラスはかぶりを振りながらたずねた。「そうは思わんな。もし普通のデートならここにくるように言ったはずだ。客に自分で来させるか、さもなければ迎えの車をやっただろう。どうしてコニーをベガスに送ったんだ？　出張サービスは危険が大きい、犯罪行為はしないって言ったじゃないか」

シャーリーンはもう一度肩をすくめる。

「よく考えてくれ、シャーリーン。おれは郡の境界まで来て、おたくの女たちを逮捕したくはないが、やろうと思えばできる」

「……ドアを閉めて」

ブラスは言われたとおりにした。

「知っていることを話したら、わたしや女の子たちを見逃してくれる？」

「できるだけな」

「ほんとに？」

「ボーイスカウトの誓いだ」

シャーリーンは深くため息をついて、机のうえのキャメルの箱から煙草をとりだす。

このいかがわしい場所にいる人間は、全員煙草を吸うにちがいないとブラスは思った。もう百万回になるが、彼は煙草をやめなければよかったと考えた。

シャーリーンはしばらく吸いこんでから煙をはきだした。「殺された男が、誰だか分かっているの？」

「フィリップ・ディンゲルマンていう弁護士だろ」シャーリーンは口元には笑みを浮かべていたが、額にはしわを寄せた。「その名前を聞いて、ぴんとこない？」

ブラスは肩をすくめる。「と言うと？」

「ディンゲルマンの依頼人には有名人も多いけど、チャーリー・スタークっていう模範市民の弁護士もしてるのよ」

ブラスにはパンチをくらったほどのショックだった。「あのチャーリー〝ザ・ツナ〟スタークか」

スタークはシカゴの犯罪組織の大物だ——ジアンカーナやアカルドの時代にまでさかのぼる犯罪歴の持ち主だ。スタークの娘の卒業記念パーティではシナトラが歌ったという。

「もしかしたら、別のチャーリー・スタークかもしれないけどね」女は皮肉っぽく言った。「わたしがディンゲルマンの便宜をはかったのも、鞭打《むちう》ち症《しょう》のおばあさんの事件で弁護をしたからかもしれないわよ」

「ギャングと関係のある弁護士か」ブラスはつぶやいた。

「わたしの名前はださないでちょうだい」

「そうする」ブラスは言った。「なるべくな」

ブラスはよろめきながら売春宿から出て、明るい日差しのしたに立った。はじめは動転していたが、すぐに笑みがうかんできた。

事件のはじめからこれはギャングによる殺しだとブラスは主張していたが、グリッソムは例によって鼻であしらった。グリッソムは証拠第一主義だ。けれどもブラスは、捜査官として現場での二十二年の経験がものを言うこともあると思っていた。ジム・ブラスはベガスに引きかえした。

6

三時間半の睡眠、シャワー、そして服を着替えたあとで、キャサリンはオフィスに戻った。休憩室でコーヒーをいれてなんとか飲もうとする。それほどまずくはない——殺鼠剤《さつそざい》風味のエンジンオイルの味がしたが。キャサリンのオフィスでは、コンピュータのモニターの前にニックが陣取っていた。

「わたしはいままでどんな男性のためにだって、真っ昼間にベッドからでてきたことはないのよ」キャサリンが話しかけた。

「それは光栄だなあ」まばゆいばかりの笑顔をキャサリンに向けて、ニックは画面を指さした。「これを見てくれないか」

キャサリンはニックの肩越しにのぞきこんだ。「マラキー・フォルトゥナート？　マラキーはどのくらい幸運《フオーチユナツト》なの？」

「それほどよくないんだ」画面上のデータを見ながらニックが答えた。「マラキーはカーポートと砂利の私道に血痕《けつこん》を残して、十五年前に自宅から姿を消している——それ以来行方は分かってない。当時の警察は捜査を打ち切った――血痕だけでは犯罪現場とはいえないからね」

「おっしゃるとおり」

「それと警察は、既婚者だったフォルトゥナートがガールフレンドと駆け落ちして、残された血痕はギャングをだますための偽装工作だと考えた」

「ギャングですって？」

「ギャンブラー連中さ。ギャンブルの借金をかえさなければ、手足を折っちまう連中さ」

「マラキーが例のミイラなら、彼の偽装工作はうまくいかなかったってことね」ニックの肩越しにキャサリンは慎重にデータを読んだ。「カジノのささやかな従業員で、ギャンブルでかなりの借金があり、職場で横領の疑いもあった。まあ――殺し屋に殺《や》られたのかも」

「マラキーはサンドマウンドで働いていた」ずっと前にとり壊されたカジノの名をニックが口にした。ベガスが犯罪組織の拠点だった時代の店だ。「後頭部の二発の銃弾は、まさにギャングの怒りの表れだな」

「オーケイ、そういうことみたいね……でも、どうしてマラキーがあのミイラだって分かったの？」

　ニックのひきつった笑いには彼のプライドがはっきりと現れていた。「きみが死体から発見した指輪の線を追ったのさ。あれを作った宝石商がおぼえていた。まあ、そういうこと」

「驚いた……。いいわ、うまくやったわね。もっとくわしく分析できるように、この記録をプリントアウトしましょう」

　ニックはデータを印刷した。

「証拠物件にカーポートの血痕のサンプルと煙草の吸い殻がある」キャサリンは腰をおろして印刷物に目を通しながら言った。「これをとりよせてDNA照合をすれば、マラキーがわたしたちのミイラであることを確認できるわね」

ニックは顔をしかめた。「くそっ——時間がかかりすぎるよ」

「果報は寝て待てって言うでしょ……。それに、わたしたちは待っているあいだに……」キャサリンの声がしだいに小さくなり、フォルトゥナートの住所をメモして電話帳に手をのばした。「記録によると、フォルトゥナートは奥さんのアニーと住んでいたわね」個人加入者のページをめくってFORの欄を見つけると、項目を指でたどりながらつぶやく。「そのひとは、まだそこに住んでいるわよ」

ふたりとも、さほど驚かなかった。ベガスに居住している住民は、他のどの土地の、どんな人たちとも変わらず、一カ所に根をおろす。

ニックは考えこんで目を細めた。「それって、十五年前の犯罪現場をあつかうってことかな?」

「オライリーを見つけて、その住所に行くってことよ」キャサリンは印刷した紙を振った。「わたしは、夫がガールフレンドと駆け落ちしたかわいそうな奥さんに会いたいわ……。それに、できたてとはいえないけれど、実際の犯罪現場かもしれない場所も見たいし」

ニックは頭をひょいっと動かした。「おれはDNAの線を調べるよ」

「そうね」キャサリンがもう一度記録に目を通すと、フォルトゥナートの所持品を警察が妻に返却したという記述に気がついた。「なによ、これ?」

記録をニックにわたすと、ニックもそれを見て肩をすくめた。「それで？」

キャサリンの薄笑いには、皮肉と疑いがいりまじっていた。「マラキーのミイラが見つかってもいないのに、警察はどんな所持品を押収していたのかしら？」

「明細はないのかい？」

キャサリンはもう一度書類をあちこちめくった。「ないわ」

ニックは肩をすくめた。

「なにかあるわよね」キャサリンは立ちあがってドアに向かって歩きだし、ニックをふりかえった。「上出来だったわよ、ニック。本当にすごいわ」

ニックは得意そうに、またまばゆい笑顔をみせた。「見かけほど、ばかじゃないのさ」

「誰もそんなうまくできないわよ」キャサリンがやさしくそう言って手を振り出て行くと、ニックは笑いだした。

キャサリンは、オライリーとフォルトゥナート家の前で待ちあわせて、分かっている事実を伝えた。キャサリンはこの大柄でクルーカットの刑事といっしょに仕事をするのが好きだった。彼は自分の限界をわきまえていて、キャサリンが手順を逸脱して尋問のイニシアティブをとっても気にしないからだ。ブラウンとグリーンの格子縞《じま》のスポーツシャツをオライリーはどこで調達したのかしらと、キャサリンはいぶかしんだ。たぶん、一体誰の趣味だろうと思うスポーツコートと同じガレージセールだろう。

スタッコ仕上げの平屋には、オレンジ色のタイル屋根と、毛髪移植をしていない男性の頭皮のようにまばらに草が生えた前庭がついていた。暑さで歩道が揺らめいている。記録の写真にあった砂利の私道はこれまでの年月の間に改装してアスファルトになり、その私道も揺らめいている。ともかくカーポートは残っていた。

オライリーがノックをすると、すぐにドアがあいて、口に煙草をぶらさげた五十代くらいの、やせた、魅力的でないこともない女性が姿を見せた。

「ミセス・フォルトゥナート?」オライリーはバッジを見せながらたずねた。自分とキャサリンの身分を明かす。

「以前はミセス・フォルトゥナートだったけど。でもむかしの話よ――なに?」

キャサリンが口をはさんだ。「電話帳にはまだその名前で載っていたんです、ミセス――」

「いまはアニー・フォルトゥナートよ、ミセスは使っていないわ。長くて退屈な話なの」ふたりの顔を見くらべた。「一体これはどういうこと?」

キャサリンはアニーの目の前に、指輪が入っている証拠品袋をさしだした――特徴のあるゴールドとダイヤモンドの指輪が陽光のもとできらきら輝き、Fの文字が女を見つめ、女もそれを見つめかえした。

かすかに震えながら両手で袋を受けとると、アニーは派手な指輪を丹念に調べた。涙が頬を流れ落ち、アニーはうわの空でぬぐう。涙は次から次へと流れてきて、すぐにアニーは泣きじゃくり、オライリーがささえようとしたが、その場にしゃがみこんでしまった。彼のズボンの裾《すそ》を涙が濡《ぬ》らした。

白のTシャツに黒いジーンズ姿の恰幅《かっぷく》のいい男が、キッチンから居間に現れた。「おい、どうした？」と叫ぶと、アニーに向かって近づいてきた。

不意をつかれたオライリーはバッジをとりだして、向かってくる男に見せようとした。男は今にもオライリーの顔に殴りかかりそうに、拳《こぶし》を引いた。オライリーはバッジを落とし、手を腰に回した。

驚いて動転したオライリーが拳銃《けんじゅう》を抜こうとしている。そう悟ってキャサリンは恐怖に駆られた。彼女はオライリーの手をつかんで拳銃を抜くのを止め、そのまま、流れるような動作で前に出て、突進してくる男の一撃を受ける位置に立った。

男に向かって声をあげる。「おちついてください！　警察のものです」

拳がキャサリンに向かってくりだされ、彼女はたじろいだが、拳は到達しなかった。彼女の言葉が届いて、男はキャサリンの顔のすぐ手前で拳を止めたのだ。

キャサリンは恐怖で息が詰まりそうだった。しかし、同じ事態が起これば、また同じことをするだろう。もし彼女が止めなければ、丸腰の民間人に発砲したということで、オライリーの警察官生命は絶たれていただろう。経歴を考えれば愚かな行為だ。それに、民間人の死傷者は捜査の手助けにならない。

「警察だって？」大柄な男が驚いてたずねた。キャサリンの背後で、オライリーはよろよろとあとじさり、踏みとどまって、キャサリンをじっと見ていた。大柄な男のほうはアニー・フォルトゥナートに手を貸して、立ちあがらせていた。あきらかに家族の一員と思われるその男は動揺したアニーをなかにいれると、手を貸してソファにすわらせた。いちばん最後にオライリーが入ってきた。

「あなたはどなたですか？」八〇年代の真鍮《しんちゅう》とガラス至上主義に寄せる叙情詩《オード》のような居間に入ると、キャサリンはすぐにそうたずねた。オライリーはバッジを拾うと自分の殻の中に引っこんでいた。大男の刑事が動揺し、困惑している様子なので、キャサリンはむしろよろこんで主導権をにぎった。

キャサリンがくりかえす。「あなたは、どなたですか？」Tシャツ姿の大男は涙を流している女性を気にしていたが、それでも返事をした。「ゲリー・ホスキンズ。おれはアニーの……その……友達だ」中年、頑強な体格で六フィートもあるホスキンズは、褐色の髪をオライリーと同じくらい短くしていた。卵形の顔はブルドッグに似ているが、今のように怒りで燃えあがっていないときは魅力的だと思われる濃い青い瞳《ひとみ》は不釣り合いだった。

「あんたたち、彼女になにをしたんだ？」ホスキンズは食ってかかった。必死に感情を抑えようとしながらアニー・フォルトゥナートはホスキンズに証拠品袋をわたした。

「この人たちが……マルを見つけたの」泣きじゃくりながらなんとか声をだした。

ホスキンズは指輪のイニシャルに目をやった。そうして苦しんでいる友人の女性を見つめて、ようやく理解したらしい。「なんてことだ。とうとう彼を見つけたんだな？ 彼が死んでたから、あんたたちはここにきたんだろ、そうだろ？」

キャサリンはホスキンズの言うことを無視した。オライリーは時代遅れの家具の一部分になっている。アニーはしゃがんでいたので、キャサリンは彼女の目をのぞきこむことができなかった。キャサリンは訊《き》いた。「わたしたちは、ご主人が死亡したものと推定しています、フォルトゥナートさん……ですが、確認が必要なんです。何年もたっていることは分かっています……ご主人が定期的に通っていた歯科医をご存じないでしょうか？」

間髪をいれずにアニーは答えた。「ロイ・マクニール先生よ」

「たしかですか？ ずっと前のことですし――」

「わたしは今でもマクニール先生に診てもらっているの。それにマルは忙しくて、あの人のかわりに、いつもわたしが予約していたのよ」

「そうですか、けっこうです」

アニーはボーイフレンドの手をしっかり握りながらも、キャサリンから目を離さなかった。

「あんたたち、本当にマルを見つけたと思っているの？ だって、これだけの年月がたっているのに？」

「昨日発見された死体がこの指輪をはめていました――右手の薬指です」

アニー・フォルトゥナートは深く息を吸い、そうしてうなずいた。「ええ、そこにはめていたわ。あの人はどこで見つかったの？」

「ストリップ地区のはずれに近い空き地です」

フォルトゥナート夫人は目をつぶっていた。「その空き地なら知ってる――ごみの山があるところよね」

「そうです。ホテルが建設されることになっています。ロマノフの……」

「そのニュースは新聞で読んだよ」エンドテーブルのうえにあった箱からティッシュを引っぱりだしながら、ホスキンズが口をはさんだ。ホスキンズがティッシュをアニーにわたすと、彼女はなんとかよわよわしい感謝の笑みをうかべて瞳にそっと押しあてた。

「作業員がその土地から廃棄物をとりのぞこうとしていたんです」キャサリンはつづけた。「廃棄された古いトレーラーハウスの下で、あなたのご主人だと推測される死体を発見しました」

アニーには、もうひとつ、なんとなく言いだしにくい質問があるようだった。キャサリンは身を乗りだして、彼女の腕に触れた。「はい？　なんでしょう、フォルトゥナートさん？」

アニーはそばのガラス製のエンドテーブルにあった箱から煙草を震えながらとりだすと、火をつけて深く一服吸い、紫煙を吐きだした。それからようやくキャサリンに注意をもどした。

「あの女もいっしょだった？」

「あの女って？」

「マルの女よ」とげとげしく言った。「あの女もいっしょだったの？」

あらあら……。

キャサリンは答えた。「ご主人はひとりでした。わたしたちもその土地を徹底的に捜索したのですが——他の死体は見つかりませんでした」

アニーの膝《ひざ》を叩《たた》きながら、ホスキンズが——彼の態度は、いまではすっかり変わっていた——キャサリンに話しかけた。「マルが寝ていると噂になっていたダンサーがいたんだよ。ほら——ストリッパーさ」

「ストリッパーについてはよく知っています」キャサリンは答えた。

「アニーの夫がいなくなった同じ晩に、そのあばずれも姿を消したんだ。アニーは連中ともめて……その……マルが金を、返済不能な金を借りた連中さ、分かるだろ。連中はアニーに、マルはたぶんその女と駆け落ちしたんだろうと話して、マルが借りた金をかえせと言ってきたんだ」

うなり声らしきものがアニーの口から漏れた。「当時、わたしの持っているのはわずかなお金で、七年後にマルが正式に死亡を宣告されるまで、気持ちが安らぐことはなかったわ」

「その連中は」キャサリンが訊いた。「犯罪組織でしたか？」

「ああ」ホスキンズが答えた。彼はかぶりを振った。「あのころは今とはちがうから。マルが働いていたのは昔ながらのカジノで、シカゴだかクリーブランドだかの連中が経営してた……。連中は、マルが売り上げをごまかしていると言いがかりをつけてきたんだ。そんなわけで、おれだってファッションモデルに見えるような連中が何回もやってきたんだ。マルがいなくなってすぐのことで……」

説明があまりにも真に迫っていたので、キャサリンが口をはさんだ。「すみません、ホスキンズさん、当時あなたはここに住んでいたんですか？」

ホスキンズは首を振った。「いや——そうじゃなくて、おれはアニーが何度も話したのを聞いていて、だから——」

「では、直接フォルトゥナートさんから事件のことをうかがう必要があります。いいですね？」

大柄な男はばつが悪そうにした。「ああ、分かった、すまない」

アニーは、ホスキンズがやめたところから話をつづけた。「その人たちがやってきたのは、マルが……いなくなってすぐのことです。連中は騒ぎ立てて、わたしの預金通帳を見せるように迫ったわ。納税証明書もよ。貸金庫になにを預けているかも知りたがった。まったく。結局わたしにはお金なんてないことが分かって、そしたらほっといてくれるようになったの」

キャサリンはうなずいた。「その連中は、横領に関して奥さんがご主人と共謀していないことを確認したかったんでしょう」

弁解がましくアニーは言った。「マルが横領した証拠は見つからなかったのよ」

「フォルトゥナートさん、ご主人の死は殺人で、ギャングによる殺人のように思えるんです」

キャサリンはそれ以上なにも言わなかった。アニーに事件の細部まで話したくなかったのだ。とにかく、捜査のこのような早い段階では口にしたくなかった。

アニーはキャサリンの言うことをぽかんと聞いていた。もはや目に涙はなかった——赤く、うつろだったが、涙は止まっていた。

キャサリンはつづけた。「よろしければ、さらにいくつかお訊きしたいことがあります」

「どうやら、片づけてしまわなければいけないみたいね」アニーはそう言って、ため息をついた。「どう思う、ゲリー？」

「そうだな。おれはみんなにコーヒーをいれるよ、いいだろ？」

疲れたような笑顔が女の顔に浮かんだ。「ありがとう」

きまりが悪そうに、ホスキンズはキャサリンからトーテムポールになっているオライリーに視線を移した。「ふたりとも、なにがいい？　コーヒーでいいかい？　おれはダイエット・ルートビアにするけど」

キャサリンは「おかまいなく」と答え、オライリーもバケツ頭を振った。

ホスキンズはごくりと唾《つば》をのみこむと立ちあがり、隅にいたオライリーに近づいた。ホスキンズが手をさしだした。「すまなかった、刑事さん。殴ろうとするべきじゃなかったよ。ただ、まるで……」

「気にしないでください」オライリーはホスキンズの手を握って答えた。

「おれ、罪に問われるかなあ？　あんなふうに警官を殴ろうとして？」

オライリーはホスキンズの危惧《きぐ》をさえぎった。「単なる誤解です」

「本当にコーヒーはいらないのかい？」

「できれば、いただきたいです」オライリーは答えた。

ホスキンズを忙しくさせておきたかったので、キャサリンも言いなおした。

「わたしもいただきたいわ。すみません」

ホスキンズはキッチンに姿を消して、オライリーも部屋の隅に戻った。

「ゲリーは、わたしによくしてくれているの」キッチンに入って行くホスキンズを目で追いながら、アニーは言った。「ここ何年も、わたしが暮らすのを助けてくれているわ」

キャサリンは仕事をすすめた。「フォルトゥナートさん、ご主人が姿を消した日のことを話してくれませんか」

また即座にアニーは答えた。「一九八五年一月二十七日」

「そうです。なにかおぼえています？」

「すべて」エンドテーブルにあった灰皿で煙草をもみ消して、すぐに新しい煙草に火をつけながら、アニーは答えた。「マルはいらいらしていたわ――職場でのトラブルのことで――わたしはそう思っていた。あの人は、そういうことをわたしに少しも話してくれなかったの。マルは早起きで、いつも五時半ごろ起きて、六時半には家を出ていた。まわりの人がなんて言おうと、マルは自分の仕事にいっしょうけんめいだったわ。そんなわけで、その日の朝もわたしは彼が起きたのに気がつかなかったのよ」

「つづけてください」

「当時わたしは夜中に働いていたの。フリーモント・ストリートの店でレジ係をしていたわ。マルはサンドマウンドの事務所で経理の仕事をしていた」

「すみません——ご主人はギャンブラーじゃなかったんですか？」

「ギャンブラーよ」

「その種の仕事に、カジノは賭博《とばく》をする人間は雇わないと思っていたので」

「あの人がギャンブルをすることは誰も知らなかったわ……わたし以外はね。あの人は電話ボックスから賭《か》けをしていたの。東部の呑《の》み屋に電話して。そのダンサーといっしょに行方をくらましたころには、みんな、なにが起こっているのか気がついていたけど」アニーは煙草を引き寄せる。彼女の瞳《ひとみ》が光った。「犯人がその女も殺してくれてたらいいけど。あの女が、マルを気の優しい博打《ばくち》好きからギャンブラーに変えた張本人よ」

「どういう意味ですか？」

「だって、はっきりしているじゃない。もしマルが、わたしとあの女の両方を幸せにしようとさえしなければ、お金を盗んだりしなかったはずよ。ふたりの女を養えるくらい充分な金を作ろうとして、賭けをしたりすることもなかったわ」

キャサリンは眉《まゆ》をひそめた。「それじゃあ、ご主人は本当に横領していたんですか？　証拠はあったんですか？」

アニー——すべてを宿命として受け入れている女——が肩をすくめた。「どうして連中がわたしにうそをつかなきゃいけないわけ？　わたしからなにを手に入れることができたというの？　とにかく、ギャング一味にしては、あの連中はさほどワルじゃなかった。わたしも何年かカジノで働いていたから」

キャサリンは別の面からせめてみた。「殺しを依頼したのはご主人が賭けをしていた東部の呑み屋でしょうか？　カジノの所有者ではなくて？」

「あんたの推理は、わたしとほとんどいっしょよ」アニーは火をつけたばかりの煙草をもみ消した。「分かるでしょ、わたしは頭ではいつも、マルが女と逃げていることを祈っていたわ。とりあえず、生きているってことだものね。でも、心のなかでは？　あの人が死んだことは分かってたわ」

話を戻してキャサリンはたずねた。「その日のことをおぼえていますか？」

アニーは過去に思いをはせた。「その日の朝、わたしは十時に起きたのよ。玄関のポーチで新聞を拾ったわ。マルが仕事に行く前までにいつも配達されているとはかぎらなかったから。もし届いていれば、マルがとってきてくれるわ。でもその朝はまだポーチのところにあった。わたしが新聞を拾ってカーポートに目をやると、マルの車はなくなっていた、いつもどおりに。それでわたしは自分の用事にとりかかったの。新聞を読んで、朝食をとり、ママに電話して——当時ママはまだ生きていたから——ま、そういうようなことをね」

キャサリンはうなずいた。

「四時半ごろ食料品店に行って、夕飯になにかおいしいものを買うことにしたの。一日マルとは話をしていなかったけど、六時かそこらには帰ってくると思っていたわ。その日わたしは仕事が休みで、わたしの休みの日には彼はいつもまっすぐに帰宅していたから、その晩はいっしょに過ごすはずだったのよ」せつなそうに笑っていた顔が震えだし、また目に涙が浮かんできた。

キャサリンは、人間のクズを愛するということがどういうことなのかよく分かっていた。

「ご主人のことをとても愛していたんですね」

ふたたび涙がこぼれだし、アニーはうなずいた。

長椅子にアニーをすわらせると、アニーはキャサリンの肩に顔をうずめて泣いた。

しばらくしてアニーは震えながら、感謝の言葉をつぶやいてキャサリンから離れた。そうして早口でつづけた。「食料品店に行くことにして裏口から外に出たわ。わたしたちはほとんど裏口を使っていたのよ。外に出て、カーポートの砂利の黒ずんだ赤い染みに気がついたの。私道を舗装する前のことよ。あのとんでもないアスファルトよ。この暑さだと本当にいや。でも業者は安いからって言って、わたしはよく知らなくて」

キャサリンがアニーを急《せ》かさないようにしていると、オライリーが隅でそわそわしているのに気がついた。

ホスキンズが、カップを四つと、砂糖とクリームが載ったトレイをもって戻ってきた。

アニーはホスキンズに声をかけた。「ちょうどアスファルトのことを話していたの」

「業者はとんでもないうそつきだ」彼はそう言って、コーヒーをとりにキッチンにもどった。

「黒っぽい赤い染みを見つけたんですね」キャサリンは話をうながした。

「ええ、そう、それでぴんときたのよ。近づいてよく見ると乾いた血だと分かって、すぐに家にもどって警察を呼んだの」

ホスキンズはコーヒーを運んできた。めいめいカップをうけとると、ホスキンズがコーヒーをそそいだ。アニーは砂糖をたっぷりとミルク、ホスキンズはミルクだけ、オライリーとキャサリンはブラックで飲んだ。休憩室の排水よりずっとおいしかった。

オライリーがしたように——刑事のばかでかい手がかすかに震えていることにキャサリンは気がついた——キャサリンもホスキンズに礼を言った。アニーにもう一度向きなおる。「それで警察を呼んだ」

「そうよ。警官がきて、血のサンプルをとったけど、わたしにはなにも話してくれなかった。マルの車も見つからなかったわ」

「報告書には、警察はご主人の私物を返却したとありますが」

アニーはうなずいた。

「報告書には目録がなくて——なにが含まれていたのか知りたいのです」

「ゲリー、あの箱をとってきてくれる？　どこにあるか分かっているわよね」

ホスキンズはふたたび部屋から出て行った。

アニーは話をつづけた。「警察が箱をかえしてくれたときから、ほとんど開けたことがないの。大部分はマルの仕事場の机にあった、こまごましたものよ」アニーの声はそっけなかった。

「でも警察が見つけたもののなかに、あのあばずれからマルにあてた手紙があったのよ。それで警察はマルが女と駆け落ちしたって考えたわけ」

ホスキンズは飾り気のない茶色のボール紙の箱を持って部屋にもどり、キャサリンにわたした。

「お預かりしてもよろしいですか?」キャサリンはたずねた。

アニーは顔をしかめた。「どうぞ。それとおねがいだから――今度はかえしたりしないで。その箱にはわたしがもう一度見たいようなものは入っていないから。ちがう人の持ち物よ――わたしのマルのものじゃないわ」

箱をうけとるとキャサリンは訊《き》いた。「ところで、マラキーさんは煙草を吸いましたか?」

「いいえ、一度も。喫煙はいやな習慣だと思っていたから」アニーは自分の手にあった煙草に目をやった。「皮肉よね。彼のおかげでわたしも煙草をやめていたんだけど……マルがいなくなって、また吸いはじめたの。いらいらしちゃって」

「すみません、フォルトゥナートさん、もうひとつだけうかがってもいいでしょうか」

「ええ」

「ご主人と関係を持っていたダンサーの名前をご存じですか?」

アニーが口をきっとむすぶと唇から血の気がひいた。口から煙草を離すと、小さな火花をあげながら何度も灰皿でもみ消した。

ホスキンズが答えた。「ジョイ・スターだ」

「どうしてあの女の名前が知りたいのよ?」アニーはたずねた。

「彼女からも話を聞きたいんです。でも、まずは彼女がどうなったのか見つけだす必要がありますが」キャサリンは答えた。

ホスキンズが口をはさんだ。「アニーはそれがあの女の本当の名前なのか芸名なのか知らないんだ……でもスウィンガーズってとこで働いていた。まだ残ってるよ――パラダイス・ロードを南に行ったところだ」

キャサリンはその店を知っていた。「分かりました、ホスキンズさん――ありがとう」キャサリンはアニーに向き直った。「長い間ありがとうございました、フォルトゥナートさん。つらかったでしょう。これからわたしたちがご主人の殺人事件を洗い直しますが、そのうちまた訊きたいことができるかもしれません」

キャサリンが手をさしだすと、アニーは暖かい手でぎゅっと握った。アニーの表情の硬さがやわらいだようだった。

「なんとなく、気分が……よくなったわ。ありがとう」アニーは言った。

刑事と捜査官が七月の暑さのなか外にでると、車の近くでオライリーがキャサリンをひきとめた。

「かわりに仕事をしてくれてありがとう。それに、えっと……とにかくありがとう」

キャサリンはオライリーを見た。

クルーカットの頭を振って、オライリーはふうっと息をはいた。「とんでもないことになるところだった」

「気にしないで、刑事。誰にでも起こりうることよ」オライリーが車に乗ったとき、彼の手が少し震えていたことにキャサリンは気がついた。後部座席にマラキー・フォルトゥナートの私物が入った箱を置いてから、キャサリンもタホに乗りこみニックに電話をかけた。

「ニック、マラキーがミイラよ。ロイ・マクニールという歯科医の住所を調べて、折りかえし電話をちょうだい。オフィスに帰るまえに治療記録を受けとってきたいの」

「オーケイ」ニックは答えた。「すぐに連絡するよ」キャサリンはSUVにすわり、ニックの電話を待ちながらフォルトゥナートの家を眺めていた。マラキーは煙草を吸わなかったし、彼の失踪《しっそう》当時は妻も喫煙者ではなかった。裏庭の煙草の吸い殻は、十五年前の朝、誰かがマラキー・フォルトゥナートが家から出てくるのを待っていたことを意味する……。


　男は煙草に火をつけ、ジッポをかちりと鳴らして閉じると、家に寄りかかってゆっくりと吸った。植えたばかりの芝生には朝露が残っている。ここでは芝生は長持ちしないだろうが、ここに家を建てた業者はいつも試みてはいるようだ。彼が裏口を見張っている家は建設されてから半年もたっておらず、人が住みはじめたのも二カ月前だった。この家のなかにいるフォルトゥナートという男が、悪い人間を怒らせてしまったというわけだ。

　両隣の家の住民はまだ静かに寝ている。男がいまマールボロを吸いながら立っているのは家のうしろ側だが、裏庭はとなりのブロックの家の裏庭と向かい合わせになっている。ただ、となりのブロックの住宅群はまだ完成しておらず、その日の作業をする建設作業員たちは到着していなかった。だからあたりには彼しかいない……。

　フォルトゥナートの日課は判で押したように同じだった。殺し屋が観察していたその週の間、標的は毎朝二分の誤差の範囲内で家を出た。殺し屋はきちんとした男が好きだった。毎日、同じ時刻、同じ経路というのは、殺してくれと言わんばかりの態度だ。

殺し屋はもう一度煙草を吸って肺に煙をたっぷりためこんでから、ゆっくりと鼻から吐きだした。腕時計にちらっと目をやり、ほほえむ。この煙草を味わう時間は充分ある、あわてる必要はない。煙草を吸い終わったら、手袋をはめて仕事にとりかかるのだ。

最後の一服を吸うと殺し屋は長い間ためこんでから吐きだし、地面に落とした吸い殻を足で踏み消した。ポケットから手袋をとりだしてはめる。体をほぐすために首をまわすと骨が鳴るのが分かった。そして殺し屋は最後にもう一度腕時計を確認した。

タイムカードをおす時間だ。

ホルスターからオートマチックを抜き、マガジンを確認してサイレンサーをとりつける。角の向こうが見えるように、少し体を移動させる。標的はまだでてこない。身を隠して息をととのえながら待った……。

標的が姿を現して、扉を閉め次にスクリーン・ドアを閉めて車に向かった。殺し屋はフォルトウナートの背後から近づいた。引き金をひくと、わずかな反動を感じる。赤い小さな花が標的の後頭部に広がりはじめる。フォルトウナートは悲鳴をあげる間もなく、ただ体を折り曲げるようにしてその場に倒れこんだ。

殺し屋はしゃがみこんで、最初の弾痕《だんこん》の一インチ上にもう一発撃ちこんだ——保険と、それにサインとして。それから死体の手から車の鍵《かぎ》をもぎとり、車のフェンダー越しに目撃者がいないことを確認した。近所が眠りこんでいることに満足すると、殺し屋は立ちあがって車のトランクをあけ、死体を放りこんで乱暴に蓋《ふた》をしめた。それから運転席に乗りこみ、キーをまわした。

エンジンがかかり、低い音を立てて動きだすと、殺し屋はあわてずに私道から車をだし、ゆっくりと車道に入った。職場に向かう中産階級の男のように。

殺し屋がラッセル・ロードの先にある空き地に着いたとき、あたりに人影はなかった。通りすがりのドライバーも、空き地にごみを投棄しようと車を乗り入れた男になんの注意もはらわない。そんな男は珍しくないのだ。殺し屋の探しているものはすぐに見つかった。道路から隠れた左側に、以前に目星をつけておいた廃棄されたトレーラーハウスがあった。その残骸《ざんがい》は腐食しはじめていたので、このあたりまで入りこんだ者はかなり長い間いそうにない。アルミニウムの外板は何枚も剝《は》がれていて、側面からあぶなっかしくぶらさがっているものもあれば、剝がれ落ちた鱗《うろこ》のようにちらばっているものもある。

殺し屋は、血のついた頭部に触れないように気をつけながらトランクから死体を引っぱりだし、足を持ってトレーラーハウスまでひきずっていった。死体をアルミ板のうえに載せ、アルミ板をトレーラーハウスの下に押しこんだ。サイレンサーをはずしてポケットにしまいこみ、拳銃《けんじゅう》から銃身《バレル》を抜くと、それを餞別《せんべつ》としてトレーラーの下の死体のそばに放りこんだ。トレーラーの外板の細い板や木や石片で開口部をふさぐ。そして血痕には足でドロをかぶせて、（すでにたくさんあった足跡のなかから）自分の足跡をほとんど掃き消し、さりげなく車で走り去った。車はどこかに乗り捨てればいい。

携帯電話が鳴って、キャサリンは事件を再構築する夢想から現実に引きもどされた。「住所を言うからメモして」ニックが住所を告げ、キャサリンはそれを書きとった。「マクニール医師のところの看護師が、マラキー・フォルトゥナートのカルテを用意しておくそうだ」

一時間後には、元気づいたキャサリン・ウィロウズは歯科医のカルテを手に入れて、研究所にもどる途中だった。まちがいなくミイラの身元は特定できるだろう。

ミイラを発見したのはほんの昨日のことだ。今日は被害者の身元が判明し、捜査は犯人探しへと移行する。

7

グリッソムは映像芸術に魅了されたかのように、灰色がかった不鮮明な画像がゆっくりとモニター上をすすんで行くのを凝視していた。彼が見ていたのはビーチコマーの監視ビデオのテープで、この二十四時間調べつづけた山のようなテープの一本だった。目下のところグリッソムは、発砲のあった朝を映している大量のテープの二巡目に入っている。ときおり眼鏡をはずして目をこすったり、ずっとすわっていたせいで生じた腰の痛みをやわらげるために、立ちあがって筋肉をほぐす体操をしたりした。

けれども大部分の時間は椅子にすわり、粒子が粗く、ぼやけていることも多い画像をにらんでいた。退屈な画面をこんなにいつまでも眺めていると、普通の人間なら今ごろは頭がおかしくなっていたかもしれない。しかしグリッソムは集中力を切らさず、熱心に見ていた。なにしろどのテープも新しい証拠の一部分であるか、少なくとも証拠になる可能性があるのだ。今のビデオはカジノを撮《うつ》したもので、時刻表示は五時四十分となっていた。

カメラは天井にそなえつけられていて、カジノの通路のまん中あたりから正面玄関に向いているので、不鮮明ながらロビーからエレベーターのあたりも映っていた。朝のこの時刻、カジノにはほとんど客がいない。はっきり分かるのは、ビデオ・ポーカー・マシンの列の入り口に近いいちばん端の機械に向かっている男と、カメラにさらに二列近づいた場所でスロットマシンをしている女だった。女はカメラに顔を向けている。いつまでもなにも起きない――何人かがギャンブルをして、ときおりウェイトレスが飲み物の載ったトレイを手に歩きまわっている。そのとき、グリッソムは、遠くの人影――ロビーとエレベーターの間――に気がついた。

まっすぐすわりなおして目をこらすと、遠くの不鮮明な人影が、上の階からおりてきた被害者だと確信が持てるようになった。画面に近づき目を細めてじっくり見る――まちがいない！

――数歩進んだジョン・スミスは、ビデオ・ポーカー・マシンの男になにげなく目をやった。グリッソムが一時停止ボタンを押したかのように、ジョン・スミスはぴたりと動かなくなった。

スミスは監視カメラからかなり離れた位置にいたので、表情までは分からない。だが、エレベーターに向かって急いで引きかえすその姿がスミスであることはまちがいなかった。ポーカーをしていた男がスミスの後を追おうとしたが、いったん足を止め、機械からなにかを引き抜いてからスミスを追ってエレベーターに向かったことも、はっきりと見てとれた。

画面の男がポーカー・マシンから離れたところで、男の服装が、上階のビデオテープに映っていた殺人犯のものと、黒いランニングシューズまで、まったく同じなのに気がついた。しまった――最初に見たときに、どうして見落としてしまったんだろう？　グリッソムは頭を振った――展開が早かったので、疲れて目をこすっていた間にでも見落としたのだろう。

グリッソムはテープをとめてくりかえし再生した。階上の廊下でのテープ同様、殺人犯は決してカメラを見なかった。わざわざ監視カメラに背中を向けるような位置にすわったのだろうか？　標的を追いかけていた殺し屋なのだろうか？

今度は殺人犯が追跡を躊躇《ちゅうちょ》するところに集中して、さらに数回テープを見た。ようやくマシンの上部で点滅しているライトに気がついた。殺人犯は被害者を追って動きだしたとき、大当たりを当てたのだ！　躊躇した理由はそれだろうか？

ちがう。なにか他のことだ。

グリッソムはテープを停止させた。これを正確に判断できる人物がいる。適任者を……。

彼はドアのところに行って、廊下で大声で呼んだ。「ウォリック！」

すぐに返事がなかったので、グリッソムは廊下を歩きだした。任務を胸に、部屋から部屋へと首を突っこんでまわった。DNAラボに飛びこむと、若いラボ研究員が仰天した。

「ぼくじゃありません、主任」グレッグ・サンダースは叫んだ。「ぼくのせいじゃありません」

それで、グリッソムは立ち止まって、かすかな笑みを浮かべた。「グレッグ、なんだか知らんが……きみのせいじゃないんだろうとも。ウォリックを見たか？」

「最後に見たときは、ウォリックはサラとAFISを調べていました……でも昨日だったかも……」

その返事にグリッソムは眉《まゆ》をひそめた。「正確さだ、グレッグ。正確さが大事なんだ」

廊下に戻ってウォリックを探していると、ひょろっとした当の本人が角をまがってきて、ぶつかりそうになった。ウォリックはいかにもしなやかなそうな手足をしていて、茶色の半袖《はんそで》シャツの裾《すそ》をだし、シャツより薄い色のチノパンをはいていた。

「呼びましたか、主任？」

グリッソムは歩きだした。「いっしょにきてくれ……見せたいものがある」

オフィスに戻り、グリッソムはウォリックにビデオテープを見せた……二度。

「どう思う？」グリッソムは訊《き》いた。

ウォリックは決して急がない。目を半開きにして、もう一度テープを再生する。

ようやくウォリックがつぶやいた。「おれには、男がマシンからカジノ・カードを引きだしているように見えますが」

グリッソムは笑った。「それで、どういうことだか分かったよ」

「ええ。カジノでカードを追跡できます。誰のカードかも分かります」ウォリックは眉をひそめて考えこんだ。「主任は、殺人犯が地元の人間だとは考えてなかったんですか？」

「わたしはなんとも予断しない」グリッソムは答えた。「しかしその可能性を除外してもいない……。いま、なにをやっているんだ？」

ウォリックは親指をドアに向けた。「サラとおれで、ディンゲルマンのパームパイロットに残っていたEメールの発信者を追っているところです」

グリッソムは眉をひそめた。「ディンゲルマン？」

ウォリックはグリッソムを見た。「被害者の名前です――フィリップ・ディンゲルマン」

「わたしに教えるのは、クリスマスまでおあずけにするつもりなのか？」

「ブラス警部の報告書を見てないんですね――主任の机のうえにありますよ」

グリッソムはモニターに向かってうなずいた。「わたしは、もうしばらくここにいるよ」

「主任は、昨日の勤務時間が終わったときからここにいますよ。いまは新しいシフトです、主任。すこし仮眠をとったほうがいいですよ、それに食事のことも考えないと……」

「ディンゲルマンか！　シカゴの。ギャングの弁護士だな？」

トレードマークである、おかしみのない薄笑いをうかべながら、ウォリックはうなずいた。

グリッソムはウォリックの肩に手をのせた。「よし、Eメールはサラにやらせよう。彼女はコンピュータの達人だ――きみはうち専属のギャンブル専門家だ」

「それはほめてるんですか？」

「どちらでもいいじゃないか――すぐに例のカジノにもどってくれ。そのポーカー・マシンに残っている指紋を調べるんだ、それとスロットマシンの担当者からなんでも訊きだしてこい」

「ブラス警部を呼びだして、刑事をつけてもらいましょうか？」

「そのときがきたらな」

歩きながらウォリックが返事をした。「分かりました」

「どうなっているかは、わたしからサラに話しておこう」

グリッソムは廊下をオフィスに戻った。サラがキーボードを叩《たた》いていた。「どうだね？」

「全然――ぜんぶうまくいかない」サラは答えた。「この男は自分の痕跡《こんせき》をうまく隠しているわ。Eメールは、世界中のありとあらゆるプロバイダーを経由して出所を隠蔽《いんぺい》しているにちがいないわ」

「分かった、少し休め」グリッソムは机のはしに腰をおろし、サラに笑いかけた。グリッソムは自分のチームにこのハーバードの卒業生をみずから引き抜いた。サラはグリッソムの研究室にいた学生で、その専門的な技能、ひたむきさ、ねばり強さを彼は高く評価していた。「やるべきことは他にもたくさんある、だろ？」

「あいかわらずね。ウォリックはどこ？」

「ビーチコマーに行ってもらった」

サラは表情を硬くした。「わたし抜きで？」

「そうだ」

「それが名案だと思っているの？　ウォリックをカジノにたったひとりで行かせるなんて？」

グリッソムはわずかに肩をすくめた。「わたしは彼を信頼している」

ため息をついたあと、サラはにやっと笑った。「あなたがボスですものね」

「分かってくれてうれしいよ」グリッソムはつづけた。「ところで、きみに助けてほしいんだが」

その言葉をどう受けとっていいのか分からず、サラは眉をあげてグリッソムを見つめた。

「死体保管所でのデートだよ」

ふたりはブルーの手術着にラテックスの手袋という恰好《かっこう》で、ふたつの検視台の間に立った。

目の前の台にはフィリップ・ディンゲルマンが横たわり、うしろの台にはキャサリンとニックが見つけたミイラが載っている。

「それで、ここでなにをするの？」サラがたずねた。

「これを読んでくれ」身元不明死体十七号の解剖報告書を手わたした。

サラは報告書をさっと見て、目を留め、もう一度ゆっくり該当箇所を読んだ。

「これ、なに？　分からないわ。ロビンス先生が死体をとりちがえたんじゃない？」

グリッソムは首を振った。「傷のこまかい点まで同じなんだよ」

「同じはずがないわ……」

「証拠が正しいと言っているなら、それは正しい。しかし、確認のためにきみとわたしとで、もう一度測定しようじゃないか」

「とんでもない偶然だわ」

「そうかな？」

「主任、どうしてウォリックとわたしに、このことを教えてくれなかったの？」

「事件を別個にしておきたかったんだ。証拠が同じだと教えてくれるまで、もしくは同じではないと教えてくれるまでは、われわれはひとつの事件だと仮定してはならない」

うなずいてサラは言った。「どっちからはじめる？」

「きれいなのより、年とっているほうだな」グリッソムはそう言うと、ミイラに向き直った。

ウォリックはビーチコマー・ホテルの裏にある巨大な駐車場に車を停めると、指紋採取用の道具一式が入った小さいほうのフィールド・キットを持ってカジノに足を踏みいれた。殺人犯がポーカー・マシンをあとにしてからこれだけ時間が経過しているのだから、意味のない作業だろうとウォリックは思った。主任もそう考えているはずだ。だが、断定はできない。なにかの時に尋問できるように刑事を同伴する要請の電話もかけず、グリッソムはウォリックを単独でカジノに派遣した。主任が完全に自分を信用しているのか、さもなければテストなのだろう。スロットマシンの回転音、ディーラーの声、ガチャガチャ、リンリンという音……誘惑的な喧騒《けんそう》のなかを、ウォリックは、目前の仕事になんとか気持ちを集中させながら歩いた。ウォリックはすぐに、グリッソムに見せられたビデオ画像を撮影したカメラの下にきた。ベルや口笛、紫煙が充満した空気、人々の表情――敗北、歓喜、失望、倦怠《けんたい》――を無視して、仕事にとりかかる。殺人犯が使ってからまだ二十四時間ほどのビデオ・ポーカー・マシンに大股《おおまた》で近づく。

マシンは三十代なかばの禿頭《はげあたま》に占領されていた。眼鏡をかけ、紺のポロのシャツに黄褐色のドッカーズのチノ、靴下にサンダル履きというういでたちだった。ウォリックが見ていると、客は10のペアを残して、ワイルドカードの2とさほど重要でない二枚のカードを捨てた。二十五セントの賭け《ベット》に二十五セントで応じて、スリーカードをブレイクした。まったく大した浪費家だよとウォリックが思っていると、客はクラブとダイヤが交ざった、4、6、7、8を残した。

カモられるぞ、インサイド・ストレートをねらうなんて冗談だろ。客がスペードの8を引く――ただの敗者になった。ミスター〝靴下にサンダル履き〟はさらに四番負けて、肩越しにのぞきこみながら立っていたウォリックをふりかえった。

いらだちで声が荒立っている。「なんだよ？」

ウォリックはバッジを見せた。「ラスベガス市警科学捜査班の者です。指紋を採取するため、このマシンに薬剤を散布する必要があります」

ギャンブラーは怒りを爆発させた。「イエスがうまれたときから、おれはここにすわっているんだ！　このマシンからどくつもりはないからな」

ウォリックはうなずくと、前かがみになって体を近づけた。「昨日の朝、殺人犯がここにすわっていたんです」

客は微動だにしない。けれどもポーカー・マシンに注意をもどそうともしなかった。

ウォリックは頭を動かして示した。「わたしの肩ごしにカメラが見えるでしょう？」

天井からつきでている黒い突起物を見あげて、客がうなずく。

ウォリックはおだやかな口ぶりでつづけた。「あのカメラで撮影されたビデオテープの映像から、ここにすわっている殺人犯を見たんです。これからわたしは従業員の誰かを呼んで、このマシンに薬剤を散布します。そうすれば、殺人犯の正体が分かります」

「おれはどうなるんだよ？　おれの権利はどうなる？」

「換金しますか、それともわたしの作業がおわるまでバーで待ちますか？　そうすれば、あなたのお金をとり戻せ……投資を守ることができますが」

客はウォリックに不機嫌そうな一瞥《いちべつ》を投げた。「バーにいるよ。仕事がすんだら、ウェイトレスを寄こしてくれ」

「ありがとうございます」ウォリックは言った。「それと、あなたの指紋も採取するように言われています――そうすれば、それを除外できますから」

自分のプライバシーの権利についてぶつぶつ言いながら、客はプラスチックのバケットシートから体を持ちあげると（二十五セント硬貨の未開封の筒をいくつか手にしながら）、靴下にサンダル履きで静かにバーに歩いて行った。ちょうどそのとき、カジノの警備員がすっとウォリックに近づいた。

「なにかご用ですか？」憂慮と不審が入り混じった声で警備員がたずねる。

警備員は黒人で、ウォリックとほとんど同じくらいの身長だが肩幅が広く、体重が四十ポンド余計にあった――おそらく筋肉だろう。ビーチコマーの名がポケットに刺繍《ししゅう》されている、体にぴったりあったグリーンのスポーツコートのうえからでも、それはあきらかだった。警備員が大きな手に握っている携帯無線機は、まるでキャンディバーのように見える。

もう一度、ウォリックはバッジを見せて状況を説明した。「スロットの責任者に会いたいんだが」

「上司に連絡します」警備員が答える。

「分かった」

警備員が携帯無線機に向かって話しかけると、二分たらずでウォリックのまわりを小ぎれいな上着をきた六人の警備員がとり囲んだ。濃紺のダブルのスーツを着たカリフォルニアっぽい男のまわりで、グリーンの海が左右に割れた。男は警備員のなかでいちばん若かったが、ボスらしかった――六フィート一インチ、ブロンド、ハンサム。

「スロットのトッド・オズワルトです」そう言って手をだした。歯ならびのいいまっ白な歯をみせながらほほえみ、練習の成果であるテレビの宣教師なみの誠実さを見せた。

「ウォリック・ブラウンです。昨日の殺人事件に関して科学捜査班の追跡調査です」

オズワルトの顔から笑顔が消えた。ウォリックの言ったことを聞いている客がいないかどうか確認しようと、すばやくあたりに目を配る。「ブラウンさん、われわれは要請があればよろこんで協力しますから、もう少し小さな声で話していただけませんか」

今度はウォリックがほほえんだ。「よろこんで、オズワルトさん。昨日の朝五時半ごろ、ここに男がすわっていました。この男に関してご存じのことをすべて教えていただきたい」

「なにを頼りに？　ビーチコマーはたくさんのお客さまがいらっしゃるんですよ、ブラウンさん」

「昨日の五時四十二分に、このマシンでスロット・カードを使った男です」

オズワルトは目を見開いてうなずいた。「すぐにとりかかりましょう」

ウォリックがさりげなくつけ加えた。「それとおたくが調べているあいだ、わたしはマシンの指紋を採取したいんですが」

オズワルトは眉《まゆ》をひそめて、もう一度まわりを見まわした。「いますぐですか？」

「営業時間が終わってからでもかまいません」

「閉店時間はありません」

「どちらもだめなら――いまより都合のいい時間がありますか？　おたくがスロット・カードを調べているあいだ、どうせわたしはここにいるんだし」

「うーん……おっしゃることはよく分かりました。すぐとりかかってください、ブラウンさん」

スロット主任は二名の警備員にその場で待機するように指示して、残りの部下といっしょに姿を消した。ウォリックは一時間ほどかけて、最終的にかなりたくさんの指紋を採取し、このうちのどれかはなにか役にたつのだろうかと考えた。殺人犯が席を離れてから、どのくらいの人間がこのマシンを試したのかまったく分からなかった。

たくましい警備員に身振りで合図をして、ウォリックは言った。「終わったと、ボスに連絡してくれないか」

警備員は携帯無線機をとりだして話しかけた。警備員は返事を聞いて、ウォリックのほうに向いた。「警備本部室までご案内します」

「ありがとう。それと、バーにいる男のためにこのマシンを押さえておかなければいけないんだ——男を呼びに、カクテル・ウェイトレスを行かせてくれないかな？」

「いいですよ。どんなお客さまですか？」

「禿頭に眼鏡をかけていて、靴下にサンダル履きという恰好《かっこう》さ」

「分かりました。親切なんですね」

「おいおい、それでなくてもギャンブラーっていうのは、充分つらい目にあっているんだぜ」

もうひとりの警備員がウォリックを案内するように呼ばれて、ブロンドのオズワルトが警備本部室の入り口のところで出迎えた。「分かりましたよ、ブラウンさん。男の名前はピーター・ランダルです」

ウォリックはメモ帳と鉛筆をとりだした。「住所は？」

「ヘンダーソン市イースト・ホライズン一三六五番私書箱Lの五七」ウォリックは気がめいった。それはレンタル・メールボックスの場所だろうと思いながら、住所を書き留めた。「他には？　オズワルトさん」

「なにも」

ウォリックはメモ帳をしまった。「この男のことをもっとよく調べるために、数日または数週間さかのぼる必要があります――これまでのところわれわれがお預かりしたビデオテープでは、男の顔が確認できませんでした」

「男は常連かもしれませんね」オズワルトも同意した。

「そうなんです。どのくらいでテープを集められますか？」

「人手が足りないし、テープは保管してあって――」

「どのくらいかかりますか？」

オズワルトは考えた。「明日の朝では？」

「ここで見てもいいですか？」

「できれば、そうおねがいしたいです」

ウォリックはうなずいた。「ありがとう。また来ます」

車に乗りこみ、ウォリックはグリッソムに電話して男の名前と住所を報告した。もう一度グリッソムは、ウォリックが単独で行くことを承認した――殺人犯は逃亡中で、その痕跡《こんせき》はすぐに消えてしまうからだ。

車でヘンダーソン――そこは、モノポリーについている緑色の家に似たスタッコ仕上げの住宅が一列にならんでいる地区で、ほとんどの家が背中あわせか向かいあわせ、またはその両方の状態で立っていた——に向かうと、高速道路を使って二十分かかった。思ったとおり、その住所はショッピングセンターにあるレンタル・メールボックス店だった。

メールボックスは壁一面にならんでいて、その反対側に長いカウンターがあった。裾《すそ》を結んだTシャツのうえからブルーのスモックを着て、色あせたジーンズをはいた十八歳くらいの少女が店番をしている。少女の髪の毛は薄茶色で、左の鼻孔にシルバーのスタッドピアスをしていた。

「いらっしゃい」少女は投げやりに言った。

「店長はいるかな？」

「留守よ」

「彼はすぐにもどってくる？」

「彼女」少女は訂正した。「昼食にでてるの」

「どこに行ったか分かるかな？」

「ああ、角をまがったところのデイリークイーン」

「ありがとう」ウォリックはつけ加えた。「店長の名前を教えてくれない？」

「ローリーよ」

歯を一本ずつ抜いている気分だ。「ラストネームは？」

少女はしばらく考えている。悩んでいるようだ。「分からない」

「知らないのかい？」

「聞いたこともないわ」

「そう、分かった。本当にありがとう」ウォリックは本気で言った。「とても助かったよ」

ゾンビなみの活気で少女は答えた。「また、いつでもきて」

ウォリックが角をまがってデイリークイーンまで歩いて行くと、ローリーらしき女を見つけた。女はひとりでテーブルにすわり、細切りチキンとフライドポテトをつまんでいた。女もさきほど店にいた少女と同じブルーのスモックを着ていた。肩のところで切りそろえた茶色の髪は、面長でかわいらしい顔の茶色い目とよく合っていて、妊娠六カ月くらいに見えた。ウォリックはまっすぐ近づいた。「ローリーさん?」

女は顔をあげて用心深そうにたずねた。「どこかで会ったっけ?」

「いいえ。ウォリック・ブラウンです。ラスベガス市警科学捜査班の者です」と言ってバッジを見せた。「すわって、すこし話をしてもいいですか?」

「でも……」

「二、三分ですみますから」

「ならいいけど。なんなの?」

プラスチックと金属でできた椅子をひいて、同じ小さな四角いテーブルに向かった。「おたくの客のことで、話があるんです」

ローリーは首を振った。「令状なしで客のことは話せないわよ。客のプライバシーがかかっているからね」

「その男は殺人犯で、われわれには時間がないんです」

ローリーはこの言葉に驚いたようだったが、もう一度首を振った。「悪いわね、教えられないわ……」

ウォリックは口をはさんだ。「名前はピーター・ランダルです」

女が目を見開いた。

「どうかしましたか、ローリーさん」

「ランダルさんのことを聞くなんて妙ね。ちょうど昨日解約したのよ」

「令状がでるまでの間、オフレコで話してくれませんか？」

女は、どうしたらいいのか分からないようだった。

ウォリックは携帯電話をとりだすとグリッソムに電話して、状況を報告した。

「一時間以内にサラに令状をもたせて、そこに向かわせる。わたしがブラス警部に連絡しよう」グリッソムが言った。

サラを待つ間に、ローリーはランチを食べ終わり、ふたりは店に戻った。鼻ピアスの少女はあいかわらず退屈そうにしていて、ふたりが帰ってきてもさほど注意をはらわなかった。ウォリックはカウンターの外に立ち、ローリーはなかに入った。女は協力することにして――何度もウォリックに確認した。「本当にランダルは殺人犯なのね？」――ランダルの記録をすぐにとりだした。

「ランダルの自宅は？」ウォリックはたずねた。

ローリーはファイルを見た。「同じヘンダーソン市ジョンソン四六一五よ」

すぐに携帯電話で連絡して場所を調べてもらう。

しばらくしてウォリックはつぶやいた。「くそっ」

「どうしたの？」

「ヘンダーソンにはジョンソン・ストリートも、ジョンソン・アベニューもそれらしきものはない。これもニセの住所だ」

「まあ。そのあたりのことは確認しないのよ。客の言うことを信じているから」

ウォリックはL五七のメールボックスに近づいた。「令状が届くまでここを開けられないのは分かっている。でも、ランダルがここを片づけたかどうかだけ教えてくれないか？」

「片づけてたわよ」ローリーが答えた。「なにも残っていないわ。解約したとき、全部だしていたわ」

「くそっ」

「悪かったわね」ローリーが言った。

「おれもきみも、同じことをしているだけさ」

「えっ？」

ウォリックは女に笑いかけた。「自分の仕事」

ローリーも笑い、鼻ピアスの少女は目をぎょろつかせた。

五分後、サラが――エリン・コンロイ刑事をともなって――令状を手に現れた。ウォリックはふたりに状況を説明した。

サラは、にやにや笑って首を振った。「じゃあ、なにもないの？」

ウォリックは肩をすくめる。「メールボックスの扉の指紋を採取できるけど、そんなところだな。どうも行き止まりらしい」

コンロイが口をはさんだ。「わたしが店主に質問するわ……彼女の名前はなに?」

「ローリー」ウォリックが答えた。

「ラストネームは?」

ウォリックはきまりが悪くなって、また肩をすくめた。「訊《き》かなかった」

コンロイはなにも言わずにウォリックを見てからローリーに近づいて質問をし、すでにウォリックが訊いた内容を記録した。

サラはため息をついてつぶやいた。「指紋の照合を放りだしてきたのに、こんな話なの」

「どうせ、うんざりしてたところだろ」

サラは笑わないようがまんしたが、結局吹きだした。

「ええ、そうよ」

「じゃあ、おれがスロットマシンで採取した何ダースもの指紋をプレゼントしたら、夢中になるさ」

「また指紋か。なにかいい話はないわけ?」

「あるよ」中味がない店内にコンロイの質問する声がひびいているそばで、ウォリックは内緒話でもするみたいに体を近づけた。「角をまがったところにデイリークイーンがある。ランチをおごってくれるというのはどうだい?」

サラはその話が本気で気に入った。店を出ながら、ひじでウォリックをつついて言った。

「自分で買ってね」

二時間後、研究室では、ウォリックがとっくに〝ピーター・ランダル〟という名を削除していた――やはり偽名だったのだ。そしてサラはカジノで採取した指紋を追ったが、結局それも役にたたないことが分かった。男のメールボックスの扉にも使い物になる指紋はひとつもなかった。

〝ランダル〟が店を訪れた二回とも店長のローリー・ミラーが応対していた。ローリーがコンロイ刑事に話した犯人の外見は、うんざりするほどありふれたものだった。ホテルのテープで分かった外見につけ加えられるのは、サングラスと黒っぽい野球帽だけだ。目撃者のスケッチが役にたつかもしれないが、さほど期待は持てない。

もう一度はじめにもどって、ウォリックは廊下で採取した足跡を調べることにした。

サラがランニングシューズの模様を識別するデータベースを使って、レーサーズというメーカーの製品らしいことが判明した。犯罪現場の足跡は不完全な形状だったので、完全には一致しなかった。それでウォリックはインターネットにつないで、オレゴン州にあるメーカーの本社の電話番号を探しだした。

「はい、レーサー・シューズ・アンド・アスレチック・アパレルでございます」溌剌《はつらつ》とした女性の声が聞こえた。「どちらにおつなぎしますか？」

「ウォリック・ブラウンといいます。ラスベガス市警犯罪捜査課の者です。そちらの靴の、製品全般の販売について分かる方とお話がしたいんですが」

電話の向こうが静かになる。

とうとうウォリックが声をだした。「もしもし？」

「お待たせして申しわけありません」返事がかえる。「この電話をどこにおつなぎすればいいのか上司に確認しておりましたので。販売担当のミズ・コッセイにおつなぎします」

「ありがとう」

二度呼び出し音がしたあと、別の女性の声——いくらかおちついた、もっと慣れた感じの声——が聞こえてきた。「サンドラ・コッセイです——どのようなご用件でしょう？」

ウォリックは状況を説明した。

「これはかなり異例な問い合わせです、ブラウンさん。当社は数多くの種類の靴を製造しております」

「知っています。すでにデータベースでおおよそは一致しているんです。けれども、そちらの、専門家としての裏付けをいただきたい」

「法廷で証言しなければいけないのかしら？」

ウォリックはにやりとした。「たぶんその必要はないでしょう。足跡をファックスしてもいいですか」

「あら、ええ、けっこうです」とファックス番号を告げた。

ウォリックは、自分がロイコ・クリスタル・バイオレットで鮮明化させた血まみれの足跡は送らず、かわりにグリッソムが静電気ダストプリント・リフターで浮かびあがらせた非常階段からの画像を送信した。

数分後ウォリックは女性にたずねた。「届きましたか？」

電話から、しばらくなにも聞こえなかったが、そのうちサンドラが電話口にでた。「きれいに届いたわ。少し時間をいただけるかしら。なにか分かったら、こちらからかけなおします」と答えた。

自分がどんなに疲れているのか分かってきたので、ウォリックはよろよろと休憩室に行き、冷蔵庫からパイナップル・ジュースをとりだして飲んだ。コンピュータにへばりついているサラの様子を見に行ったが、そこにいなかった。サラを探すと――こともあろうに、死体保管所でディンゲルマンの死体を見おろすように立っていた。

「大丈夫かい？」ウォリックは訊いた。

「ええ、ううん……分からない」サラは答えた。

「どうしたんだ？」

「どうして、わたしたちは、この男が誰に殺されたのか見つけだそうと一生懸命働いているのかしらね？　どうして、わたしは、殺人犯を見つけるためにしゃかりきになっているのかしら？」サラが死体をさす。「だってこいつは、ギャングの弁護士で、人間のクズを無罪にして自由にしてやって……」

「きみがそんなことを話しているところを、主任に聞かれなくてよかったよ」

サラはウォリックをにらみつけた。「主任と話しているんじゃないわ、わたしはあなたに話しているのよ」

「それはおれたちの決めることじゃないって、きみも分かっているだろう」ウォリックは少し近づき、横たわっているディンゲルマンをはさんでサラと向かいあう。「この男にとって、今までのことは関係ない。善も悪もない。この男は殺されたんだ、そのせいであの世へいっちまった……あの世なんてものがあるかどうか知らないがね。この世に残されているのは死体だけなんだ」

サラはウォリックの言ったことを少し考えてから、肩をすくめた。「きっとそういう単純なことなのよね。分からない。わたしには……むずかしいわ」

「いいかい、もし善悪から頭が離れないなら、こんなことをした犯人を思い浮かべるんだ。人を殺して金をもらっている人間をさ。最悪だろ」

サラはほんの少しほほえんだ。「そうね。分かった、そのくらいにしましょう」ウォリックの携帯電話が鳴ったので、ふたりは飛びあがった。ウォリックはあわてて、携帯を落としそうになりながら返事をした。「ウォリック・ブラウンです」

「サンドラ・コッセイです、ブラウンさん。お役に立てそうですよ」

ウォリックは電話を受けるために、サラに手を振り廊下を通って自分のオフィスに戻ると、メモ帳をつかんで椅子に腰をおろした。

専門家らしい声が言った。「あなたがうちに送ってくれたファックスは、当社のX15ランニングシューズです」

「分かりました」

「残念ながら、その製品は大して売れませんでした」

ウォリックは、製品が売れなければチャンスがたくさんあると考えた。「どのくらい生産されたのですか?」

「生産中止になるまでに、百万足にちょっと欠けるくらいです」

心臓が胃まで沈みこみ、ウォリックはうなだれて、たずねた。「百万足？」

「気力がくじけたようね。でも悪いことではないのよ――少なくともあなたにとっては」

「そうかなあ」

「半分以上売れなかったの」

それは助けになる――多少は。コッセイの説明を、ウォリックはメモ帳に走り書きした。

「売れた五十万足のうち、約百足がラスベガス地区で販売されたわ」

ウォリックはだんだんこの話が気に入ってきた。

「あなたのファックスにあった靴のサイズは、紳士用の十一で、ベガス地区で売れたのは二ダース以下だったの」

ウォリックはにんまり笑った。「ありがとう、コッセイさん。大いに助かります」

「靴を売った小売店の名前と住所は必要かしら？」

おれと結婚してほしいくらいだ、とウォリックは思った。「ありがとう――本当に助かります」

コッセイは店のリストをファックスしてきた。

ウォリックはグリッソムを捜しに行った。

8

キャサリンが見ている前で、ロビンス医師はマラキー・フォルトゥナートの歯科治療の記録とミイラの歯とを照合した。ふたりとも手術着を着ていたが、ロビンスはその下にピンストライプのシャツ、斜め縞《じま》のネクタイ、黒っぽいスラックスという服装だった。今日は法廷用の装いだ。

時刻は午後七時少し前——キャサリンは今日も早出で、シフトは公式には十一時まではじまらない。

検視官は歯のレントゲン写真を注意深く見てからミイラのほうに身をかがめて、そして体を起こしてレントゲン写真をチェックする。その動きを数回つづけたあと、ロビンスはキャサリンに手を振って合図した。「キャサリン・ウィロウズ、マラキー・フォルトゥナートをご紹介しよう」

キャサリンは笑った。「ついにお目にかかれたわけね？」

ロビンスはうなずきながら言った。「ようやくね——まちがいない、このミイラは失踪《しっそう》したミスター・フォルトゥナートだ。お手本のように歯科治療が一致したよ」

「けっこうよ」キャサリンはミイラを見おろして、まるですばらしい料理を鑑賞しているかのように両手をあわせながらつぶやいた。「フォルトゥナートさん、ようやく会えたわね……。あなたが誰だか分かったんだから、あなたを殺した犯人を見つけられるかどうかやってみるわね」

　なめし革のように硬くなったミイラは、言葉をかえさない。

「お疲れさま、先生」キャサリンは声をかけると、出口からでていきながらロビンスに手を振った。

「それがわたしの仕事さ」医師は揺れているドアに向かって返事をした。

　手術着をぬいだキャサリンは、ラボからでてきたニックとぶつかった。

「あら、やっぱりあなたも早いのね」と声をかける。

「やあ」ニックも答えた。しかし、すこしふさぎこんでいるように見える。「DNAの結果がでるまであと一週間かかりそうなんだ――連中はこれにかかり切りなんだが」

「かまわないわ」キャサリンはにこにこしながら言った。「ロビンス先生が歯の記録とわたしたちのミイラを照合したの――マラキー・フォルトゥナートよ」

「やっぱり！」

「指輪の件ではよくやったわね、ニック」

「どうも」

　ふたりは休憩室にコーヒーを飲みに行った。ニックはコーヒーをすすりながらたずねた。

「うちで最後にギャングの殺しを解決したのはいつなんだい？」

「一週間前までは一件もなかったわ。ベガスではその手の事件は驚くほど少ないのよ」

「己が飯を食うところでクソすべからずってことか」

「わたしはいつも心がけているわよ」浮かれた様子でキャサリンはコーヒーに口をつけた。

「わたしたちにはつきがあるわ、ニック。その男を捜しだしましょう」

「ようし——友達なんだから十五年の月日なんて気にしないよね？」

キャサリンは半分渋面をして半分笑った。「わたしの気分をぶち壊したいの？」

「まさか。殺人に時効はないってこと。おれはなにをすればいい？」

キャサリンはコーヒーカップを手にして、休憩室から外に向かった。「それよ。まず、主任にわたしたちがつきとめたことを報告しましょう」

ウォリックがカジノとヘンダーソンのレンタル・メールボックス店で見つけたものを説明すると、グリッソムは言った。「これではまだ犯人が地元の人間だという証拠にはならない」

グリッソムは、雑然とした書類の山と大量のバインダーがいまにも崩れ落ちそうになっている机に向かっていた。机のうえには、飲み残しが入ったアイスティーのコップと、生きているものや死んでいるものなどさまざまな種類の昆虫の標本も陳列されている。ウォリックは上司と向かいあうふたつの椅子の片方にすわり、サラは隅のファイルキャビネットに寄りかかっていた。

サラは言った。「でもレンタル・メールボックスが——」

グリッソムはかぶりを振った。「われわれの追っている男がレンタル・メールボックスを使っている可能性はある。そしていくつの名義を使って、何カ所のカジノで……何カ所の街で……何枚のスロット・カードを所有していたのか誰にも分からない」

「靴の件はどうですか？」ウォリックはたずねた。

グリッソムは言った。「それは役に立つだろうな、とりわけ犯人が地元の人間かどうか確認するのに。しかし国中で五十万足売れたと言ったな」

ウォリックは残念そうにうなずいた。

グリッソムはつづけた。「その靴を本当に役に立つものにするためにも、靴をはいている足を捜しだすんだ」

サラがにやにや笑う。「足にくっついてくる男もきっと魅力的ね」

ウォリックはため息をついて言った。「明日の朝、カジノで古いビデオテープを見てきます。もし犯人が地元の人間なら探すのにいい場所ですよね」

「そうだな」グリッソムはうなずきながら答えた。「指紋はどうだった？　〝ピーター・ランダル〟という名前で、なにかなかったのか？」

「ふたつとも、ノーよ」サラは答えた。

ウォリックは首を振った。「主任、本当におれたちでこの犯人を突き止められるとお考えなんですか？　つまりギャングの殺しを……」ウォリックはどうしようもないというように肩をすくめた。

「きみはスフィアの犯人のことを考えているんだろ」グリッソムが指摘した。

少し前にウォリックは、スフィア・ホテルのガラスのエレベーターのなかで銃殺された不良債務者の事件を調べたことがあり、事件はいまも未解決だった――手口は異なってはいたが、ギャングによるものだったのだ。

「たぶん」ウォリックは答えた。「なぜ、ちがうんですか？」

「とくに」グリッソムが言った。「証拠がちがう」

グリッソムがその説を展開する前に、ブラスがオフィスに入ってきて、すぐにキャサリンとニックが反対のほうからつづけて入ってきた。ファイルの束をかかえていたブラスは、すばやくグリッソムにうなずいた。

「歯の記録から確実な身元が分かりました」ウォリックのとなりに腰をおろしたニックが言った。「例のミイラは、十五年前に行方不明になった地元の住民で、ギャングと関係のあったカジノのボスから多額の借金をしていたマラキー・フォルトゥナートです。ミイラはギャングに殺されたんです」

ウォリックは――二件の殺人での、被害者の傷の類似点に関して知らされていなかったので――身をのりだして聞き耳をたてている。

「ミイラはそうかもしれないな」とグリッソムは言った。「わたしはまだフィリップ・ディンゲルマンについては確信がもてない。しかし同じ犯人に撃たれたことは信じているよ」

無表情なブラスをのぞいて、部屋のなかの全員がぽかんと口をあけた。

殺人課の警部が近づいて、グリッソムの机にファイルの束を無造作に投げた。「われわれは、両方の犯罪はＦＢＩがいみじくも〝2《デュース》〟と名づけた殺し屋の仕業だと考えている。この二十年近くの間に、合衆国のあちこちで少なくとも四十件の殺しを請け負って、実行している」

戸口に立っていたキャサリンがたずねた。「どうやって分かったの?」

「サインだ」ブラスが答えた。「上下二カ所に正確に一インチ離れた小口径の弾痕《だんこん》だ」

「〝デュース〟か」ウォリックが冷淡につぶやいた。

「しかし、われわれにはこのサイン以上のものが必要だ」グリッソムが言った。「二件の殺人の犯人が同一人物であることを裏付けるためにはな」

つづいて、ふたつの死体の類似性について知っていた者と知らなかった者とが衝突しながら、しばらく討議がつづいた。

とうとうグリッソムが声を荒らげた。「ふたつの死体を見つけたことは、本当に偶然かもしれない」

「つまりタイミングね」キャサリンが言った。

「そうだ——ディンゲルマンが殺害されてからフォルトゥナートの遺体が発見されたが、元来は並列に存在している別々の事件なんだ……ずっと以前に殺害された被害者の遺体が発見されたと同じ時に起きた別の殺人事件ということだ。犯人が同じというだけで。二件の殺人がたがいにかかわりがあると示すものはなにもない。とにかく、まだなにもない」

うなずきながらキャサリンが言った。「でも、そのサインは被害者が同じ殺し屋に殺《や》られたことを示しているわけでしょ」

「それが偶然の結果だという説は、わたしには受け入れられない」グリッソムは言った。「それぞれ別のギャングに関連している、二人の異なる殺人犯が、偶然に同じ殺害方法を採用したとは思えないのだ」

ウォリックは言った。「主任、後頭部の二個の銃弾は、ずっと昔はギャングの怒りの表れでしたよね」

「今回のはもっと特別な意味がある——まったく同じ部位に上下に一インチ離れた弾痕だ。この事実から、偶然ではないと当初から思えていたが、今ではこれがサインだと分かった」

「どうやって分かったんですか」ニックがたずねた。

グリッソムは身をのりだした。「ニック、きみと……キャサリンの……ミイラを調べた後、わたしの仮説をブラス警部に話したら、警部が部下を使って政府のコンピュータを調べてくれたんだ」

ブラスはグリッソムの机のうえのファイルの束を叩《たた》いた――二度。「この男はわが国のどこの、どの犯罪組織とも結びついていない。この男はあきらかに、ギャングたちばかりを顧客とする一匹狼だ――われわれが確認したかぎりでは、誰も男の外見を知らないし、実際の犯行を目撃して……生き延びて話した者もいない」

「殺し屋がギャングの依頼を受けて殺しをしたことはすでに分かっているわけよね」サラが指摘した。「十五年も間隔があいた二件の殺人が同じ殺し屋の仕業だと、わたしたちは信じている。その点を別にしたら……それがなんの役に立つの？」

「それだけではないさ」グリッソムが言った。「いまや背景が分かったわけだ――捜査の方向性が分かった」

「すてきね」キャサリンが言った。「なにかちがうことをするのかしら？」

「なにも」グリッソムはキャサリンを見つめ、それから部屋のなかにいる全員を見まわした。「これからも、ふたつの別々な事件として処理する……。しかし今は、全員が情報を共有した。キャサリン、きみとニックはミイラの事件を調べろ。警部が言ったように、証拠を補強する必要がある。それを探せ」

「この事件が同じ犯人によるものだと証明するんですね」ニックが言った。

片方の眉《まゆ》をつりあげたキャサリンがグリッソムを見つめる。

一瞬グリッソムもキャサリンを見た。「いいや」ニックに向かって言った。しかしその目はキャサリンにくぎ付けになっている。「証拠を追え——無関係のふたつの殺人かもしれない可能性はまだある」

キャサリンはほほえんだ。

「二軍はどうなるの？」サラがたずねた。

グリッソムはウォリックに向き直った。「ウォリックは目から血がにじむまでホテルのテープを調べろ……。サラ、きみはこの殺し屋に関してすでに分かっていること全部を洗い直してほしい。ファイルを検討して、もっと深く掘りさげろ。つながりを見つけろ。たぶん他の捜査官が見逃していることが、なにかあるはずだ」

サラはうなずいた。

「ニック」グリッソムは言った。「両方の事件の弾丸を、火器検査官のところにもっていって、弾道検査をしてこい」

「分かりました」ニックは答えた。「でも……」

「どうした？」

ニックは肩をすくめた。「フォルトゥナートのそばで半分埋まって見つかった銃身《バレル》と弾丸の旋条痕が一致していることは分かっていますよ」

グリッソムはうなずいた。「たしかに犯人は銃身を捨てたが、たぶん銃は捨てていない。われわれは二件の殺人で同じ口径の弾丸を手にいれている。どんな場合でも手抜かりはしたくない」

ウォリックはボスの顔をじっとみていたが、その声には困惑が混じっていた。「分かりません、主任。なぜ、ディンゲルマンがギャングの殺しではないかもしれないと考えるんですか」

「常に客観性を保つんだ」

「おれは主観的だぞ」自分を親指でさしながらブラスが言った。「フィリップ・ディンゲルマンは、ゴッティ以来の最大の組織犯罪の裁判で、チャーリー〝ザ・ツナ〟スタークの弁護をすることになっていた――なぜディンゲルマンが殺されるんだ？　やつはこれまでにフリショッティを無罪にし、ヴィンチ、クリーブランドのふたり組、タッカーとマイヤーズも担当している、貴重な悪徳弁護士だぞ」

「ディンゲルマンは、ベガスでなにをしていたんだろう？」ウォリックが疑問を口に出した。

ブラスは肩をすくめた。「裁判の長いトンネルに入るまえに、息抜きをする最後のチャンスだったんだろうな」

ウォリックはうなずきながら言った。「ああ、分かるよ……。だけど、誰かが彼を殺す理由は？」

誰もその問いに答えられなかった。

「警部には動機について悩んでもらおう」グリッソムは自分のチームにそう言った。「われわれは、決してうそをつかない証人だけに集中しろ……証拠だ」

まわりにいた者はうなずきほほえんだ――このセリフを前にも聞いたことがある。

ブラスは言った。「われわれはこの町から犯罪組織の影響を排除するために苦労してきたんだ。このげす野郎をつかまえて、悪党どもにここはやつらの縄張りじゃないことを分からせる必要がある……また昔みたいには決してならないってことをな」

警部はグリッソムに、ファイルはチーム用にコピーしたものだからと言い、連絡を絶やさないようにと全員に念をおして部屋から出て行った。

ブラスがいなくなるとグリッソムは言った。「わたしとしては、市のお偉方よりもふたりの被害者のことを考えたい。時間が経過しても、マラキー・フォルトゥナートに対しておこなわれた犯罪をなかったことにはできない。好ましくない顧客リストを持っていたといっても、フィリップ・ディンゲルマンに対しておこなわれた犯罪を正当化できない」

ウォリックとサラは目くばせをかわした。

「では」とグリッソムは機嫌よく言った。「仕事にとりかかろう」

オフィスを出ると、キャサリンはニックのひじをつかんでひきとめた。「弾丸の件が終わったら、確かめてもらいたいことがあるんだけど」

「いいよ――なんだい？」

「フォルトゥナートの奥さんが、行方不明になったころに夫が付き合っていたダンサーの話をしていたの。そのダンサーも……ストリッパーよ……彼と同じ日に消えたって言ってたわ」

「名前は？」ニックがたずねた。

「ジョイ・スター。たぶんステージネームね……」

「きみの見通しは？」

「いっしょだったにせよ、そうでなかったにせよ、ニック、もし彼女がどこかに行ったのなら、見つけだす必要があるわ。できれば生きた姿で」

「つまり、彼女も死体になって、どこかに隠されている可能性もあるというのかい？」

「可能性は高いわね」

ニックはため息をついた。「ジョイについて他に分かっていることは？」

「たいしてないのよ。ジョイはスウィンガーズで働いてた——パラダイス・ロードのはずれにあるいかがわしいバーよ。彼女が踊っていたころのほうが、いまより少しはましだったはずね」

「それと？」

「それとなに？」

「十五年前に行方をくらますまでは、ジョイはストリップバーで働いていただけ？　それだけ？」

「それだけよ。場合によったら、ブラス警部の部下をひとり駆りだして、バーに行くといいわ——何年もたっているけど……。まずは新聞社のサイトを確認してちょうだい。行方不明者の記録を調べて——フォルトゥナートと同じように、ジョイも急に姿を消したらしいから」

ニックはきらきら輝く視線をなげた。「ねえ、もしストリップバーを探りまわるなら、おれが犠牲になるよ」

「まずは記録を確認してちょうだい。どうせ、これだけ時間がたっていちゃ、バーはほとんど期待できないから」

「分かった。きみはどうする？」

キャサリンはとっくに歩きだしていた。「わたしは例の家にもどるわ。マラキーがまだミイラじゃなかったときは、たんに行方不明者の事件だった。いまでは殺人事件の現場よ」

「犯罪現場ね」ニックも理解した。

キャサリンはタホを駐車場からだしてフォルトゥナートの自宅に向かった。オライリーに連絡することも考えたがそうしないことに決めた。これは証拠の捜索作業であって尋問は含まれていない。オライリーの時間を無駄にするほどのことではない。

途中、携帯電話からフォルトゥナートの自宅に電話してゲリー・ホスキンズを捕まえると、午後のこの時間に行ってもいいかとたずねた。

家に到着すると、キャサリンはホスキンズになにをするのか話して了解を得た。アニーは横になっている、今日のニュースの心労があるから彼女にはなんとか休んでほしいんだとホスキンズが言った。

よく分かる。

キャサリンが準備をしている間、ホスキンズは私道から二台の車を移動させて通りに駐車させた。事件現場から十五年たって、いまキャサリンは当時の捜査官が見逃したものがないか見つけたいと思っている。そのとき以来犯罪捜査でははなはだしい変化が起きていたけれども、ときには昔ながらのやり方に頼る必要もあるのだ。

キャサリンはタホの後部座席から金属探知器をだすと、ヘッドフォンをつけ機械のスイッチをいれて通りに近い私道からとりかかった。ゆっくり往復して私道をしらみつぶしに調べる。

フォルトゥナート事件の最初のファイルには、薬莢《やっきょう》に関する記述はなかった。砂利道に血痕《けっこん》があろうとなかろうと、当時の刑事たちは殺人現場を調べているとは考えていなかったからだ。そして、ファイルには薬莢が発見されたとは書いてなかった。

太陽が傾きかけてから大分たっていたが、ぎらぎら照りつけるオレンジ色の球体は急いで山に隠れようとはしていなかった。町にはまだ熱気が立ちこめ、落ち着くまでまだまだかかるだろう。キャサリンが犯罪現場にいるのでなかったら、めったにない夏の雨は、たとえ鉄砲水の危険があっても、気分転換だと歓迎したところだ。

カーポートの向こう側までずっと調べても、金属探知器にはなんの反応もなかった。両肩は痛み、目はひりひりして、体中汗だくになっていた。いくらキャサリンでも、これはあまりに働き過ぎだった。ヘッドフォンをはずして、もつれた髪をかきあげてポケットからペーパータオルをだして額をぬぐう。

「ものすごい暑さね」

びくっとしてふりかえると、レモネード入りの大きなグラスをふたつ持ち、唇からは煙草をぶらさげたアニー・フォルトゥナートが立っていた。家の女主人は、水滴がついたグラスをキャサリンにわたした。

「あら、ありがとうございます。フォルトゥナートさん」

「そのいい方、やめてくれない？　アニーでいいわよ」

「そうね、ありがとう、アニー」キャサリンは氷の入ったグラスからごくごく飲んだ。「助かったわ」

アニーは肩をすくめた。「ただの粉末レモネードよ……でもこの暑さじゃ、安物でも満足するわね」

笑いながらキャサリンはうなずき、額に冷たいグラスを押しあてた。

アニーは煙草を口から離して金属探知器をさした。「その道具を使って、ここでなにを探しているの？」

「実を言うと」情報をさしひかえる理由もないと思ったのでキャサリンは答えた。「おたくのご主人を撃った銃弾の薬莢が見つからないかなと思って」

アニーは驚いて眉《まゆ》をひそめた。「あんたはマルが撃たれたと思っているの……ここで？」

「血痕があったでしょ」

「ええ、でも……銃声は聞かなかったわ、わたしは眠りが浅いのよ。まったく、いまだにそう」

「犯人は消音装置──サイレンサー──を使っていたのよ……。こんなふうにはっきり話しても大丈夫かしら？」

「ええ平気よ。思いっきり泣いたから。つづけて」

「とにかく、ご主人の体から見つかった銃弾はオートマチックのものだったの。つまり空薬莢がどこかにあるということ」

どうやら理解したらしく、アニーはうなずいた。「そう──収穫はあった？」

キャサリンはため息をついた。「いいえ、ないわ──もし見つかればラッキーね」キャサリンはもう一口レモネードを飲んだ。「作業をやめるまえに、もう一度調べてみるわ」

アニーはキャサリンをじっと見ている。「あのう、わたし、あんたがしてくれたことにお礼が言いたいの」

キャサリンはどう反応していいか分からなかった。「当然のことよ、フォルトゥナートさん……。でもまだ実際にはなにもしていないけど」

アニーが自分のレモネードを口にして、どうやら手放すことのない煙草をまた吸うと、涙が少しずつ頰をつたわった。「いいえ、やってくれたわよ。マルが理想の男でないことは分かってる、でも彼は……」涙があふれだす。煙草を地面でもみ消した。

キャサリンはアニーに腕を回した。

「まったく、たっぷり泣いたはずなのに」

「いいのよ、大丈夫だから」キャサリンが声をかけた。

「誤解しないでね――わたしが愛しているのはゲリーよ」

「分かってる。一目で分かるわ」

深くしわが刻まれているアニーの顔に、どこか悲しげな、若さの名残りが現れた。「でもマルは、彼はわたしの生涯の恋人よ。そんな人がかならずひとりいる――ときには最低野郎だけど……そうでしょう?」

キャサリンがほほえんだ。「そうかもね」

「今日あんたがマルの指輪を持ってきてくれたとき、そうね、わたしはやっとあの人になにが起こったのか分かったの。もうこれからは、真夜中にあれこれ考えたり、悩んだりすることもない……だからありがとうって言いたいの」

アニーをぎゅっと抱き寄せながらキャサリンは言った。「そういうことなら、大歓迎よ」

ふたりは入り口の階段まで歩いてセメントのうえに腰をおろし、だまってレモネードを飲みほした。太陽がようやく地平線に沈みはじめて、空は、紫、オレンジ、赤の色合いに変わりだした。

ようやくアニーが口を開いた。「なかに戻るわね。煙草が吸いたくて。いっしょにどう？」

「ありがとう」キャサリンは立ちあがった。「でもこれをやってしまわないと、暗くなって見えなくなるといけないから。作業にとりかかるわ」

「外の明かりをつけるわ」空のグラスを持ちながらアニーが言った。「もっとレモネードがほしかったら、大声で呼んで」

「そうするわ」キャサリンはそう答えて金属探知器に戻り、アニーは家のなかに消えた。ふたたびキャサリンはヘッドフォンをつけた。

「ハイテクなんでしょ」顔をしかめながら独り言を言う。

キャサリンは九十センチの柄を握り、円盤形の探知装置を黒いアスファルトからほんの五センチだけ離して、カーポートのいちばん奥からはじめて、往復しながら徹底的に探した。探知器の作業では、少し上体を前屈みにするのでいつも背中が痛んだ。カーポートからもどる途中、家にいちばん近いところで、わずかな反応があった。

とても小さかったので、はじめは気のせいかと思った。同じ場所を行ったり来たりするとそのたびに――小さな音が耳に響く。

薬莢かもしれない、ねじかもしれない、別のものの可能性もある。けれども、ひとつだけけたしかなのは、あきらかになにかが、金属製のなにかがある。キャサリンは携帯電話をとりだして、短縮ダイヤルでグリッソムの番号を押した。

「グリッソムだ」

「ここになにかあると思うの」キャサリンは言った。

「なんだって？」

キャサリンは状況を説明した。「どうすればいい？」

「ひょっとするかもしれないな。三十分待ってくれ。家の所有者との関係はどうだ？」

「わたしを気に入ってくれてるわ」

「よろしい。穴を掘る許可を得てくれ」

「……アスファルトの私道に？」

「花壇じゃないからいいだろ」

「分かったわ、主任。待機しています」切のスイッチをおして、携帯を戻しながら玄関に向かいドアをノックした。

ゲリー・ホスキンズはTシャツとジーンズのまま、スクリーン・ドアを開けた。

「なにか見つかったかもしれないの」とキャサリンは言った。

「アニーを呼んでくる」なんのためらいもなくそう言ったところを見ると、フォルトゥナート夫人からすでにくわしく聞いているらしい。

グリッソムが着いたときには、三人とも庭に立って待っていた。キャサリンはグリッソムをタホまで迎えにきた。「わたしの予想どおりのことを、するつもりなのかしら？」

「ああ——それもふたりで、だ。これは時間がかかりそうだし、おそらく汚い仕事になる」

グリッソムとキャサリンは作業着を着て、彼女がアスファルトに印をつけた場所に器具を運んだ。キャサリンは、かすかな音でも聞こえるようにグリッソムにヘッドフォンを手わたした。

「よし、はじめよう」

グリッソムが小さなガスバーナーをとりだして火をつけるのを見て、キャサリンが言った。

「それって、うまくいくかしら？」

「証拠を保全する見込みがそれなりにあるとすれば、この方法しか考えられない。これが証拠ならば、だが」

バーナーは暗闇のなかで、オレンジ・ブルーの光を放っていた。

「だといいわね」キャサリンはそう言いながらも心配そうだった。「子どものランチ代の小銭しか見つからなかったらたいへんね」

グリッソムはにっこりした。「そうしたら、ここの善良な市民に感謝をこめてその宝物をお譲りすればいいさ」

ふたりは玄関灯だけを頼りに現場に這《は》いつくばって、キャサリンが印をつけた地点をグリッソムがバーナーで熱していった。熱でアスファルトがゆるんでくると、キャサリンが園芸用スコップで慎重にアスファルトを掘りはじめた。穴が深くなるほど、作業は遅くなった。グリッソムはバーナーを遠くに離し、よりていねいにカーポートのさらにさらに小さな部分を熱している。キャサリンは、今はスプーンを使って、熱せられたアスファルトをひっかき、ミニ・マグライトで照らしながら、金属探知器に反応した小さな金属片を探していく。

二時間近くもひざまずいて退屈な作業をつづけていたおかげで、とうとうキャサリンの膝《ひざ》が痛みだしたが、いま掘った短い溝の底に見える古い砂利のかけらをつけた何かが、場ちがいなものに思えた。

「これ持ってて」

グリッソムは、少しうしろへさがった。「なにかあったのか？」

「そうみたい」とキャサリンは言い、穴を照らしながら身を乗りだした。スプーンを脇へ置き、ラテックスの手袋をはめて穴のへりを注意深くつつく。ラテックスは熱くなったアスファルトに耐えられないので、注意が必要だった。キャサリンが叩《たた》いたりつついたりしていると、ついにそれがゆるんで出てきた。

グリッソムはバーナーの火を消し、キャサリンが両手を使えるように、ミニ・マグライトを受けとった。

黒っぽい小さな物体をすくいだすと、彼女は両手の平で交互に転がしながら、息を吹きかけて冷まそうとした。グリッソムが彼女の手にあるものに光を当てる。指先ほどの小さなもので、直径は指の三分の一程度だ。あきらかに金属だが、黒い粘着質の物体におおわれている。

「ラボに戻ってこのねばねばを全部きれいにしたら」キャサリンは、その物体を明かりに透かしながら言った。「二五口径の薬莢《やっきょう》が出てくると思うわ」

グリッソムは無言だったが、火を消す直前のバーナーのように目を輝かせていた。

9

サラは、ブラスからわたされたファイルに二時間近くも没頭し、しわだらけの殺人課警部が口にしなかったいくつかの重要な事実を学んでいた。

殺し屋のキャリアは二十年近くにおよぶのだが、すべての殺人事件を一人の容疑者と結びつけているのは薬莢から採取したわずかな親指の指紋だけだった。犯人のサインである、ほぼ一インチ間隔で上下にあいたふたつの銃創は、二十一の州で起こった(今週発見された二件に先立つ)四十二の殺人事件で見られていた。おもしろいことに、そのサインは五年前にこの世から姿を消したと思われていた。ごく最近の——ビーチコマー・ホテルの廊下でのギャング専門弁護士殺しが、分かっているかぎりでは唯一の例外である。

ニックがひょいと入ってきた。「いいことあった?」

「警部がいくつか見落としてるのはたしかね」とサラが言う。

ファイルフォルダを手にして、ニックはサラのそばに腰をおろした。

サラは手短に説明し、結論を言った。「これのどこが、報道を控えなきゃいけないようなことなのかしら。そっちはどう?」

「検査はしばらくかかりそうだ」とニックが言った。

サラは手の平にあごを乗せて、デスクに肘《ひじ》をついた。「ちょっとしたことだけど、ブラス警部が見落としたことが他にもあるのよ」

「へえ？」

「捜査員は誰も問題にしなかったみたいなんだけど……」

「話してみて」

「被害者の死体が発見されて……あなたの担当のミイラみたいに、いまだに隠されている被害者が他に何人いるか分からないけど……車はどうなったと思う？　一台も見つかってないのよ」

「話についていけてない気がするんだけど」

「じゃあ、分かりやすく話すわね。たとえばマラキー・フォルトゥナート——警察は彼の車を見つけた？　いい、彼は車といっしょにあの私道から消えていたのよ」

ニックはじっと考えてから言った。「ファイルは確認してないけど。でも、あの……きみの言っていることは正しいと思うよ」

「もちろん正しいわ」サラは身を乗りだした。「ねえ、信じて——あの朝、私道から出ていってから誰もその車を……フォルトゥナート氏をトランクに乗せていた可能性が高い車を、見ていないのよ」

「とても静かな状態の氏を乗せてね」ニックは言った。「でもディンゲルマンについてはどう？」

「それだけがパターンとちがっているのは認めるわ。でも考えてみて、ディンゲルマンは車を持っていなかったのよ。空港からはシャトルバスを使ってるの」

「レンタカーは？」

「借りてない。ディンゲルマンがタクシーを使っているのをドアマンが何度か見ているわ」

ニックは興味を示した。「被害者の車がすべて消えたってこと？」

「車を持っている場合はね。それに、被害者はたいてい家か、職場か、いつも行く場所で姿を消している——そして、他の場所で死体で発見される」

ニックがうなずいている。「あちこちで車から死体を捨てたんだ」

「それが理にかなった仮説に思えるのよ……もちろん主任が仮説をどう思うか分かってるわよね」

ニックはファイルフォルダの山を身振りで示した。「他にあのなかに使えるものはあった？」

「そうね」サラは肩をすくめる。「ひとつ、どうにも納得できないことがあるの」

「なに？」

サラはふたたび分析モード全開になった。「この仕事熱心な殺し屋は、どうしてなのか、五年ほど前に姿を消しているのよ。なぜ、いまになって現れるの？　それも、主任の言ってることが正しくて、ディンゲルマンがギャングの依頼じゃないとしたら……その場合、この男はいったいベガスで何をしようとしているの？　急に前宣伝をはじめたってわけ？」

肩をすくめてニックが言った。「たぶん、別の誰かに雇われたんだろう」

「たとえば？」

「ディンゲルマンの別れた妻、不満を持ったビジネスパートナー、かな？　あの特徴ある〝デュース〟のサインのついた死体が見つかっていなかったというだけでは、あの男が活動していないということにはならないよね」

「ええ、ええ、それはそうね、ほんと――それにわたしたちは、彼が死体を隠した例を少なくともひとつは知っているものね。それで、どう思うの？」

ニックは、手の平を上に向けて両手をあげた。

「主任が聞きたがると思ってるのね……」サラはニックの身振りをまねて言った。

「それじゃ」ニックは存在しない観客に向けてにやりとしながら立ちあがった。「もっと――調べてくるか」

サラはしらじらしく、かわいらしい笑顔を見せた。「ねえ、怒らないでほしいんだけど――これまでに掘り当てたのはなに？　わたしが調べたのは見せたんだから、あなたも見せてよ」

彼はほほえみかえしたものの、ほとんど困惑しているようだった。そして笑うとドアの柱に寄りかかって言った。「『ラスベガス・サン』紙のウェブサイトに行って、フォルトゥナートと彼の失踪《しっそう》について書いてある古い新聞を全部調べてみた。彼といい仲だったダンサーのもね……それにこのダンサーが消えた件のオリジナルファイルも調べた。彼女も公式には失踪あつかいされていることが分かった」

サラは興味を示して眉《まゆ》をひそめた。「ダンサーですって？」

「普通のじゃなくて、ストリッパーさ。きみみたいなお子さまにはこういうことは分からないだろうけどね」

「キャサリンなら分かるわ」

ニックはにやりとした。「ああ。〝ジョイ・スター〟――カジノ従業員フォルトゥナートと関係のあったストリッパーなんだけど――彼女のことを教えてくれたのがキャサリンなんだ。フォルトゥナートと同じ日に姿を消したというわけだ」

サラは、にやりとしながら舌なめずりした。「これはいいかもしれないわ」

「〝ジョイ・スター〟というのは、モニカ・ペティの芸名らしい。この名前をブラス警部に知らせるよ。どう対処するかな」

「でも警部といっしょにストリップクラブに行くことになるだけじゃないの？」

「そうかもな……現役時代はきれいだったんだぜ」

「ジョイなんとかさんが？」

「スター」ニックはファイルフォルダから写真を引っぱりだし、サラにわたした。「次の出演は、淑女たちとバイキンども——ジョイ・スターのストリップダンスのスタイルだ」

「ZZトップの曲をバックにね」八インチ×十インチの顔写真をながめながらサラが言った。黒い目に黒髪の、二十一歳ぐらいと思われるきれいな女性。逆毛を立てて大きくふくらませた、一九八〇年代の髪形をしている。「すごいモール・ヘアね」

「え？」

サラはふっと笑った。「昔はそう呼んでいたのよ。女友達とのあいだで——モール・ヘアってね」

「そんな髪形をしていたの？」ニックはいたずらっぽくたずねた。「中学ぐらいのころかな？」

「そのころは巻き毛《ハートブレーカー》だったわ。で、いまは薄情な女《ハートブレーカー》ってわけ。傷つかないうちに逃げなさい、ニッキー」

「いてて」ニックは写真をもう一度見てからフォルダに押しこみ、仕事に戻った。

キャサリンはグリッソムといっしょに戻るとラボへ直行し、薬莢《やっきょう》を傷つけないように精一杯注意して、アセトンを塗りながら一時間ほどかけてアスファルトを丹念にとりのぞいていった。指紋を保存できる見こみはないが、薬莢そのものが他の事実を語ってくれるだろう。

キャサリンは、ビル・ハーパーという愛想のいい二十八歳のベテラン小火器検査官を見つけた。彼は、ニックが先に持ちこんだ弾丸をすでに鑑定してくれていた。

長めでカールしたハーパーのグレーの髪はいつもぼさぼさで、ニクソン政権以来、一度も食事を抜いた経験がなさそうだった。しかしキャサリンは、彼がこの州いちばんの小火器検査官だというのを知っていた。

「なにか分かった？」

「あんまり」と彼は答えた。

「なにも？」

「少しはね、だけど……」彼は肩をすくめ、キャサリンに見るようにと身振りで示して顕微鏡から離れた。彼女は近づいて、ふたつの異なる薬莢を見おろした。どう見ても同じ銃身から出たものではない。

「旋条痕《せんじょうこん》の付き方がまったくちがう。四つの弾丸のうちふたつずつは一致するんだけど、二組になるんだ。ミイラから出た一組は、いっしょに発見された銃身と一致する。こちらのふたつの銃弾はちがう一組だね。この二種類にただひとつ共通していることは、口径がどれも同じということなんだ」

キャサリンはうなずきながら顕微鏡からさがり、三つの証拠品袋を持ちあげた。「薬莢とあわせてみる?」

好奇心からハーパーの眉があがった。「どういうことかな?」

「一番はわたしたちのミイラのもの。この二番と三番は、ビーチコマーの銃撃事件のものよ」

「分かった」とハーパーが言った。「これはしばらくかかりそうだけど」

「待つわ」キャサリンは、部屋の隅にあるハーパーのデスクに腰をおろして、うしろにもたれながら言った。

彼の作業を見ながらキャサリンは、前に寝たのは何時間前だっただろうかと数えた。二十四時間ぐらい前にうとうとしただけだ。

グレッグ・サンダースは、コンピュータの前にいるニックを見つけ、ミイラのDNA鑑定の結果、マラキー・フォルトゥナートのものと一致したと伝えた。

「ありがとう、グレッグ。歯はすでに一致したけどね」

「『グランツーリスモ3』の約束はまだ生きてるよね?」

「おれの運命を大きく左右する人間との約束を破ったりしないよ」

「かしこいね」サンダースは肩をすくめた。「男の靴からはあまり検出されていないんだ。砂利かなにかの上にいたみたい。私道かな。なにか意味がある?」

「あるさ」ニックが言った。「煙草のフィルターはどう?」

サンダースは馬鹿にしたように笑った。「あのゴミは十五年ほど前のものだ——ほとんどなにも残っていない」

「そういうもんさ」

サンダースがにやりとした。瞳《ひとみ》に狂ったような輝きが表れたが、これは自分に誇りを持っている証拠だった。「でもDNAが少しばかり採取できたよ」

ニックが立ちあがった。「マジかよ」

「役に立ちそうにないんだけどね」

この男は歩く吉報／凶報ジョークだ。

「サンキュー」ニックはうんざりして言った。「あしたあのゲームを持ってくるよ」

「やった！」ゲーム狂の目を躍らせて、サンダースは去っていった。

ニック・ストークスは二時間もブラスをさがしまわったが、見つからなかった。警部はポケットベルにも応答しなかったので、とうとうニックはスウィンガーズへ、はじめてひとりで行くことにした。少なくともペースを変えれば目を覚ましていられるだろう。しかし彼は、いいところをみせて仲間に同行の機会を与えてやろうと思い、ウォリックをさがしにいった。

ウォリックは、暗いラボでカウンターにつっぷしていびきをかいていた。みな何時間も働きづめなので、こうなるのはニックにもよく分かった。仲間を連れていくのをあきらめ、ニックはそっとドアを閉めた。

いつも開いているグリッソムのオフィスのドアが、いまは閉まって中の明かりも消えていた。キャサリンといっしょに戻ってきて以降、主任はずっとひとりでいる。ニックは入っていいものか迷った。とはいえ、断っておかなければグリッソムは怒るかもしれない――それは困る、とニックは思った。

　ドアをノックする。

「なんだ」なかから疲れきった声がした。

　ニックはドアを開け、暗い部屋のなかに頭をつっこんだ。「主任——あの、邪魔するつもりはないんですけど」

「電気をつけてくれるか？」

　ニックはスイッチを押して蛍光灯をつけた。

　長椅子で仮眠をとっていたグリッソムが起きあがった。白髪まじりの髪には寝ぐせがつき、黒い服はしわくちゃになっていた。

「ひどいですね」

「そりゃどうも」グリッソムは立ちあがりながら伸びをし、「きみもだ」と言った。そして戸口でニックを出迎えた。「どうした？」

「フォルトゥナートが消えた同じ夜に姿を消したダンサーについて、キャサリンはなにか言っていましたか？」

　かすかにうなずき、「ああ」とグリッソム。

「ええと、彼女はスウィンガーズという店で働いていました」

「パラダイス・ロード沿いのな」とグリッソムが言った。目をこすり、小さくあくびをする。

「すまん」

「人間らしくなってきましたよ」

「そんなことはない。それに、そんなことできみの気を引こうとも思わん」

グリッソムが冗談を言っているのかどうか測りかねて、ニックはいらいらした。

「そこはまだ開いているのか？」グリッソムは、スウィンガーズのことを訊《き》いた。

「そのはずです」とニックは言って、親指で肩越しにうしろをさした。「彼女を覚えている人がいないか確かめにいこうと思ってるんです」

「それはブラスの役目だ」

ニックは肩をすくめた。「それが、いないんですよ」

「オライリーは？」

ニックは首を振る。「非番です」

「コンロイは？」

「同じく」

グリッソムは、つかまりそうな人を考えた。「ウォリックを連れていけ」

「ラボでいびきをかいていました。寝ていなかったんだと思います。分からないけど、二十四時間ぐらい」

「そうか」グリッソムはさりげなく言った。「じゃあ行こうか」

ニックは、冷水を顔にかけられたような反応を示した。「えっ――主任とおれとで？」

グリッソムは首をかしげてニックを見た。「なにか不都合でも？」

あわててニックが言う。「いえ、いえ、大丈夫です。運転はされますか？」

「いや、いい。きみが運転してくれ。だがこれは公務じゃないぞ。分かってるな。ちょっと息抜きに行くだけだ」

「分かりました」

「歯を磨くからちょっと待っててくれ」

「はい、主任」

「それと――きみも磨け。ご婦人方がおられるからな」

首を振りながら、ニックは急いで歯を磨きにいった。グリッソムと話すと、いつも不意をつかれる。


スウィンガーズは下見板を張った納屋風の建物で、マッカラン空港の南東数マイルのところにあるパラダイス・ロード沿いにどっしりと腰を据えていた。五十年前、街の景気の流れがよそへ行ってしまうまでは、この地域はとりわけ売春宿が繁盛していた。塗装が剝《は》がれ、雨どいがたわんだ今のたたずまいは、商売を長くやりすぎた売春婦を思わせる。


たとえベガスが二十四時間眠らない街でも、ストリップクラブは午前三時に閉まる。とはいえスウィンガーズの赤いネオンはついたままで、踊る女性をかたどった電気が点滅している。閉店まであとわずか五分ばかりという時間に、ニックは駐車場にタホをゆっくり入れた。駐車場にはパラパラと五、六台の車が停まっており、タホと玄関のそばにはおんぼろのホンダの車しかなかった。

「今夜ははやってないですね」ニックが言った。

「来たことがあるのか？」

「いえ、そんな気がしただけです。はやってないような。知っているわけじゃありませんよ」

グリッソムが疑い深い笑みを浮かべる。

戸口にはスキンヘッドでヤギのような短いあごひげをはやした用心棒がいた。はちきれそうな黒の袖《そで》なしのTシャツを着て、黒のジーンズをはいている。「もう閉店だ」男はうなるように言った。二メートルほどもありそうなその男は、首が太く、黒っぽい冷酷そうな目で、ロットワイラー犬のようななり声を出していた。

ニックが言った。「ええと……」

「閉店と言っただろう」用心棒はくりかえした。「またのお越しをお待ちしているぜ」

ニックはつづけた。「われわれはラスベガスの……」

用心棒は目をむき、上唇をめくってせせら笑った。「聞こえないのか？　このタコ」

グリッソムはふたりのあいだに入り、バッジを用心棒に見せた。「ラスベガス市警科学捜査班の者だ」

用心棒はぴくりともしない。「だから？」

「オーナーと話がしたいだけだ」

「なんの話だ？」

大男に人なつっこい笑顔を見せて、グリッソムが言った。「いや、われわれと彼との内緒の話なんでね」

用心棒の眉《まゆ》があがった。なおも動じない。「そうかい、なら令状は持ってるんだろうな」

ニックの堪忍袋の緒が切れた。「話をするだけだ。令状は必要ない！」

用心棒は目をぎらつかせ、険悪な様子で一歩踏みだした。

「若さゆえにかっとなりやすい同僚を許してやってくれないか」グリッソムはふたたびふたりのあいだに入り、男にさらに近づきながら静かな声で言った。

このおだやかな口調が用心棒の調子を狂わせた——グリッソムは男の注意を引いたのだ。

天使のような笑みを浮かべてグリッソムは言った。「令状をとってほしいのか？　分かった、電話して持ってこさせよう。十分もあれば用意できる。もちろん、そのあいだは誰も店から出さないように。令状が届いたら、なかに入ってありとあらゆるものを徹底的に調べて違法なドラッグがないか探させてもらうぞ。言うまでもなくここで働いている女性全員の身元を調べ、法定年齢に達しているかどうか確認する。そのあとは消防本部長と建築物監督官もやってくる」グリッソムは携帯電話を開いた。「いいか、電話するぞ」

とたんに用心棒は笑顔になり、宙を叩《たた》いた。「まあまあ。オーナーだろ？　オフィスに戻ってると思う。ちょっと待ってくれ。バーで待っているといい」そう言ってなかを指さした。「店のおごりだ、好きなものを飲んでくれ」

煙の充満した店内に入ると、サザンロックが鳴り響き、ビールのネオンサインが煙の向こうで煌々《こうこう》と光っている。壁はでこぼこ、ねずみ色の古板は下塗りはおろか、塗装もされていない。男の客が十人あまりいる。用心棒は奥に消えていった。

「おみごとでした」とニック。

バーは案の定、気の抜けたビールや煙草や尿、それに男性ホルモン特有の臭いがした。街でいちばんおもしろいクラブなんかではない。管理も行き届いていないのだ。緑と白のプラスチックテーブルと椅子――庭で使うものだ――が店内にばらばらに置かれている。彼らは奥の壁をほとんど占めているステージのほうを向いた。前列の常連客のために椅子がならべてある。ショー用の設備は安っぽい色のライトと消防士用のポールが二本だけで、ポールはステージの両端に一本ずつあった。

やせたブロンド娘がポールを滑りおりてくるのを、五、六人の客が見ていた。丸めた紙幣が硬材のステージの床に散らばり、緑色のゴミのように見える。

ステージの左端には《ダンサー専用》と書かれた出入り口がある。さきほどの用心棒が入っていったところだ。楽屋とオーナーのオフィスに通じているのはあきらかだ。ニックとグリッソムは、U字形をしたオーク材のバーカウンターの右端に立っていた。カウンターの向こう側には、小さなビキニを着た、四十は超えていそうな疲れた顔のブロンドの女がおり、ふたつあるシンクの一方でグラスを洗い、もう一方ですすぎながらニックに色目を使っている。

「お兄さんたち、もうラストオーダーよ」声に誘うような調子をかなり含ませながら、けたたましいサザンロックの音を通して彼女が言った。「でもなにか飲みたいなら、かまわないわよ、別あつかいにしてあげる」

ストリップをやるには老けているが、まだ客をとれそうなくらいの魅力は残っている。

「いや、けっこう」とグリッソムが言った。

不機嫌になったものの、視線はニックに向けたまま、女はまたグラスにブラシを出し入れしながら洗いだした。そのしぐさはニックには効き目がなく、彼は吹きだしてしまわないように背中を向けた。グリッソムは気づかなかったか、気づかないふりをしていた。

《ダンサー専用》ドアから用心棒が出てきてドアを押さえていると、ローライズのジーンズにUNLVのTシャツを着た、高校生のように見える、やせた若い男が出てきた。ふたりとも金をはらってダンスを見る価値のある「ダンサー」じゃないな、とニックは思った。若い男はウエーブのかかった金髪で、みすぼらしいヤギひげをはやし、左の眉にはガンメタル・グレーのバーベルスタッドが貫通している。

「話ってなに？」声変わりしきっていないような声で彼が言った。

ニックはつい訊いてしまった。「きみがオーナー？」

「マネージャーだ」坊やはグリッソムからニックへと視線を移す。「それがなにか問題でも？」

ふたりの捜査官は首を振った。

坊やは身振りをしながら言った。「外へ出てくれるかい？　お客さんたちの迷惑になるからね。今夜は少ししか残っていないけど」

彼らは駐車場に移動した。車道のまわりにはえている雑草を、砂漠の風が揺らしている。話をはじめると、赤いネオンの輝きが彼らを包んだ。そのあいだに客がひとり、ふたりと出てきて車に乗りこんだ。

額にしわを寄せてグリッソムがたずねた。「きみはいくつだい？」

ネオンがショートして、ブーンと害虫駆除装置のような音をたてている。

「二十三だよ」と坊やが言う。「ネバダ大学でMBAをとろうとがんばっているんだ。ここが学費をだしてくれている。おじがオーナーなんでね。ほら、経営学が専攻だから――ふたりとも都合がいいってわけさ」

「名前は？」

「ジョン・プレスリー」

「エルヴィスと同じ？」グリッソムがたずねた。

「同じというか、Sがふたつだけど」

ニックはメモ帳をとりだし、それを書き留めた。「おじさんがここの経営をはじめてどのくらいかな？」

「そんなに——二、三年かな。投資用財産なんだ」

「そうか。前のオーナーについて話してもらえるかい」

プレスリーは、いぶかしげな表情になった。「なんで？」

「十五年前にここでダンサーをしていた女性をさがしている。きみたちの時代のずっと前だ」

ジーンズのポケットからぺちゃんこになった煙草のパッケージを引っぱりだし、プレスリーは火をつけた。探りを入れるかのように、ニック、それからグリッソムを見つめる。

「マージ」ついに口を開いた。「相当年のいった女だよ。この建物は永遠に彼女のものさ」

こういうちょっとした情報はありがたい、とニックは思った。「彼女のラストネームは覚えてる？」

「うん。コスティチェクだ。マージ・コスティチェク」と言って、名前をメモしているニックにスペルを教えた。

「住所は？」

坊やは煙草をふかした。「知らないよ——人に訊《き》くよりもっとちゃんと仕事すれば」

グリッソムはまた天使のような笑みを見せた。「どのくらいちゃんとやればいいかな、プレスリー君？」

「ああ、まだこの辺にいるよ。電話帳に載ってると思う。指を動かせばいいだけだ」

「ありがとう」とニックが言った。

坊やはスタッドをつけた眉をあげた。「もうめんどうなことはないよね？」

グリッソムは前に踏みだした。「マージ・コスティチェクというのは本当《ストレート・スキニー》か、それともでたらめかな？」

グリッソムを見つめながら、プレスリーはフンと鼻を鳴らして言った。「紛れもない真実だよ。あんたらが聞いたことないのが不思議なくらいだ。この業界では伝説の人物さ」

「彼女から話が聞けれぱ、もうめんどうはかけない」とグリッソムが言った。

「ああ……で、いつまで？」

「次までだ」グリッソムは愛想よく言って、タホまでニックより先に歩いた。

車の外でグリッソムが言った。「オフィスに戻ろう。マージ・コスティチェクの住所を調べれば、コンロイかブラスがきみと同行してくれる」

「ええ」ニックが言った。「あの、主任」

「なんだ？」

「それ『本当《ストレート・スキニー》』ですか？」

グリッソムはにこりとし、ニックも笑った。

ふたりはタホに乗りこみ、ニックがエンジンをかけた。空港を通過するころ、グリッソムがやっとふたたび口を開いた。「きみひとりにやらせるのを、わたしがためらったことに気づいたんじゃないか」

ニックはなにも言わなかった。

「気に入らないんだろう？」

ニックはグリッソムのほうを向き、目があったがなにも言わなかった。

「なぜだか分かってるんだろう？」

ニックは肩をすくめた。「現場復帰にはまだ早いと思ってるんですね」信号が赤になり、ニックはブレーキを踏んだ。

「まだ早いと分かっている」

ニックはボスに向き直り、自分でも分かるほどの真剣さを声にこめて言った。「それはちがいます、主任。復帰できます。だいじょうぶです」

グリッソムは首を振った。

信号が青になった。ニックは力いっぱいアクセルを踏みこみたいのを抑え、車をゆっくり滑らせた。「あの用心棒だが」とグリッソム。

ニックはとまどって言った。「ああ、はい……」

「わたしが割って入らなかったら、きみは一般市民を相手に喧嘩《けんか》していたところだぞ。そんなことをしたら停職は免れないし、わがチームには痛手だ」

「おれはただ……」ニックはそれ以上は言わなかった。グリッソムが正しいことが分かっていたし、彼をもっと怒らせることになりかねないからだ。ハンドルに視線を落としたニックの指の関節は白くなっていた。

「あそこへ行った理由を忘れたのか。それに、なんというか……筋肉ばかはほっておけ。事実が重要なんだ、ニック。事実だけが」

ニックはうなだれた。「そのとおりです。分かってます」

「自分をだめにするな——覚えておけ」

「はい、そうします。ありがとう、主任」

「とにかく、人を相手にする仕事をなぜブラス警部と彼の部下に任せているか、これがいい例になったな。われわれは証拠を相手にするほうが得意だということだ」

「あの」犯罪現場捜査研究所の駐車場に車を乗り入れながら、ニックが言った。「結果的にはそんなに悪くなかったですよね？」

「悪くなかった」グリッソムが認めた。

「もちろん歯を磨く必要があったかどうかは分からないけど」


小火器研究室で、ビル・ハーパーがキャサリンの肩に手を置いたので、彼女は飛びあがった。

「ごめん」ハーパーは飛びすさりながら言った。

「いいえ。こちらこそごめんなさい。いつのまにか……」

「何時間も寝てた？」彼があとをつづけた。

「ううん、ちがうの。寝てたはずは……」

彼は、ラボの壁の時計を指さした。

「いけない！」キャサリンはきまり悪そうに顔を赤らめながら言った。「ほんとにごめんなさい、ビル」

ハーパーは、かまわないよと笑顔で答えた。「いや、大丈夫だよ――睡眠が必要だったみたいだね。すごく疲れてた様子だったよ」

「ちょっとはマシになったかしら？」

「キャサリン、最悪の状態のときにマシに見える人はほとんどいないよ……顔を洗っておいで。それから話そう」

気乗りしない笑顔を浮かべながらも、キャサリンは言われたとおりにした。ロッカールームで顔を洗い、髪をとかして十分でラボに戻ってきた。自分の人間としての弱さを認めたくはなかったが、仮眠をとったあとなので、気分がかなりよくなった。「いいわよビル、話ってなに？」

「モニターを見て」

ハーパーの作業台のコンピュータ画面を見ると、薬莢《やっきょう》の底部がふたつならんでいる。

「どう思う、キャサリン？」

ふたつの画像をじっくり見て彼女は言った。「二五口径、ひとつはレミントン、もうひとつはウィンチェスターね」

彼は雷管《プライマー》を指さした。

「どちらも撃ってあるわね」彼女はつけ足した。

「どちらも撃ってある――まったく同じように」ハーパーが手をのばしてマウスをクリックす

ると、ふたつの雷管がいきなり画面いっぱいになった。彼は三つの異なる傷をさし示した。それらの傷は、どちらの雷管にも同じようについていた。

キャサリンはほほえむと、顔全体がぱっと明るくなるのを感じた。「同じ撃針ってことね？」

ハーパーはうなずいた。「すごいことだと思わないか？　十五年ちがいで起こったふたつの異なる犯罪で……同じ撃針が使われたなんて」

キャサリンは一歩さがった。

ハーパーがまたクリックすると、画像は元の大きさに戻って薬莢の先が映しだされた。「これも見て」と彼は言い、薬莢の先に四カ所、かろうじて目に見える小さなくぼみをさした。「これがそれぞれ銃身後尾の内壁に当たったところだ」

キャサリンはめまいがしそうだった。「これも同じだということね」

「そうです。でもそれだけじゃない。エキストラクターがつけたこの傷、つまり薬莢が排出されるときのものだけど」

キャサリンが、意味を理解してうなずく。

ハーパーはにやりとした。「これも一致するんだ」

キャサリンは息を長く吐きだし、首を振った。その事実に驚くとともに、よろこんでいた。「同じ銃を使っていたのね……そして弾道検査を惑わせられると思って銃身を替えたのよ。主任は正しかったわ――マラキー・フォルトゥナートとフィリップ・ディンゲルマンは同じ銃で殺された。たぶん同じ犯人に。十五年の時を隔てて」

ハーパーが言った。「証拠が語っているのはそういうこと」

「そしてそれこそ主任が聞きたがっていたことだわ」キャサリンは出ていきながら言った。「ありがとう、ハーパー。あの仮眠と同じぐらいこれが必要だったの。もっとかも！」

グリッソムは自分のデスクに向かい、ターキーとチーズのサンドイッチをむしゃむしゃやっていた。アイスティーを飲みながらふと見あげると、開いた戸口に人影が立っていた。身長は六フィート一インチほど。仕立てのいいライトブルーのスーツに筋骨たくましい体型。オールバックにした金髪に、しっかりした高い鼻と細いブルーの目……コブラのような冷たい笑顔。

「リック・カルペッパー特別捜査官どのか」アイスティーを注意深くデスクに置きながら、グリッソムが言った。「夜更かし、それとも早起きか？」

「こんな時間によく起きていられるな」FBI捜査官はねっとりした笑みを浮かべて言った。「多くの人間に出会うなかで、わたしを覚えていてくれたとは光栄だ」

「忘れられるものか」グリッソムは捜査官に向かって笑みを見せたが、それはほとんど形だけのものだった。「レイプ犯の事件では、部下のサラを危険なおとりに使ったやつだからな」

招かれもしないのにオフィスのなかにぶらぶらと入ってきて、カルペッパーが言う。「おや、あのことをまだ根に持っているのか。サラ・サイドルは志願したんだし、すべてうまくいったんだ——忘れろ、グリッソム。過ぎたことだ」

「簡単に忘れられるものか。わたしの部下を……ずるがしこく利用したんだぞ、カルペッパー。こっちは忙しいんだ。なんの用だ？」

「ランチ中だったたな」とカルペッパーは言い、グリッソムが置いた食べかけのサンドイッチに目をやった。「きみの貴重な事件解決の時間をとりあげるつもりはない。まあ、おちつけ。わたしが来たのは手を貸すためだとは思わんのかね？」

たわごとを、とグリッソムは思ったが、口には出さず、おしゃべりはすべてFBI捜査官にまかせることにした。

カルペッパーは腰をおろしながら言った。「きみの部下たちは、AFISで薬莢の指紋を調べた」

「よくやることだ」

「そう、そして連邦政府は喜んできみらのお役に立つ」

「特定の指紋のことを言っているんだな」

カルペッパーはうなずいた。「最近起きたリゾート・ホテル……ビーチコマーでの銃撃事件に関連する指紋だ」

「その一致するデータはなかった」

「そのとおり。ちょっとした警報が発せられ……AFISは一致と通知しなかった——機密情報だからだ」

「それがあんたの言っていた連邦政府の協力か？」

「その指紋の持ち主は契約暗殺者だ。どんな容貌《ようぼう》なのか、あるいは何者なのか、誰も知らない。われわれはずっと長いあいだ、独自にそいつを捜している。ここへ来たのもそのためだ——情報を共有するためにな」

「それはどうも」グリッソムは言った。「ええと——前にFBIがなにかを共有しようと言ってきたのはいつだったかな。苦情は別としてね」

陰険な笑いを浮かべながら、カルペッパーが身を乗りだして言った。「グリッソム、以前は考え方にちがいがあったのは分かっている――しかしこれは実に重大な事件だ。多発する組織犯罪に関係がある。よく考えてみろ。なんといっても……この男は悪人なんだ」

グリッソムの疑念と用心は消えなかった。「われわれがやつをつかまえるのに、あんたが手を貸そうとしている理由はそれか？」

「そう、そのとおり――やつは止めなければならんのだ。きみのチームとブラス警部の部下たちが、ようやく追いつめてきたようだな」

「……そうだ」

「実は」とカルペッパーが言う。「われわれのファイルをすでにブラス警部に送った――デュースに関するすべてのファイルを」

「それは実に協力的だな」グリッソムが言った。自分とブラスがすでに手がかりを得ていることは、カルペッパーには言わない。

カルペッパーは顔を輝かせた。「さあ、きみたちがつかんだことを話したくなっただろう？」

「協力できることはなんでも」とグリッソム。

なにもあきらめるつもりはなかったが、ギル・グリッソムは勝負のしかたを知っていた。カルペッパーにはビーチコマー・ホテルでの銃撃事件の基本的なこと……FBIがすでに手に入れていると確信できる情報のみを知らせた。それ以外の、ビデオテープの証拠については無視し、ミイラについてもなにも話さなかった。ついに話し終えると、カルペッパーのうわべだけの笑顔を見て言った。「どうだ？」

「特に目新しいことはないな」とカルペッパーは言い、立ちあがった。「まあ、こうして協力しあえることが分かっただけでいい」

そして彼は手をさしだし、グリッソムはその冷たくじっとりした手を握った。カルペッパーが立ち去ると、グリッソムはしばらくそこにすわったまま、ラボで手を洗いたいと思っている様子で自分の手の平を見つめていた。

10

関連するふたつの殺人事件の捜査は、まさにジム・ブラスが必要としていた類《たぐい》の事件だったが、自分自身を含めて、誰にもそんなことを認めるつもりはなかった。

強盗事件の現場を調査中に殺された新人捜査官ホリー・グリッブスの事件のあとで唐突に殺人課に戻されて以来、同僚の多くは彼を末期患者であるかのように避けた。ブライアン・モブリー保安官は、必要なとき以外は話しかけてこないし、ブラスもここ何ヵ月間か、可能なかぎりモブリーを避けてきた。最新情報を報告するように十五分前に呼びだしがかかったときも、できれば逃げだしたいところだった。

気が進まないままブラスは、白い浮き彫り文字でモブリーの名と階級のしるされた木のドアをノックした。ブラスのほうは、犯罪現場捜査研究所の指揮をはずされてから、大部屋の誰のものとも知れない金属製のデスクに置かれたプラスチックのネームプレートとなった。

「入りたまえ」とくぐもった声が聞こえた。

モブリーのデスクの向こう側にある広い窓から明るい日が射しこみ、部屋のなかは白い光で満たされている。ブラスには、まるで保安官が神のオーラに包まれているように思えた。あいにくなことに、それがうまくいっているらしい。

仕立てのいい茶色のスーツにさわやかな黄色のネクタイという、ちょっとした会社の会長にふさわしそうないでたちにもかかわらず、赤毛にそばかすだらけの顔をしたモブリーは、警官と泥棒ごっこをしているティーンエイジャーというほどには若々しく見えないが、人口百万人を超える都市の法執行機関の最高責任者にも見えない。

「かけなさい、ジム」

ていねいな口調にブラスは居心地の悪ささえ感じたが、言われたとおりにした。オフィスのドアの横には、法律書の棚がならんでいる。左の壁には二十一インチのテレビ——今はCNNが低音量で流れていた——がキャビネットの上に置かれている。保安官の左側にある小さめのテーブルにはコンピュータが載っていて、ルクソール・ホテルよりは小さいデスクは、いつものようにきちんと片付いていた。ブラス警部の刑事魂は、彼は仕事をしたことがあるのだろうかと考えていた。

ブラスは、何年か前にモブリーが殺人課の警部だったときに、彼の下にいた。実際は、モブリーはおそらく誰よりもまじめで勤勉なのだろうが、彼の仕事は最近では、実際の法の執行というより政治に近いものがあった。

一九七三年、クラーク郡保安官事務所とラスベガス警察機構が統合され、ラスベガス市警察は保安官の指揮下に置かれることになった。いまでは、保安官のオフィスは企業の会長のそれとかなり似通ってきていて、モブリーは統合以来、四代目の椅子にすわっている。うわさでは、市長の座をねらっているらしい。

保安官は、リモコンでテレビのスイッチを切った。「まあ、少なくともCNNは、ディングルマンの殺人事件をまだとりあげていないな」

ブラスはうなずいた。「地方紙も掲載を控えています――ギャングの類《たぐい》は観光事業によくないですからね」

「そのとおり。しかし全国紙はとりあげるだろう。まもなくな。全国ネットにとってはおいしいエサだから、すぐに事情を読みとるようになるだろう」

「分かっています」

「新聞やテレビのローカル局が《ミイラ》事件をとりあげるだけでも、まずいことだ。ローカル局はいたるところにあるからな。死体をミイラなんて呼んだのはCSIのメンバーだというのは本当かね？」

「分かりません」

「まあ、メディアはばか話が好きだからな」ため息をつきながら、保安官はタイをゆるめた。「現在の状況を話してくれないか、ジム」

ブラスはくわしく説明した。

モブリーは目を閉じ、うつむき、二本の指で鼻をつまんだ。「同じやつがふたりの人間を、十五年隔てて殺したと本当に考えているのかね？」

「CSIはそれを証明しようとしています」

「それで？」

「なんとも言えません」

モブリーは顔をしかめて首を振った。「常に情報に通じていろ、ジム。乗りこなすのはたいへんだろうが」

「は？」

「この犯人をつかまえたらチャンピオンだが、逃したらまぬけ《チャンプ》だ——要するに、われわれはこの街を守れないということになってしまう」

「分かりました」

「そしてFBIをあしらってやろう」

「なんですって？」

子どものような上唇がゆがんで、わずかに冷笑が浮かんだ。「連中が提供する手助けは、すべて受け入れろ……だが、FBIが逮捕してしまえば、手柄は全部向こうのものになってしまう。もし、こちらが先に逮捕すれば……」

「分かりました」

「よろしい。やってみたまえ」

ブラスは部屋を出ると、モブリーの挑戦、とりわけFBIを避けるという点を話したくて廊下でグリッソムをさがした。保安官とこういう合意ができるのは滅多にないことだ。そのときグリッソムではなく、ウォリック・ブラウンが向こうからやってきた。

「こんなところで、今ごろなにをしているんだ?」とブラスはたずねた。

ウォリックは腕時計に目をやり、笑い声をあげてから、にやりとした。「残業ですよ。たぶん。追いかけにくい手がかりにとり組んでいるんです。そのことで警部の力を借りたいんですが」

ブラスはいぶかしんで言った。「なんだ?」

ウォリックはランニングシューズと小売店のことを説明した。

「分かった。調べてみよう。もう帰るのか?」

ウォリックは首を振った。「いいえ。ビーチコマーへ行って、ビデオをもう少し見てきます」

「レンタルビデオ店へ行くより安あがりだな。グリッソムはまだいるか?」

ウォリックはうしろのほうをふりかえってうなずいた。「ええ、全員残っています。この事件のせいで、その、なにか全員が絡みあって——なんだか同じ病気にかかったみたいな感じで。逃れられないんですよ」

ウォリックは廊下の一方へ消えていき、ブラスはもう一方へ歩いていった。ブラスは休憩室でようやくグリッソムを見つけた。彼はテーブルの向かい側にすわった。

グリッソムは眼鏡をはずし、目をこすってからブラスを見た。「さて——われらが友ブライアンについて話してください」

ブラスは洗いざらい話し、こう締めくくった。「保安官は早くこの事件——これらの事件——を解決したがっている。われわれが状況を把握しているのを観光客に示し、自分が偉大であるのを市民に示したがっている」

グリッソムは少し作り笑いを浮かべたが、おかしくもなかった。「われわれも事件を解決したいですよ、警部。全員が昼夜兼行で働いています。他にどうしろと——」

「まあ、まあ」ブラスが手をあげながら口をはさんだ。「忘れたのか？　わしはきみたちの味方だぞ」

グリッソムは首を振って言った。「すみません。ストレスですね。みんなこの件ではプレッシャーを感じています」

「病気のようだとウォリックが言っていた」

「風邪なら治りますがね」グリッソムが言った。「真実の調査に治療法なし」

「誰がそんなことを？」

グリッソムはウインクした。「わたしです」

ブルーのシルクブラウスと黒のスラックス姿で、意外にも元気そうにキャサリンが入ってきた。作り笑いが彼女のかわいい顔をもっとかわいく見せている。

「誰が犯罪を起こしたのか考えていたんだ」グリッソムが言った。

「どの犯罪？」とキャサリン。

「では、カナリアを食べたのはきみだな」

キャサリンの笑顔が広がり、目が輝いた。

ブラスは彼女を見てからグリッソムに視線を移し、またキャサリンを見た。「なんのことだ？」

「彼女はなにかを知っています」とグリッソムは笑顔を作りながら言った。

自分でコーヒーをいれながらキャサリンが言う。「いろいろ知ってるわよ」

「たとえば？」

「たとえば……フィリップ・ディンゲルマンとマラキー・フォルトゥナートを殺したのは同じ銃だったとか」

ブラスが言った。「笑うべきか泣くべきか分からんな。同じ犯人が十五年も離れたふたつの事件を起こしたということか？」

グリッソムはあいかわらず疑り深い。「まだ、そうとは言えないんじゃないか？」

「そうね」キャサリンは腰をおろしながら言った。「まだ言えないわね。でも、ふたりが同じ銃で殺されたのは証明できるわ」

ブラスが驚いて言った。「ミイラといっしょに捨てられていた銃身を見つけたんだと思っていたが」

キャサリンが言う。「見つけたのよ。銃身のライフリングは、フォルトゥナート氏の頭部から発見された弾丸の旋条痕《せんじょうこん》と一致したの」

ブラスには納得できない様子だった。「しかし弾丸の旋条痕はディンゲルマン事件のとは一致しなかった。ちがうかね？」

「一致しなかったわ」

「それなのに」警部がつづけた。「なぜ同じ銃で撃たれたと？」

腕を組み、椅子にもたれていたグリッソムは、キャサリンのやり方をただ見守っていた。

「待ってくれ」ブラスはそう言って、考え直した。「分かったぞ。あのブラッド・ケンダルのコーヒーショップ事件と同じパターンだな」

「ちょっとちがうわ」キャサリンが言った。「ケンダルは銃身を替えていたけれど、メーカーの刻印を比較することで、彼が持っていた弾薬箱に入っていた弾薬だったと証明できたじゃない。でも、この事件ではそれはできない――ふたつの弾丸は同じ弾薬箱どころか、メーカーまでちがうんだから。十五年もたってから同じ弾薬箱の弾薬を使うとは考えにくいわよね」

「なるほど、そうだ、そのとおり」ブラスはあわてて答えた。

グリッソムはにこにこしているだけだった。

キャサリンはつづけた。「オートマチック拳銃《けんじゅう》から弾丸が発射されるときに、どういうことが起こります？」

ブラスはため息をついた。「撃針が雷管に当たり、弾丸が銃身を通って発射され、薬莢《やっきょう》が外に排出される」

「おみごと《ブラボー》」とグリッソム。

「うるさい」とブラス。

キャサリンが言う。「オートマチックで発射された薬莢には、三つのはっきりした痕跡が残るわ。警部の言うように、撃針が雷管に当たる。エキストラクターが薬莢をつかむときに傷がつく。そして薬莢が拳銃の外に放りだされる前に銃身後尾の壁に当たる。これらの打撃で、それぞれ固有の痕跡がつく。指紋みたいにどの武器でもちがうものがね」

ブラスは目を細めて言った。「それはつまり……」

「ビーチコマー事件の薬莢とフォルトゥナート氏宅の私道から掘りだした薬莢は、同じ銃から出たものだってことよ」

ブラスはかろうじて笑顔を作った。「裁判で証拠として使えるかね？」

「反論は無理ですね」とグリッソムが言った。

「しかし薬莢のひとつは何年ものあいだアスファルトの下に埋まっていたから、この証拠は無効だと言われないか？」

キャサリンが言った。「被告側は言うかもしれないわね。でも証拠が汚染されているという議論は成り立たないわ」

「なぜだ？」

「西部開拓時代の銃を集めている人はよくいるわよね？」

ブラスは肩をすくめた。「それがどうした？」

「最近では、リトルビッグホーンの戦いで使われたと言われる拳銃が本物であるかどうか鑑定するのに、この同じ痕跡が利用されたの」

「撃針と薬莢との一致が？」

「ええ」キャサリンが言った。「戦場から薬莢を掘りだして、カスター将軍の部下たちが使ったという拳銃の撃針とそれをマッチさせたのよ。その薬莢は百年以上ものあいだ、地面に埋まっていた。わたしたちが見つけた薬莢は、砂利とアスファルトに埋もれて周囲の環境から守られていたってわけ。それもたったの十五年間よ」

「科学と歴史の出会いだ」とグリッソムが言い、その言葉を気に入ったようだ。

ブラスは「それで、それは通用するのか?」と訊《き》くのが精一杯だった。

「ええ」とグリッソム。「充分、通用しますよ」

「しかし銃がないんだろう?」

「いまのところはね」キャサリンが言った。「でもいまは、ひとつの銃をさがしているだけだし、可能性としては、犯人がこの十五年のうちに銃を捨てていないのだから、たぶんいまだに捨てる気はないということね」

ようやくブラスにも言うことが見つかった。「そういうやつらが武器なんぞに感情的な愛着を持っていたというのが驚きだ。何人もの人間をあの世に送った拳銃なんかにな」

そこへサラが加わった。冷蔵庫から炭酸飲料をとりだし、ブラスのとなりにどすんと腰をおろした。キャサリンに目をやったが、質問は全員に対してだった。「殺し屋《ヒットマン》はなぜ……あら、この呼びかたいいわね……こんなに成功しているヒットマンはなぜ、キャリアに五年の空白があるのかしら? それに、なぜいまになって活動再開したの?」

「空白?」とグリッソムがたずねた。

「ええ」サラはうなずきながら言い、炭酸飲料を口にした。「五年ちょっとのあいだ、この男についての報告がまったくないのよ。世界のはしから落っこちちゃったみたいに」

「あるいは別件で刑務所に入っていたのかも」ブラスが提案した。

グリッソムは首を振った。「いいえ、それだったら一致する指紋があったはずです」

ブラスは言った。「ああ、そうだった。うっかりしていた」

「病気だったとか」とキャサリンは言ってみた。

「五年間も？」とサラ。

「引退したとか」とグリッソム。

　全員が主任を見た。

「なんとでも言える」グリッソムが言う。「憶測はここまでにしよう──引きつづき調査だ」

「ええ、そうね」とサラが言った。「でも引退した殺し屋を、インターネットでどうやって調べろって言うの？」彼女は立ちあがって、飲み物を持ったまま仕事に向かった。

　ブラスは息を吐きだして言った。「わしももう行かなくては。あのランニングシューズを売った小売店を当たってみる」そして立ちあがり、グリッソムを見て肩をすくめた。「あの男の言うとおりにしようと思う」

　グリッソムはうなずいた。「ＦＢＩを寄せつけないということに関しては異存はありません」

　警部が出ていっても、キャサリンはグリッソムを見つめたままだった。「なんのこと？」

　グリッソムは無視しようとしたが、彼女は引きさがらなかった。

「ねえ、なんなのよ？」

「政治なんだ。モブリーはカルペッパーにわれわれを〝手伝わせ〟ようとしている。しかも、逮捕はわれわれにさせて、ＦＢＩは除外しようとしている」

「なかなか危険なゲームね」

「そうだな」

　キャサリンはほほえんだ。「それにしても、カルペッパーは本当にいやなやつだわ」

　グリッソムはなんとか無表情を保った。「本当に」

ビーチコマー・ホテルの警備本部室のモニターの前で、ウォリックはクッションの具合がちょうどいいデスクタイプの椅子に警備員とならんで腰かけた。二十代前半の背の低いヒスパニック系の警備員は、ウォリックが持ってきたテープをかけたところだった。ポーカー・マシンの前にいるピーター・ランダルと名乗る男の背中と、ランダルを見たときのフィリップ・ディンゲルマンの反応が映っている。そのあとディンゲルマンが角を曲がって見えなくなり、ランダルがマシンに戻ってきてカードを引き抜き、そして同じように角を曲がって消えた。テープを巻き戻し、ウォリックがランダルを指さした。「この男が映っている他のテープを見たい」

警備員はうなずいた。「ほぼ毎週、月曜と水曜にここへ来ますよ」

ウォリックの鼓動が速くなった。「ええっと、きみの名前はなんだっけ？」

「リッキーです」

「よろしく、リッキー。おれはウォリック」

警備員はうれしそうに言った。「よろしく、ウォリック」

「この常連の男についてもう少し話してくれないか」

「ええと、この水曜は来なかった。でもすいているときが好きなようです。ここみたいな大きいところでも、常連客を見分けられるようになるんです。特に、何時間も何時間もモニターを見ていると」

ディンゲルマンは月曜日の朝に殺された。そして〝ピーター・ランダル〟は、水曜日にはいつものポーカー・マシンのゲームをやらなかった。

「この男、ピーター・ランダルは常連客？」

「あの、名前は知らないけど、よく来ます。でも月曜と水曜の早い時間帯だけです。さっき言ったように、閑散時、つまりすいているときに。混雑したカジノがきらいな人もいるんです」

ウォリックは、ダイスが転がりさえすればえり好みをしなかった。「リッキー、月曜と水曜のテープをもっと見せてくれないか？」

「ウォリック、そう興奮しないでくださいよ。あんまり期待しないでほしいんです。他の日の分を見ても、カメラは彼の顔をとらえていないから」

「どういうことだ？」

警備員はまたうなずいて言った。「ぼくは彼に気づいていた。いいですか？　でも、彼はかなり用心深いんです」

「きみが顔を見たことがないなら、なぜ彼だと分かるんだ？」

「それは――モニターを長いあいだ見つづけていると、直感で分かるんです。この背中はいつも同じだから」

「なるほど」ウォリックが言った。

「つまり、身長とか、頭の形とか、髪形とか、服のセンスなんかでも……人を読むようになれば分かります」

「リッキー、もしこの仕事に飽きたら、おれが働いているところへ来なよ。やってもらえることがあるかもしれない」

ウォリックは新しくできた親友とともに、前の水曜日、ほぼ同時刻のテープを見た。ランダルはそこでもポーカー・マシンの前にすわり、カメラに背を向けていた。あきらかにちがうスポーツコートを着ている。カメラのほうを向くことはなく、カジノの他のカメラで撮ったテープを見てみても、男はそれも避けようとしていた。

「しょっちゅうここへ来るのに、どうやったらカメラに顔を向けずにすむんだ？」

リッキーは肩をすくめた。「さあ」

ウォリックは目をくるっと回した。だが、警備員は正しかった。ランダルは毎週月曜日と水曜日にやってくる。なにをさがしているか分かっている場合は、髪形、体格、服のセンスなどから見分けるのはたやすい。ウォリックたちは、殺人が起こる前の月曜日とその一週間前のテープ、それもカジノをさまざまな角度で映しているいくつものテープデッキで撮ったものを見てみたが、ランダルはそのどれにも映っていた。

いつも同じポーカー・マシンを使うわけではないが、本物のディーラーと向きあって勝負するテーブルにはけっして行かなかった。実際、彼はいつも裏口近くの列のポーカー・マシンにばかりいた。月曜日と水曜日には毎週毎週やってきて、二時間ほどゲームをして出ていった。勝つこともあれば負けることもある。どちらにしても、次の水曜日や次の月曜日になると、またやってきた。そしてこのくそったれは、カメラに顔を向けることは一度もなかった。

スロット主任トッド・オズワルトは、一度顔をだし、どうなっているのかと訊いてきた。

「まだ調査中です」ウォリックが言った。「まだ見てるんです。リッキーが力になってくれてね――リッキーはすごいよ」

リッキーは顔を輝かせ、オズワルトが言った。「それはよかった。住所は役に立ちますか?」

「なんでも役に立ちますよ。でもレンタル・メールボックスはもう使われていなかった。それに、彼がメールボックス業者にわたしていた住所には、存在しない通りの名前が書かれていましたよ」

ネイビーブルーのスーツを着た金髪のオズワルトは首を振り、ちぇっと舌打ちした。「それじゃ、がんばって、ブラウン刑事」

ウォリックは訂正はしなかった。「きっとうまくいきますよ」

オズワルトはさっと出ていった。

テープはもう五週間さかのぼっており、あとどのくらい見てからあきらめようかとウォリックは考えた。あとどのくらいがまんできるだろうか、というのが本当のところだ。この野郎の退屈な人生を逆から見ているようなものなのだ。そのとき見ていた週の水曜日、ランダルは自分のマシンから立ちあがり、画面から消えた。ウォリックはメイン通路に向いているカメラを見たが――ランダルの姿はなかった。

「ちょっと待った! どこへ行ったんだ?」

リッキーは白日夢を見ていたかのように首を振った。急いですべての画面に目を通すと、右下の隅のほうにいるのがついに見つかった。

「そこです」リッキーが指さしながら言った。「ATMを使っているところですね」

「テープを止めて」ウォリックが静かに言った。

警備員はまた夢の世界に戻ってしまい、ウォリックの声が聞こえていないようだ。

ウォリックはもう一度、大きな声で言った。「テープを止めてくれ、リッキー。巻き戻すんだ」

リッキーは言われたとおりにした。

「そこだ。見つけたぞ。巻き戻して」

やや背筋を伸ばし、警備員はふたたびテープを巻き戻した。それからスローで再生。ふたりは画面に戻ってきたランダルが、またATMを使うのを見ていた。

「よし！」とウォリック。「やったぞ！　このATMはどこの銀行のものだ？」

リッキーは肩をすくめた。「ぼくはここではATMを使わないから。オズワルトさんが知っていると思う」

「連れてきて。頼む」

スロット主任が警備本部室に戻ってくるまで十分ほどかかったが、ウォリックは気にしなかった。手がかりを見つけたからだ。

やがてオズワルトが重い足取りでやってきた。「ブラウン刑事、どうかしましたか？」

「このATMはどの銀行のですか？」ウォリックは画面を指さしてたずねた。

「ああ、ウェルズファーゴ銀行だね。どうして？」

「オズワルトさん、ありがとう」ウォリックは警備員の肩をぽんと叩《たた》いた。「リッキー、手伝ってくれてどうもありがとう《ムーチャス・グラシアス》。さっきの話、信じてくれていいからな」

「分かりました、覚えておきますよ」リッキーはにやっと笑って言った。

しかしウォリックはすでに行ってしまったあとだった。

11

ニックはタホに乗りこむオライリー部長刑事のために、ドアを開けようと身を乗りだした。これからマージ・コスティチェクの家へ行くのだ。道中、オライリーはSUVの特徴を熱心に研究していた。

「乗り心地いいですねえ」ついにオライリーが言った。

ニックはうなずいた。

オライリーは、シートの上ででっぷりした体の向きを変えた。「おれたちが運転しているぼろトーラスなんかよりずっといい」

ニック・ストークスは、挑発に乗らないようにした。科学捜査班は殺人課が数々の事件を解決する手助けをしてきたが、オライリーとその同僚の多くは、CSIのことを陰で「科学オタク班」と呼んでいるのだ。心の奥底でオライリーが、捜査の最大の武器が自白強要用のゴム・ホースだったころのことをなつかしんでいるのじゃないかと思いながら、ニックはビジネスライクにたずねた。「住所はなんだっけ？」

前方を指さしながらオライリーが言った。「あと二軒先です——そこの左」

抜いたほうがよさそうな茶色く枯れた低木が二本ある小さな平屋建ての家の前に来ると、ニックはタホを逆向きに停めた。家はうすい黄色の塗装がはがれかけていた。近所全体が、ペンキと優しい手入れとを必要としているように見える。ぼうぼうに伸びた雑草がほとんど低木と同じくらいの茶色になっており、さらに近づくと、玄関前の階段が、脱走しようとしているかのように家から離れかけているのがニックには分かった。オライリーが先に立ち、ふたりはひび割れた歩道を歩き、もろくなっているコンクリートの階段を二段あがる。オライリーがベルを鳴らしてからドアをノックした。

しばらく待ったが返事はない。

オライリーはもう一度ベルを鳴らし、ノックしたが、同じく返事はなかった。オライリーはニックのほうを向いて大げさに肩をすくめて見せた。ふたりが背を向けたちょうどそのとき、背後から大きな声が飛んできた。

「どうやらモルモン教徒じゃなさそうだね！」

ふりかえると、ホットピンクのバスローブを着てカーラーを巻いたずんぐりした女性の姿が見えた。

「警察のものです」オライリーが革の札入れに入ったバッジを掲げた。「ちょっと話がしたいのですが」

近所じゅうに存在を知らせようとするかのように、彼女は腕を振った。「だったらなかに入って来な。このくそ暑いのに外にいる気はないからね！」

ニックが眉《まゆ》をあげてオライリーに目を向けると、オライリーもニックを見た。警官とCSIとのあいだにどんな無言の敵意があろうと、この女性の不快な人格という溶鉱炉で熔《と》かされてしまった。ニックはオライリーのあとについてその家に戻り、先に行かせてよかったと思いながら、玄関を入っていった。

女は顔をしかめて二人を見た。カーラーが、グロテスクなメドゥーサを思わせた。「そこにつっ立ってないでドアを閉めておくれよ！　うちのエアコンでこの街全体を冷やせると思ってるのかい？」

「そういうわけではありません」とオライリーは言った。答えを必要としない問いかけというのが、彼には通用しないらしい。

ドアを閉めながら、ニックはキング・サイズの刑事にくっついてミニ・サイズのリビングルームに入っていった。あたりを見まわすと、乱雑な骨董《こっとう》市に足を踏み入れたような気分がした。栗色のベルベットの長椅子が、レースカーテンのかかった窓の下に置かれている。そのとなりでは、シダが天井に向かって伸びて、鉢からはみだしそうになっている。その部屋には他に、敷物《ドイリー》を置いたさくら材の背の高いエンドテーブルが二脚あり、金属のスタンドに載った十九インチのテレビ、そして隅に大きすぎる安楽椅子があった。反対側の隅にはライティングデスクまであり、いたるところにテレビガイド、女性誌、古い会報、新聞、郵便物などが積まれている。

オライリーは体をゆすりながら言った。「マージ・コスティチェクさんですか？」

「郵便受けにそう書いてあるだろう？　あんた刑事じゃないのかい？」

「オライリー刑事です」彼は皮肉が分からないのか気づかぬふりをしたのか、そう言った。

「こちらはCSIのニック・ストークス」

「シー・エス、なんだって？」

ニックは説明した。「科学捜査班です」

「へえ、こんなずぼらでいるだけで、いきなり犯罪だってことになったのかい？」

「そうじゃありません」オライリーはまごついて言った。「つまりその――」

「そのいまいましいバッジをもう一度見せてみな。本物の刑事なもんか」

めんくらったオライリーがバッジに手をかけたとき、その女性が彼の腕をつかんだ。

「ちょっとからかってみただけさ」彼女が笑うと、二重あごがそれぞれ小刻みに揺れる。「あんたみたいな鈍い男は、警官ぐらいにしかなれないんだろうよ」

ニックは苦笑いするしかなかった。われ知らずニックは、この気むずかしい婆さんを気に入りはじめていた。少なくとも自分につらくあたらなければ。

「いくつかお訊《き》きしたいことがあっておうかがいしたのですが」オライリーが言った。

「メーターの検針にきたとは思ってないさ」

それを聞きながら、ニックは部屋をうろつきはじめた――ただ見てまわり、雑誌や郵便物などの山で立ち止まっては、のぞいたりしていた。それが彼の仕事なのだ。

オライリーは「スウィンガーズのことを訊きたいのですが」と言っていた。

「こりゃ、キリスト様もびっくりだね」と彼女は言って、安楽椅子にどすんとすわりこんだ。

「もう何年もストリップだのなんだのにはかかわってないんだ。二軒先のあのばか犬のことで来たのかと思ったよ。あいつはまったく口を閉じたためしがない。年がら年中、ワンワンキャンキャン吠《ほ》えまくりさ。あのクソをとり締まる法はないのかい？」

「それは……」とオライリー。

「実は」ニックはライティングデスクのそばに戻って言った。「以前、あなたのクラブでダンサーをしていた女性のことで来たんです」

「気楽にしてりゃいいんだよ、ハンサムちゃん。おしっこでもしたいんじゃないかい？」

「いいえ」

「緊張してるのかい？　どうしてじっとしてられないんだよ」

「ええ。スウィンガーズのその女性の……」

彼女はずんぐりした小さな手を振った。「長いことだから大勢いたんだよ。何百、いや何千かもしれない。いつまでも若いわけじゃないんだよ。分かるだろ――働けるのはほんの短い間だけなんだ」

スポーツコートのポケットに入れてあった二つ折りのファイルから、オライリーはジョイ・スターの写真をとりだし、女性に手わたした。

彼女の唇がぴくっと引きつったのにニックは気がついた。だが、それ以外は、女性に見覚えがありそうな気配は見せなかった。

「ジョイ・スターと言います」即座にオライリーが言った。

コスティチェクは首を振った。「こんな子は、覚えていないよ」

おもしろい、とニックは思った。乱暴な口調が急に消えたのだ。

オライリーがさらに言う。「十六年ほど前なんですがね」

彼女は何度も首を振った。

「本名はモニカ・ペティです。失踪《しっそう》し……」

マージ・コスティチェクは、彼の言葉をさえぎった。「消えた子はたくさんいるよ。ある夜やってきたかと思うと、次の夜にはいなくなるのさ。男ができたりヤクをやったり妊娠したり、ヤクのやりすぎで死んじまったり。悲しい話もあればハッピーエンドもある。みんなどっちかだったね。体と顔以外、とりえがなにもない若い子がわんさかいるんだ。どうやって全員覚えろって言うんだい？」

ライティングデスクのそばにいたニックが言った。「でもこの娘のことは覚えているんでしょ？」

老女はニックに目をやると、だしぬけに顔つきがこわばり、黒っぽい目がボタンのようになった。「もっと近くにお寄りよ、ハンサムさん。もっとよく聞こえるようにね」

そっちのほうが安心できるから？

〝婆さん〟の態度はどこかおかしい、とニックは思った。そして、自分がまさに意味のある位置に立っているのだと、直感が告げた……。

「ここでいいですよ」ニックは言った。「この刑事から質問してもらいます」

彼女の目つきが険しくなり、顔つきがなんとなく変わった。「あたしゃ、夢でも見てたのかね。坊や、そんなくだらんことを訊くなんて」

オライリーが言った。「もう一度この写真を見てください、コスティチェクさん」

ぞんざいにちらっと見ただけで、彼女は言った。「知らないって言っただろう。知らないって。十五、六年前にうちで働いてたとしてもね。なんでいまになってそんなこと訊くのさ？」

ニックは顔を前に向けたまま、ライティングデスクに目をやった。開封して封筒に戻したすごい数の手紙が、あちこちにでたらめに積みあげられている。私信や請求書やダイレクトメールまで……。

コスティチェクは写真をオライリーにつきかえし、彼は受けとった。「どうでもいいけど、なんで大昔のできごとを掘りかえすんだい？」ほとんど詰問口調だ。

ニックは会話に加わらなかった。……そのときデスクの上の封筒に目がとまった。

オライリーが言う。「関係ない事件の捜査中に、彼女の名前が出てきたんですよ」

老女の顔に影がよぎってすぐ消えた。しかしなんの事件だろうかと思ったにせよ、彼女はたずねようとはしなかった。

オライリーは咳払《せきばら》いをした。「さて、おつきあいくださってありがとうございました、コスティチェクさん」

デスクのはし、かろうじて目に入る位置に手紙があった。ロサンジェルスの消印で、差出人の名前は……

……ジョイ・ペティ。

ニックはほんの一瞬、凍りついたが、いらだっている老婆に向き直って言った。「ああ、ありがとうございました」

「あんたたち、出るときにドアをケツにぶつけなさんなよ」

ニックがオライリーのあとにつづいて外に出た。オライリーがドアを閉める。タホに乗りこむと、ニックはキーをイグニッションにさしたが、車を走らせようとはしなかった。

「どうしたんです、ニック？」

彼はオライリーのほうを向いた。「彼女はうそをついている」

オライリーは肩をすくめてにやりとした。「そう思いますか？　あの婆さん、危なっかしい質問にはまともに答えようとしなかった」

「思うんじゃなくて、部長刑事――分かるんだ」

きちんと刈りこんだクルーカットの下で、しわの寄った顔が好奇心で引き締まった。「どういうことです？」

「手紙だ。部屋じゅうあちこちに積みあげられていた手紙を見ただろう？」

「なんでも捨てずにとっておくんでしょう。それがどうしたんです？」

「あのライティングデスクだ。置いてある手紙の山の上に、〝ジョイ・ペティ〟なる人物からの手紙があった。彼女が知っているジョイ・ペティが、本名がモニカ・ペティでジョイ・スターという芸名もあるジョイ・ペティでない可能性はどのくらいあると思う？」

オライリーは眉《まゆ》をあげた。「可能性はこうです。すぐにあそこに戻りましょう。いますぐ」

「入れてくれるかな？」

「その手紙はすぐ目につくところにありましたか？」

「ああ」

「では、やってみることです」

オライリーは車をおりて、ニックがキーを抜く前に歩道を戻りはじめた。ニックが小走りで追いかけると、カンカンに怒った刑事はすでにベルを鳴らしていた。そしてスクリーン・ドアを開け放ち、ニックが近づく前に内側のドアをノックした。ちょうどそのとき、マージ・コスティチェクがぐいとドアを開けた。

「今度はなんだい？」彼女がどなる。「もうすんだだろう！」

「あんたがそう思っているだけだ」彼女の顔のすぐそばで、オライリーはどなりかえした。

「なぜうそをついたんだ？」

彼女はあとずさり、うかつにも彼らが家のなかに入るすきを作ってしまった。

オライリーは彼女をにらみつけながら、ニックに言った。「どれです？」

歩きながらラテックスの手袋をつけ、ニックはライティングデスクのところまで行って、郵便物の山のいちばん上にある手紙をつまみあげた。

「ちょっと！」彼女が叫ぶ。「やめな！　それは私有財産だよ！　令状はあるのかい？」

「目に見えるところにある証拠物件だ」オライリーが言う。「令状はいらん」

ニックは髪にカーラーを巻いた老婆に近づき、ジョイ・ペティからの手紙を掲げて見せた。

「説明してもらおうか」

老女が一歩あとずさり、安楽椅子につまずいてどすんとすわりこむと、偶然にもブーブークッションのような音がした。彼女が泣きださなければ、笑えたところだったのだが。

サラ・サイドルとポニーテールの刑事、エリン・コンロイは、サウスネリス・ブルバード沿いにあるウェルズファーゴ銀行の支店のロビーでウォリックに追いついた。凍えそうな温度にエアコンが設定されているらしい。砂漠の七月だというのに、窓口係はみなセーターを着ている。

「犯人に結びつく別の手がかりなんだ」とウォリックが言った。

プロフェッショナルらしく白のパンツスーツを着たコンロイは、眉をあげた。「メールボックスの住所みたいなことになりそうじゃない？」

ウォリックは彼女の声に皮肉めいたものがないか探ってみたが、見つからなかった。「そうじゃなければいいけど、分からない」

「よくやったわね、ウォリック」サラはATMの件でほめた。

「ありがとう。カジノでこんなラッキーなことは久しぶりだ」

四十がらみのふっくらした女性が、受付のデスクの向こう側にすわって電話で話している。三人が近づくと人差し指を立てた。少しお待ちくださいという合図……少なくともサラはそうであればいいと思った。半袖《はんそで》で軽装のサラは、精肉貯蔵庫に立っている気分なのだ。

やがて受付係が電話を切り、女性ふたりはそこにいないかのように、ウォリックのほうにだけ向いた。

しかしバッジを掲げて見せたのは、エリン・コンロイだった。「どなたかATMの取扱い担当の方とお話がしたいのですが」

その女性は、デスクの引き出しにあるリストを確認し、「ワシントンというものがおります」と言って電話の受話器をとり、番号を四つ押した。「ワシントンさん、そちらとお話をしたいと、警察官が三人お見えになっています」そしてしばらく相手の言うことを聞いてから電話を切り、ウォリックに言った。「すぐにまいります」

サラは頭にきていたが、三人とも警察官だと受付係が説明したことをわざわざ訂正はしなかった。

一分もしないうちに、サラの右うしろでタイルの床にハイヒールの断続的なリズムが聞こえてきた。ふりかえると、おちついた黒のスーツを着た女性がやってきた——黒髪をきちんとセットし、翡翠《ひすい》色の瞳《ひとみ》にほっそりした磁器のような顔をしている。コンロイに手をさしだし、三人に満面の笑みを見せた。「おはようございます。キャリー・ワシントンと申します。なんのご用でしょう？」

コンロイは身分証明書を見せてから、その女性の手を握った。「殺人課のものです。こちらはラスベガス市警犯罪現場捜査研究所のウォリック・ブラウンとサラ・サイドルです。おたくのATM利用客のひとりについてお話をうかがいたいのですが」

「いいですよ。ひとりのお客様のことなのに、大勢でいらしたんですのね」

「捜査上、重要な点が重複したので」とコンロイが言った。

ワシントンがその言葉の意味を理解していないのはあきらかだった——サラもかろうじて分かる程度だ——が、てきぱきして協力的なその女性は答えた。「わたしのオフィスまでいらっしゃっていただけますか？」

ロビーからはずれた広い廊下のつきあたりにある小さめの部屋で、キャリー・ワシントンは、大きなオーク材のデスクに向いた椅子を三人にすすめた。デスクの横のキャビネットにはコンピュータ、すみには鉢植えがあり、きちんと片づいたデスクのはしには写真立てがふたつ、三人に背を向けて置かれている。

「では」彼女は指を立てて言った。「ご用件をうかがいましょう」

コンロイはウォリックに向かってうなずき、先に話すよう促した。ウォリックが言った。

「ATM利用客のひとりの名前が知りたいんです」

ワシントンは不快そうな表情になった。「そういうことは法律上……」

「法律上、なにも問題ありません」と殺人課の刑事が言った。そして肩にさげたバッグから令状をとりだすと、デスクにポンと投げた。「ガルヴィン判事からすでに許可を得ています」

その女性は半月形の眼鏡をかけて令状を読んだ。「なにが必要ですか」

「ビーチコマー・ホテルのATMはおたくの銀行のものですか？」とウォリックが言った。

ワシントンは考えこむように眉をひそめた。「調べれば分かります。ですが、もうお分かりなんでしょう？　でなければ、こんなに大勢でいらっしゃらないと思いますわ」

「おたくのATMです」とコンロイ。

「五週間前の水曜日」メモの日付を見ながらウォリックが言う。「午前五時三十九分に、おたくの機械が利用されています。誰が使ったか分かりますか？」

コンピュータに情報を入力しながら、ワシントンが言った。「その日付と時間にまちがいないですね？」

ウォリックがうなずいた。「まちがいありません」

「数分かかりますが」

コンロイが言った。「かまいません。待ちます」

オライリーは、取調室の中央に置かれた簡素な木のテーブルをはさんで、マージ・コスティチェクと向かいあっていた。彼女はもう口の悪い持てあまし者の老婆ではなく、口数の少ない、扱いにくい重要参考人だった。

テーブルの両側には椅子がもう一脚ずつあり、デジタル・ビデオ・カメラが老女に向けて設置されていた。補助用の録音機がテーブルの上にある。壁の大きな鏡は――誰もだまされたりはしないが――実は反対側から見れば素通しのガラスになっていて、そちら側にはグリッソムとキャサリンとニックがいた。彼女にさらに質問するのに、なぜここに連れてきたほうがいいと判断したのか、ニックはボスと同僚にすでに説明してあった。

彼らがいるのはせまくて家具もない部屋で、もう一方の部屋での取調べの様子を立ったまま見ていた。

「なんの話も引きだせないだろうな」グリッソムが言った。

「そもそも、話があるのかどうか」とキャサリンも言う。

「そんなばかな」とニック。「絶対、なにかを知っているんだ。あの手紙が偶然のはずはない」

「たのむから」グリッソムが言った。「『ぐ』のつく言葉はやめてくれ」

キャサリンはなにごとか考えていたが、やがてニックにたずねた。「その手紙、いまどこにあるの？」

「おれのデスクの上だけど――なぜ？」

キャサリンはニックに向かって眉をあげて見せた。グリッソムも気がついた。「フォルトゥナート夫人から引きわたされたご主人の遺留品の箱を覚えてる？」

「もちろん」とニック。

グリッソムはにこにこしている。

「あの箱のなかに、ご主人に宛てた手紙があったの……ジョイ・スターからの」

グリッソムが満足げに言った。「フォルトゥナートとジョイ・スターが駆け落ちしたと警察に思わせたのが、その手紙だろ？」

「ええ」とニック。「おれ、なにか見落としていますか？」

「いまに分かるわ」キャサリンは楽しそうに、新たな手がかりを見つけて目を輝かせていた。「その手紙を持ってきて。わたしも持ってくるから駐車場に来て」

ニックはとまどった。「駐車場？」

グリッソムは、唇のはしにかすかな笑みを浮かべた。「どこへ行くつもりか分かったぞ、キャサリン。いい考えだ。だがきみが正しいとしても、問題を完全に解決することにはならん。ニック、その手紙の消印はどこだって？」

「ロサンジェルスです。ここひと月以内でした」

「カリフォルニア運転免許試験所にあたってみる」とグリッソムが言った。「ジョイ・ペティについて、なにか分かるかもしれない。それからわたしがジェニー・ノーサムに電話して、きみらがそちらに向かっていると話しておく」

「ジェニー、誰ですって？」ニックがたずねた。「どこへ向かうんです？」

「ジェニーは法科学文書鑑定官だ」グリッソムが言う。「優秀な人物だ。両方の手紙を〝ジョイ・ペティ〟が書いたかどうか判定してもらえるだろう」

「もしちがっていたら？」とニックがたずねた。

「そのときは」とキャサリン。「おもしろいことになるわ――さあ行きましょう」

　銀行のエアコンはずっと働きどおしで、キャリー・ワシントンのオフィスで二十分も待てば、ものに動じないウォリックでさえ寒そうにしだした。雑談もとぎれてしまい、四人は気まずい沈黙のなかですわっていた。

　ついに電話が鳴った。みな一瞬飛びあがり、かんだかい音が、部屋じゅうに満ちていた緊張をほぐすことになった。二度目のベルで、オフィスのなかに期待があふれてきた。

　キャリー・ワシントンが受話器をとりあげた。「もしもし？」そして聞き耳をたててからメモをとりはじめた。「住所は？……職業は？」最後に一行、走り書きしてから彼女は電話を切った。

「なにか分かりましたか？」コンロイがたずねた。

「ええ。問題のお客様は、バリー・トーマス・ハイドといいます。ヘンダーソン市フレッシュポンド・コート五三番地に住んでいます。ペコス・レガシー・センターのレンタルビデオ店――AトゥZビデオ――を所有、経営しています。ペコス・レガシー・センターは、ウィグワム・パークウェイ二五六二番地にある細長いショッピングモールです」

　コンロイは、すばやく住所をメモした。ウォリックはすでに暗記して言った。「ありがとうございます、ワシントンさん」

「他にご用はありますか？」

　コンロイが立ちあがり、サラとウォリックも立ちあがった。コンロイ刑事が言った。「知りたいことは全部分かったと思います」

「できるだけのご協力はいたします」とワシントンは言い、あきらかに気にかかっていたであろうことを、ようやく口にした。「殺人課とおっしゃいましたね、コンロイ刑事？」

「そのとおりです」

「では、これは殺人事件なんですね」

「ええ」

キャリア・ウーマンもそれには関心を持ったようだ。ウォリックは言った。「ですから、あなたの協力がとても重要なんです。危険な人物がかかわっていて、しかもまだつかまっていないので」

「どのようなことでもご協力します……どんなことでも」

令状さえあれば。

サラはこのビルから駆けだして、日差しのなかに立ちたい気持ちにかられた。運がよければ自分の足の感覚がとり戻せる。

「ああもう、まったく」外に出ると、サラが言った。「凍え死ぬわ」

コンロイがふっと笑った。「じゃあ、わたしだけじゃなかったのね——歯がガチガチ言ってたわ！」

「あの名前と住所を聞いても温まらなかったのかい？」とウォリックが言った。

「また行き詰まったりしなければ」サラが言う。「温まってほっとするでしょうけど」

ウォリックは肩をすくめた。「見に行こう」

近くに停めておいたタホまで歩きながら、サラが言った。「主任に知らせなきゃ」そしてガンマンのように堂々と携帯電話をとりだした。

グリッソムはすぐに出たので、どうやらデュースの身元がつかめたと伝え、くわしいことを話した。

「まず自宅へ行ってみよう」とグリッソムが言った。「その住所で落ちあおう、できるだけ早く行く。ブラス警部を連れて行く」

「こちらはコンロイ刑事といっしょです」

「よし。これが目当ての男なら、危険な人物だ」

サラは「のちほど」と言って電話を切り、ウォリックとコンロイに説明した。

「ヘンダーソンって、誰か知ってる？」コンロイが住所を見ながらたずねた。

「あんまり」とサラ。

「よく知らないな」ウォリックも認めた。「そこでいくつか事件を担当したような……」

「でも、この住所はよく知らないわ」コンロイはメモ帳を振りながら言った。

状況のこっけいさに、彼らは笑いだした。捜査官が三人もいるのに、その住所を探し当てられないのだ。

サラはクスクス笑いながら言った。「ただちに応援をたのんだほうがいいかもね」

「誰にも言わないでよ」とコンロイ。

「主任には特にね」とウォリック。

12

ジェニー・ノーサムは首を振った。長い黒髪が静かに揺れる。彼女は最後にもう一度顕微鏡をのぞきこんだ。

「どう?」とキャサリンがたずねた。

「とんでもないわ」とジェニー。身長百六十センチ足らず、体重四十五キロそこそこという体格の女性からは想像できないほど太い声だ。「なによこれ、かすりもしないじゃない」

ジェニーは、フリーモント・ストリートからややはずれたところにある、ダウンタウンのとても古いビルの二階の角にオフィスをかまえている。ちっぽけで少しみすぼらしいオフィスには、フランク・シナトラがラスベガスで一世を風靡《ふうび》していた頃に作られたような見るからに中古のオフィス家具とカーペットがある。キャサリンとニックが、かわいい顔立ちをして辛辣《しんらつ》なものの言いかたをする筆跡の専門家に面会した奥の部屋は、それとはまったく正反対だ。

最先端の道具類がファイルキャビネットとともに三方の壁にならんでおり、製図用テーブルがもう一方の壁に寄せられている。部屋の中央に置かれた大きなふたつのテーブルの上には紫外線、蛍光灯、白熱灯があった。ニックとキャサリンは壁際のスツールに腰かけており、ジェニー・ノーサムは車輪つきのスツールにまたがったまま、NASCARのストックカー・レースでもしているように、部屋じゅうを動き回っている。

「本当?」とキャサリンが言った。

「カトリック教徒の熊なんて聞いたことある？　ローマ法王が森で野グソをする？　ばかなこと訊《き》かないで。誰がこの手紙を書いたにせよ……」彼女はジョイ・スターがマラキー・フォルトゥナートに宛てた貴重な手紙を掲げて見せた。「……見つかるとは思ってないのよ。これは強いて言えば偽造と呼べないこともないという程度の代物よ。どこかの馬鹿が手紙にジョイ・スターとサインしただけのものよ」

キャサリンは眉《まゆ》をひそめた。「他に可能性は考えられない？」

「いいえ――こっちの手紙も……」筆跡専門家は、マージ・コスティチェクの家で見つかった手紙を指さした。「……偽造されたものかもしれないけど、どちらにしろ、この二通は同一人物が書いたものじゃないわ」

キャサリンとニックの目の前で、ジェニーは手紙をいくつもの化学薬品に順番に浸してから、乾燥させるためにかたわらに置いた。フォルトゥナートに宛てた最初の手紙にも同じことをした。

「待っているあいだに」ジェニーが言った。「さっきとったコピーで筆跡を比較してみましょう」

キャサリンは筆跡専門家の横にすわり、反対側にニックがすわり、ジェニーがゆっくりと声にだしてフォルトゥナート宛ての手紙を読んだ。

「愛するマル、
　ようやく二人だけで行けるなんて、とってもうれしい。

永遠にいっしょにいられるなんて、すばらしいわ。いつもあなたの夢ばかり見てたのよ。じゃあ今夜。

変わらぬ愛を

ジョイ」

そしてジョイ・ペティからの手紙。

「親愛なるマージ、

すてきなバースデーカードをありがとう。なぜ、ずっとお金を送ってくれるのか分かりません。わたしだってたくさん稼いでいるのに。でも感謝しています。ぜひ、わたしたちのところに来て、しばらく滞在してください。いっしょに住んでいるダグが車で迎えにいけるので、バスを使う必要はありません。きっと楽しくなるでしょう。どうか来てくださいね。

ジョイ」

「年齢を重ねて」ニックが言う。「筆跡も変わっているかもしれないな」

「こんなには変わらないわ」とジェニー。「ありえないのよ。何年もたてば、たしかに筆跡は変わるわ。一定の度合いでね。でもサインはどう？　大幅に変えるものじゃないでしょ」

ジェニーは二通の手紙をならべてテーブルに置いた。「ジョイの頭文字のJを見て」

彼らは近づいて見た。

「この新しいほう、ジョイ・ペティの手紙のJは極端な筆記体でしょ。罫線《けいせん》のところからはじめて、このばかでかいループが上の罫線を越え、下のループは小さめだけど自己主張が強いのは同じだわ。見て、ほとんど下の罫線まで伸びているでしょ？　注意を引きたがっているのね——大勢のなかで目立ちたい、そういう人が書いたのよ」

キャサリンは古いほうの手紙を示した。「こっちのサインに隠された人物像についてはどうかしら」

ジェニーは指さした。「これは走り書きね。ほとんど子どもが書いたようなものだわ。すごく素直で、手書きというよりは活字みたい。どう見ても同じ人物じゃないわ。何年たっているかは関係ないのよ」

次に彼女はマージのMを示した。丸くなめらかな形だった。「はじめから終わりまで同じ筆圧で書かれているのが分かるわ」と言った。しかしマルのMは、線と線があうところが特に強く書かれている。

ジェニーは首を振った。「まちがいなく別々の人物が書いたものね」

キャサリンはニックに向かってほほえみ、ニックもキャサリンにほほえみかえした。

「もう手紙が乾いてるはず」オリジナルの手紙のほうへ行きながらジェニーが言った。「見てみましょう」ジェニーがテーブルの片側に立ち、ニックが反対側に立った。キャサリンはコピーをさらに数分じっくり見てからあとを追い、テーブルのニック側についた。

「これをニンヒドリンに浸したの？」ニックは手紙を指さしながらたずねた。

ジェニーは首を振って言った。「いいえ——それは時代遅れよ」

キャサリンが言った。「フォルトゥナートのファイルには、一九八五年にラボがニンヒドリンを試したという記述があったわ。最初に手紙を見つけたときね……でもなにも出てこなかった」

「ええ」とジェニー。「当時はそれがいいとされていたんだけど、そのころでもニンヒドリンは必ずしもうまくいくとはかぎらなかった。人がさわった紙に残されたアミノ酸にはよく反応したんだけど、この新しい薬品、つまり物理的顕色剤はすごいのよ——残された塩分に反応するの」

ニックは、しばらく前に読んだ『法医学ジャーナル』の記事を思いだしながらうなずいた。

「英国人が考えだしたというのがこれでしょ？」

「そのとおり」とジェニーが言った。

「そうだわ」とキャサリン。「ニンヒドリンよりはるかに多くの指紋が見つかるのよね」

「あったわよ」とジェニーが言った。「ほら、ここ」

専門家は古い手紙を掲げた。おそらく筆者の手の平の側面と思われる黒い掌紋、そしてページのいたるところに指紋が点在している。

ジェニーはにやりとした。「書いた人は、紙の指紋を拭《ふ》きとろうとしたみたいね。指紋痕《こん》の九九・五パーセントが水分だというのを知らないんだから、ほんとに大マヌケよね。紙の上につくんじゃなくて、しみこむのに」

新しい手紙のほうに現れた指紋は少なめだったが、役には立ちそうだった。

「指紋鑑定技術を使えば、このふたつの指紋が一致しないことが分かるわよ」ジェニーは予言した。「二通の手紙はちがう人が書いた。筆跡のちがいだけでなく、指紋もそれを証明してくれるわ。そのうえ、文体――どの程度の教育を受けたかが分かる――も書いた人がふたりいることを示している。でもそれはむしろ主観的な根拠ね」

キャサリンはニックを見た。「それで、あなたはどう思う？」

「フォルトゥナートはストリッパーと駆け落ちしたんじゃないというのは、もう分かった」

「そのとおり」

「彼女はまだ健在で、ジョイ・ペティとしてロサンジェルスに住んでいるだろう」

キャサリンはうなずいて言った。「そう、それでわたしたちが戻って主任と話せば、きっともっとなにか分かるはず」

ニックは立ちあがってゆっくり歩きだした。「そしておれたちは、ジョイから被害者宛ての偽造された手紙を持っている。彼が殺された、ちょうどそのころに書かれたものだ……でもなぜ？　なぜ、こんな手紙が書かれたんだろう？」

「誰が殺し屋を雇ったにしろ、その人がたくらんだことね、あきらかに」キャサリンが言う。「そして効果があった――フォルトゥナートの失踪《しっそう》は、七年目の浮気で年下の女と駆け落ちした男のよくある話として片づけられてしまったんだから」

ニックは立ち止まって手を広げた。「つまり――ギャング団が殺し屋を雇い、手紙を置いた……あるいは置かせた」

キャサリンは首を振った。「腑《ふ》に落ちないわ」

「どうして？」

「いい？　ギャングの立場から考えてみて。この男を殺したことを誰にも知られたくない――

借金をかえさない人間が死んだことも公にされたくない。そこで雇った殺し屋に、できるだけ長いこと見つからないような場所に死体を隠せと指示する。そしてフォルトゥナートが恋人といっしょに町を出たように見せかけるために、この手紙を書く」

「ああ、なるほど」とニック。「それで、すべてつじつまがあう」

キャサリンはほほえんだ。「そう？　でも、もしやるとしても、死体にサインを残させるのはどうして？　昔からのトレードマークであるふたつの銃創をつけるのはどうしてなの？」

「おかしいかな？」

「だって、もし死体が発見されたら、ギャングのしわざだと警察に見られるのは分かりきってるじゃない。わたしたちにはどう見えた？」

「でもデュースは……彼はギャングの殺し屋だし……」

「ちがうわ、ニッキー。彼はフリーの殺し屋なのよ。いちばんの顧客は、犯罪組織に属する人間よ。でも必ずしも顧客が彼らだけというわけではない」

ニックはようやく理解して、自分に失望して首を振った。「主任はいつも〝臆断《おくだん》するな〟と言っているのに、おれたちのやることときたら……犯罪組織がらみの殺人だと決めつけてしまった」

「犯罪組織がらみでなかったにしろ」とキャサリンが言う。「個人的な理由にしろ仕事上の理由にしろ、あるいはどんな動機にしろ、フォルトゥナートに死んでもらいたいと思っている人にとっては完璧《かんぺき》な計画だったのよ。すでに東部の呑《の》み屋に借金のあるフォルトゥナートは、組織がらみのカジノのオーナーが使いこみを知ったら絶対に殺させるに決まっているんだから。

疑いの目はそっちに行くでしょ？」

「もし他の誰かがデュースを雇っていたとしたら——それは誰なんだろう？」

「ねえ、知ってた？　ひとつ疑問を解明するたびに、また新しい疑問が浮かんでくるものなのよ」キャサリンは文書鑑定官のほうを向いた。「ジェニー、この二通の手紙と一致する筆跡を見つけるには、どのくらいの筆跡が必要かしら？」

ジェニーは反射的に答えた。「容疑者を見つけても、筆跡のサンプルなんかとらないように——意味ないから。買い物リストとかなんでもいいから、前に書いたものをサンプルとして持ってきて」

「もしできなければ？」

「そしたら、しょうがないな——新しいサンプルでいいわ」小柄な女性は肩をすくめた。「ごまかしようのないものもあるんだから」

「どのくらいの量？」とキャサリンが尋ねた。

「数行ね、少なくとも。もっとあればいいけど」

「普通はあるね」とニック。

「ありがとう、ジェニー」キャサリンが言った。「あなた最高だわ」

「まだまだよ。父は最高だったけどね」

キャサリンはうなずいた。「なにか見つけたらまた来るわ」

ジェニーはやりかけの作業に戻った。「五時までここにいるから、それ以降はポケベルで連絡して——今夜は必要ないかもしれないけど」

「あなたの有名な《二十四時間勤務》はどうしちゃったの？」キャサリンはからかった。

「よしてよ」ジェニーは言った。「合唱の練習があるの」

キャサリンは目を丸くしているニックを促してオフィスを出た。ストリップ地区をニックの運転で戻りながら、キャサリンは携帯電話の短縮ダイヤルを押した。一回の呼び出し音で相手が出た。

「オライリーです」どら声が出てきた。

「マージ・コスティチェクはまだそちらにいる？」

「はい」

「話は変わってない？」

「はい」

「釈放するつもり？」

「はい」

「いまその同じ部屋にいるんでしょ？」

「はい」

「……分かった。未確認の証拠検証のための裁判所命令をとってくるわ」

「なんですって？」

「筆跡サンプルと指紋の採取よ」

「ああ！　分かりました」

電話の向こうでマージ・コスティチェクの声がした。「あのおしゃべりの人かい？」

キャサリンは言った。「主任に電話するわ。一時間以内に必要な書類をそろえておいて」

「こういう知らせは大歓迎です」そう言ってオライリーは電話を切った。

キャサリンもそうだった。そしてグリッソムに電話すると、彼は裁判所命令は自分がとってオライリーに持っていくと言った。

「ふたりとも、眠ったか？」とグリッソム。

「今年のはじめにはね」キャサリンはため息まじりに言った。「最近は食事した記憶もないわ」

「じゃあ休憩して食事しろ、少なくとも。自己管理をしなければ、仕事がいい加減になる。しばらくは、わたしがこちらで対応しておく」

「ありがとう。すぐ戻るわ」

彼女は電話を切り、車のシートにもたれた。グリッソムには自分がどれだけ疲れているかを思いださせてほしくなかった。

「主任はなんと言ってた？」ニックがたずねた。

「食事しろですって」

「よかった。十二時間ぐらい前に自動販売機でペストリーを買って食べたきりだもんな」

ハーレーダビッドソン・カフェは、一九五〇年代風の食堂と、パブと、高級ヘビメタ・クラブがいっしょになったようなつくりだった。キャサリンは何度もこの前を通ったことはあったが、食べに入るのははじめてだった——こういう観光客向けの店に立ち寄ることはめったにないのだ。人並みの生活はしているが、ふだんから八ドルのハンバーガーを食べるほどの余裕はない。そのうえ、娘を育てているのだ。

太いアンカーチェーンで作られたアメリカ国旗が壁一面を覆っており、二階のゲームルームまで吹き抜けの、九メートルの天井まで届いている。レストラン、バー、正面のギフトショップから二階までコンベアが走っていて、アンティークのハーレーが二十台、ぐるぐると動き回っている。

ニックがレモネードを、キャサリンがアイスティーを待つあいだ、ふたりは事件について意見を交わした。

「さてと」キャサリンが口火を切った。「フォルトゥナートを殺させたのがギャングでないとしたら、他に誰が考えられる？」

ニックも同じことを考えていた。「奥さんはどうかな？　いつだって真っ先に疑うべきは配偶者だろ。じっさい、夫に裏切られてもいるんだし」

「どうかしらね。フォルトゥナートがやはり死んでいたのだと知ったときのあの取り乱しぶりは、とても演技とは思えなかったわ……でもたしかに、ジョイへの怒りは収まっていなかったわね。もうずいぶん昔のことだというのに」

「奥さんのボーイフレンドは？」

ウェイトレスがふたりの前に飲み物をおき、食事の注文を訊《き》いてきた。キャサリンはニックにつきもののウェイトレスとのおしゃべりをがまんして聞いていた。〝アイカケ〟を、ニックは「可愛らしい名前だね」と言い、ウェイトレスは「ハワイ人の名前ですけど」と答えた）

ウェイトレスが尻《しり》を振りながら去っていくと、キャサリンが訊いた。「ニック、正気にもどってる？」

「ごめん。ボーイフレンドの話だっけ？」

「そう。ゲリー・ホスキンズ。アン・フォルトゥナートの言い分だと、マラキーが失踪《しっそう》した時点では知りあってすらいなかったことになるけど、誰が裏をとったわけでもないし」

「誰かがやらなきゃな」

「神さまはそのために、ジム・ブラスみたいな人をお創りになったのよ」

「さっきから考えてるんだけど、他には容疑者を思いつかない？」

「マージ・コスティチェクはどうかしら？」

ニックが肩をすくめた。「たしかに、ジョイを知らないってのは嘘だったよ……けどさ、あのお婆ちゃんにいったいどんな動機がありえる？」

キャサリンのため息。「分からないわ。可能性はないかしら？」

ステッペンウルフの曲に負けじと、ニックが声を張りあげた。「ジョイ本人はどうかな？　マラキーと同じ日に失踪しているし、あの手紙が見つかるまでは、彼女がいまでも生きてるだなんて、おれたちには知るよしもなかったんだし」

「だけど、十五年前の古い手紙をだしたのは、十中八、九、ジョイじゃないわよ。自分で手紙を書いたんだったら……いったいどうして、殺し屋に誰かを始末させてから、ニセの手紙を現場に置いたりするかしら？　そんなことしたら余計に疑われるだけでしょう」

「頭痛がしてきたよ」

キャサリンは考えこんだ。「主任がカリフォルニア運転免許試験所に問いあわせるって言ってたわね。それでなにか分かるといいけど」

「あの、ここらでいったん終わりにしない」ニックがひもじそうに上目をむけてくる。

料理は出そろっていた。ニックがあんなに物ほしそうなのはチーズバーガーのせいか、それとも、ウェイトレスのせいなのか——ばかばかしい。キャサリンにはそんなことはどうでもよかった。

わずか一日に満たない時間で、犯人の目星をつけるまでいき、また振り出しに逆戻りしたのだ。デュースを雇ってマラキー・フォルトゥナートを殺させた人物を突き止めようと、みんなで努力した結果がそれだった。ニックにはなにやら考えがありそうだ。でもいまはきっと、チキン・サンドイッチを食べることに専念するべきなのだろう。不意にどっと湧いてきた容疑者リストのことなど、忘れてしまったほうがいい。

ランチをすませると、キャサリンはニックを研究所でおろした。ニックには証拠品をもう一度洗いなおしてもらうのだ。科学捜査では、往々にしてこうした再鑑定が必要となる。新しい情報や観点がくわわるたびに、証拠に新しい光があてられるからだ。とはいえ、殺し屋を雇った人物を突き止められるとしたら、やはりいちばんの頼りとなるのは手紙に残された指紋と一致する指紋を見つけだすことだろう。そして筆跡の照合については、ジェニー・ノーサムがすすめてくれていた。

アニー・フォルトゥナートの家の近くまでいったところで、キャサリンの携帯電話が鳴った。

「ニックだよ。研究所に戻ったら、主任がジョイ・ペティの運転免許の写真を持って待ってたんだ」

「それで？」

「彼女にまちがいない。年をとって、昔ほどチャーミングじゃなくなった。でも、本人だよ。モニカ・ペティ、ジョイ・スター、ジョイ・ペティ――名前はいろいろだけど」

「呼び名はともあれバラはバラ、ってわけね」タホのハンドルを握る手に力がはいる。「オライリーかブラスに言ってよ。どちらかがロスまで行って、事情聴取できるわよね」

「オライリーといえば」ニックの声がかえってくる。「マージ・コスティチェクの指紋と筆跡サンプルをとったそうだ」

「上出来じゃない……いま、フォルトゥナート家に着くところ。一時間で帰るわ」

「じゃあ後で」ニックが電話を切った。

キャサリンは車を停めると、簡易版のフィールド・キットを片手に提げて、玄関に向かった。リビングルームにひとつだけ灯《とも》る淡い照明が、カーテンごしに見てとれた。玄関ドアをノックする。

しばらくたって、アニー・フォルトゥナートがゆっくりとドアをあけた。ブルーのTシャツに紺の半ズボン。いちおう服は着ているが、どこか着乱れた感じがあった。例によって火のついた煙草が、血の気のうせた薄い唇のあいだにはさまれている。「あらあ、ウィロウズさん。さあ、入って、入って」

キャサリンは屋内に入った。

フォルトゥナート夫人が笑顔でたずねてくる。「どんな御用かしら？」

すぐにキャサリンは匂いを嗅《か》ぎつけた――クラフト社のマカロニ・チーズの匂いが、リビングから漂ってくる。ランチを食べたばかりなのだろう。

「来る前に電話するべきでした。申し訳ありません……」

「いいわよ、そんなこと」アニーは煙草を吸いこんだ。「力になろうとしてくれてるって、分かるから」

「ご理解いただき光栄です。あなたの各指の指紋を、採取させていただきたいのですが」

アニーは目を見ひらいた。「いま、なんて？」

「あなたの指紋が必要なのです。それから……ゲリーさんの指紋も」

「なぜよ？」すっかり温《ぬく》もりの失《う》せたアニーの声が浴びせられる。

「ジョイ・スターからご主人に宛てられた手紙から、指紋が検出されたのです。私物のなかにあった手紙です」

「そんな馬鹿な……」

ホスキンズの声が家の奥から聞こえてきた。「どうしたんだ、アニー？」

フォルトゥナート夫人はふりかえり、とげのある声を張りあげた。「キャサリン・ウィロウズが来てるのよ。指紋をとりたいんだって！」キャサリンにむき直ったアニーは、やせた体に憎悪をみなぎらせていた。「わたしたちを疑ってるの？……ふざけるのもいい加減にしてよ。ゲリーとは知りあってすらいなかった。彼はまだこの町に越してきてもいなかったのよ」

とうに疲れ切っているキャサリンの両肩に、気まずさが重くのしかかった。

「たんなる形式的な手続きですから。捜査を容易にするための……つまり、あなた方をリストからはずすためなんです」

しかしフォルトゥナート夫人の怒りは、考えれば考えるほど募っていくようだった。「友だちになれたと思っていたのに……このわたしを、夫殺しの犯人だと思ってたんだね……」

「フォルトゥナートさん……」

煙っぽい唾《つば》が吐きだされた。「くそったれ！　ずうずうしくも来たものね」

キャサリンは両手をあげて相手を制止し、説明しようとした。「いいですか。フォルトゥナートさん、あなたがご主人を殺しただなんて、わたしは夢にも思っていません」これは嘘だ。指紋を採らずに帰りたくはない。このときキャサリンの頭にあったのはそれだけだった。「で「ですが、われわれが犯人を逮捕したあとで、弁護士はあらゆる手立てを使って依頼人を無罪にしようとしてきます。あなたか、ゲリーさんが犯人ではないかとまで言いだすものなんです」

フォルトゥナート夫人は凍りついたように立ちすくんでいた。少なくとも、話は聞こえているらしい。怒りが消えていく様子に、キャサリンは救われた心地がした。

ホスキンズが寝室から出てきた。シャツの袖《そで》を通しきっておらず、片方の手でジーンズのジッパーをあげようとしている。「どうしたんだ？」

とんだ邪魔をしてしまったようだ。マカロニ・チーズの後のデザート、そんなところだろう。

「わたしたちの指紋が採りたいんだって。あなたのと、わたしのと。そう言ってるわ」

「馬鹿言うな……」

「マルを殺した犯人が捕まったとき、弁護士がわたしたちを巻きこまないようにだって」

ふたりとも、猜疑心《さいぎしん》にあふれた視線をキャサリンに注いでいた。

うんざりしたキャサリンは事情を説明した。「いいですか。マラキーさんを殺した犯人を見つけだすことが、わたしの仕事なんです。こうして遺体が発見されたからには、あなたたちも容疑者の列にくわわることになります」

「やっぱりくそったれだよ」アニーが口をはさんだ。

「わたしの話を聞いてください」

ホスキンズがフォルトゥナート夫人を護《まも》るように腕をまわす。アニーが言った。「でも、そんな馬鹿な話って……」

「わたしはあなたの友達ではありません」キャサリンはぴしゃりと言いかえした。「わたしはどんな意見も持っていません。ただ証拠を追いかけるだけ……それが仕事なんです。昨日の夜、お宅の私道を掘りかえしたのもそのためです――道楽ではないんですよ。証拠は集めれば集めるほど、有罪に結びつくものであれ潔白を証明するものであれ、それだけマラキー・フォルトゥナート殺害犯に近づけることになり、殺害犯人、もしくは犯人たちを法廷に引きずりだすことにつながるのです。雇われた殺し屋にとどまらず、雇い主である人物、あるいは人物たちまでも。それがギャングなのか、あなた方なのか、他の誰かなのかも、はっきりさせられるのですよ」

ふたりは勢いに呑《の》まれ、ぽかんとキャサリンを見つめるばかりだった。ホスキンズはフォルトゥナート夫人に手を回したままだったが、とうとう、こう切りだした。「じゃあ、どうすればいい？」

キャサリンはため息をついた。安堵《あんど》はしたが、くたくたに疲れていた。「お二人の指紋採取が必要です」

ホスキンズがうなずいた。「ここでできるのか？　それとも、警察まで行かないとだめか？」

キャサリンはフィールド・キットから、携帯用の指紋採取キットをとりだした。「ここでできます」こんなぶざまなことになってしまい、自分で自分を蹴飛《けと》ばしたかった。こんなはずではなかったのに――それでも、この場に主任がいないことだけは神に感謝しなければ。

フォルトゥナート夫人はいかにもばつが悪そうにしていた。「あの、ごめんなさいね。……その、きつい言葉を言ったりして」

キャサリンはどうにか物柔らかな笑顔で答えた。「誤解させてしまったのならお詫《わ》びします。こんなことになるとは思っていらっしゃらなかったでしょうから……でも、わたしはあらゆる物事を、あらゆる側面から調査しなければならないものですから。善いものも悪いものも、気楽なことも、気のすすまないことでも」

「分かってる、分かってるわ。ただちょっと……感情的になっちゃったわね。ゲリーもわたしも神経質になってるのよ。あなたたちもそうなんじゃないかと思うけど」

グリッソム主任の忠告がよみがえってきた――毎日のように、われわれは人生最悪の日に直面した人たちを訪ねて行くんだ。

キャサリンはてきぱきと指紋を転写した。一刻も早くこの場所から立ち去りたい一心で。つい今しがた、この古い事件に新たに傷口をひらいてしまったのだ。すぐにでも逃げだしたかった。

キャサリンが作業を終え、インクをぬぐうためのペーパータオルをさしだすと、ホスキンズが「ありがとう」と言った。

「いいえ、ホスキンズさん、こちらこそありがとうございました」

ホスキンズが玄関口まで送ってくれる。「ウィロウズさん」

「はい？」

「ひとつ約束を」

「わたしにできることなら」

ホスキンズが喉《のど》をごくりと鳴らした。「どうかくそ野郎を捕まえてくれ」

目があった。キャサリンはまっすぐに見つめかえした。「ええ、ホスキンズさん。捕まえますとも。必ず、捕まえてみせます」

13

ヘンダーソンまでタホを運転してきたウォリックは、助手席にコンロイを、後部座席にはサラを乗せて、番地を目で追いながら、フレッシュポンド・コートにそって車を進めた。住宅街には塀がめぐらされ（門まではない）、金持ちとまではいかなくても、暮らし向きのいい連中を目当てに造られた住宅街であることが分かる。めざす家の前にタホを停めたときには、すでにブラス警部のトーラスが停まっており、助手席にはグリッソムがいた。ふたりの科学捜査官とひとりの殺人課刑事はタホからおりると、ウォリックを先頭に、小走りで、覆面パトカーのトーラスにむかった。

スタッコ仕上げの家は、このあたりの不動産屋が称する砂漠色《デザート・クリーム》だった。お決まりのタイル屋根はことさらに張りだし、ガレージは車二台分の広さがあり、芝生はきれいに刈りこまれている。これほど青々とした芝生がもてる家というのは、このあたりでも多くはない。いや、芝生はおろか草でさえもだ。たいていの家の前庭は、土のままか、石が置いてあるくらいなのだから。ところがこの家の芝生ときたら、ゴルフ場のグリーンにも見劣りはしない。もっとも、中央に立つのはホールをしめす旗ではなく、一本の若木ではあったけれども。不規則な形をした屋敷には物言わぬ威厳がただよい、「金、金、金」と言外に語りかけてくるかのようだった。いや——ウォリックは考えた。耳元に囁《ささや》きかけるのだ。

「アメリカン・ドリームを勝ちとったやつがいるってわけだな」ウォリックは、トーラスのルーフに身をかがめ、グリッソムに話しかけた。「ドアの前には行ったんですか？」

グリッソムは無表情なまま、邸宅を見つめていた。「われわれが到着したとき、家には誰もいなかった。きみたちはどこへ行ってたんだ？」

ウォリックはばつが悪そうに、口元をひくつかせた。「その、迷子になったってとこです」

「電球を取り替えるのに、CSI（科学捜査官）は何人いるかって例のギャグか？」運転席にすわったブラスが言った。

「CSIふたりと、殺人課の刑事ひとりってとこみたい」サラが会話にくわわった。「コンロイもいっしょに来てるわ」

「つまりさ、ここは新しい住宅街なんだよ。前にもこの辺に来たことがあるけど、いちめん灌《かん》木《ぼく》とプレーリードッグだったんだぜ」

「つべこべ言うな」グリッソムの答えはそっけない。「誰も来ていなかったのは事実だ」

コンロイはすでにトーラスの運転席側に回りこんでおり、ブラスにこう問いかけた。「家の裏手を調べたほうがいいかしら？」

「令状がない」ブラスは否定した。「慎重に進めるべきだ——とくにこうした事件ではね。こまかなことで揚げ足をとられるのはきみもいやだろう」

「まるで空き家ね」サラはウォリックの脇に立ち、助手席のグリッソムに問いかけた。「住人が留守なのかな？　それとも、もともと誰も住んでないのかしら？」

乾いた風が、前庭の若木の葉をサラサラ鳴らして吹いていった。

「正面にならんだ窓越しに家具が見える」グリッソムが指摘した。「電力会社も、水道会社も、郡書記も認めている。ここは、バリー・ハイドという人物の家だよ」

「時間を無駄にするってことがないんだな、主任には」ウォリックがうめいた。

「時たま迷子にはなるが……まあ、きみらだってそうさ」

ウォリックはこれを褒め言葉ととることにした。

「ここらで全員」グリッソムが言った。「ひと息ついてもいいんじゃないか、というのがわたしの本心だけれどね」

「どういうこと？」とサラ。

「レンタルビデオの新作を眺めに行くというのはどうかな」

ウォリックは、トーラスのルーフについていた両手をぐっとのばして身を離した。「イカした新作が出てるかもな」

家の前に停めたトーラスにはコンロイを残して、ブラスは、タホの後部座席でサラとならんだ。前にはウォリックとグリッソムが乗りこむ。

後部座席からブラスが言った「なんなら運転を代わってやろうか。道ならくわしいぞ」

「住所を突き止めたのはこのおれです」ウォリックは、できるだけ険のある口調になるように努めた。「案内役は務めさせてもらいますよ」

バリー・ハイドのレンタルビデオ店は自宅から近かった。何度か角を曲がり、ウィグワム・パークウェイにでるとすぐだ。ウォリックはペコス・レガシー・センターの駐車場に乗り入れながら、サングラスをかけていてよかったと思った。ショーウインドウのガラスというガラスが、昼下がりの陽光をぎらぎらと反射していたからだ。めざすAトゥZビデオは細長いショッピングセンターのいちばんはしにあり、となりはディスカウントの煙草屋だった。チェーン店でないレンタルビデオ店によくある店構えで、ショーウインドウにはネオンサインが輝き、何枚もの映画のポスターが、テープでべたべたと貼りつけてあった。

ブラスが先に立ってビデオ屋に入る。グリッソムが他人のふりをして少し間隔をとってつづく。ウォリックは、記憶の中にあるどのビデオ屋も、そっくりこんな感じだったことを思いだした——壁にそって新作がならび、旧作の棚が真ん中で列をなし、レジカウンターにむかって右手の壁際にはDVDソフト専用のコーナーがある。《入口専用》と《出口専用》のドアをむすぶ中心にレジカウンターがあり、店の奥にもドアがあって、その先はおそらく、倉庫と店主のオフィスになっているのだろう。

カウンターのうしろに、店員がひとりだけ立っていた。小柄で可愛らしい二十歳前後のアメリカインディアンの娘で、ブロックバスター・チェーンまがいの青い制服をTシャツとズボンの上に羽織り、癖のない黒髪はショートにしている。ネームプレートによれば名前はスーだ。はきはきして愛想のいい声でスーは迎えてくれたが、ことによると、お客が来たことに驚いているのかもしれない。「いらっしゃいませ、こんにちは。なにかお探しですか？」

「探しているのはバリー・ハイドだよ、スー」ブラスは言いながら、バッジをだそうともしない──新たなる試みとでもいうのだろうか。

スーは笑顔をつくった。「ミスター・ハイドは外出していて今日は戻ってきません。あの、わたしではだめですか？」

「いつ戻ることになっているのかな？」

「すいません。週明けまで戻らないんです」

ブラスは今になって、革の札入れに入れたバッジをはっきりと見せつけた。

「会ってくれない訳を教えてもらえるかね」

バッジを目にするなりスーの表情から潑剌《はつらつ》さが失《う》せ、かすかな不安が現れた。

「えっと、そのう、協力はするつもりですけど、わたしはただの……あっ、そうだ、パトリックに訊《き》いてみたらいいんじゃないかしら」

いつも悲しみに耐えるような顔をしているブラスが、口元を引きつらせて笑顔のようなものをつくった。「そのパトリックってのは誰のことだい？」

「副店長よ。ミスター・ハイドが戻るまでは彼が責任者なの」

「話をしたい。彼はどこに？」

来てるけど？」

「奥にいるわ」スーはインターホンのボタンを押して話しかけた。「パトリック、お客さんが
インターホンが答えた。「誰？」

「警察だと思うけど……ていうか、警察よ」

パトリックの口調が変わる。「ええっ……ちょっ、ちょっと待ってくれ。うーんと……ああ
……すぐ行……くから」

四分かそこらたった。グリッソムは、まるでビデオの一本一本が証拠になりうるとでも言わんばかりに、店内をうろつきまわっている。しかし残りの三人は――ウォリックを含めて――いらだちを募らせていた。

ウォリックは実感した。昼下がりというのは、どこのレンタルビデオ店にしても暇な時間帯なのだ。しかしこの店ときたら、それこそほとんど死に絶えている。掲示されたレンタル料金に彼は目をやった――安くはないな。

ブラスがカウンターに身を乗りだした。「スー、もういちどパトリックの檻《おり》をがたつかせてもらえないか？」

スーがインターホンのボタンに触れようとしたとき、奥のドアがひらき、のんびり歩いて出てきたのは、スーよりも若そうなニキビ面の若者だった。ブロンドに脱色した髪に、色の濃いヤギひげ、七分丈のズボン。鼻は低いがつんと尖《とが》っていて、口は小さく、緑色をした目の瞳孔《どうこう》は、ピンの頭ほどしかない。胸ポケットの部分に《AトゥZ》と刺繍《ししゅう》されたブルーのポロシャツさえ着ていなければ、ヘビメタ・バンドのギタリストといったところだ。

若者が歩み寄ってくると（パトリックであることはネームプレートが証明してくれた）、体からミンツの〈チクタク〉と雑草が混じったような匂いがすることにウォリックは気づいた。なるほど。だから四分間も待たされたわけだ。

副店長のパトリックが口をひらいた。「どういった……えーと……ああ……御用っスか？」

ブラスは笑いをかみ殺しているようだ。無理もない。副店長を呼んだはいいが、出てきたのは昔懐かしいビートニク青年だったのだから。「きみがパトリックか？」

ウォリックも同じことを考えていた。ネームプレートに目をむけようとしたが、パトリックが自分から言ったので、その必要はなくなった。「ああ。ラストネームはマッキー」

「パトリック、きみのボスのバリー・ハイドについて話を聞きたいんだ」

若者がどっと肩の力をぬく気配が店じゅうに広がり、ウォリックは思わず顔をそむけて吹きだすのをこらえた。話し声を聞き漏らさずにすむように、DVDの新作の棚を眺めているふりをする。

パトリックが言った。「ハイドさんが、どうかしたんスか？」

「この町にはいないのか？」

パトリックはうなずいた。「月曜に帰って来ますよ」

「ハイド氏はしょっちゅう町を離れるのかね？」

若者は質問の意味を考えねばならなかった。しばらくたって、ようやく答えをしぼりだした。

「時々」

「期間と頻度は？」

「おいらが来た時からやってますよ」パトリックは肩をすくめた。「えーと、八カ月だね」

ブラスは首を横にふった。「そういう意味じゃないんだ、パトリック。いいかい、もう一度言うぞ、彼が外出するときは、いつもどのくらいの間帰ってこないんだい？」

「二、三日のときもあるし、一週間のときもあるし」

ウォリックは棚からDVDのケースをとりだし、裏面を読むふりをした――『リアルタイム：ルーカス場外市場の包囲』。ハイドが長い日程で出かけるなんて、あるわけないじゃないか。月曜日と水曜日にはほとんど欠かさずビーチコマーのカジノに出かけて行く男が。

ブラスはじれったくなったのか、単刀直入に言った。「ハイド氏が今どこにいるか知らないか？」

それもウォリックがずっと考えていたことだ。パトリックが答えた。「知らないスよ。聞いてないな。たぶん」

「緊急の場合はどうするんだ？」

若者はぽかんとした顔をした。「緊急？」

「そう、緊急だ。彼はボスだろ。もしもの時にかける電話番号を聞いてないのか？　店に強盗が入ったとか、お客が心臓麻痺《まひ》を起こしたとか、あるいは、大切な従業員――たとえばきみだ――の身内が重態になったとかいうときだよ」

「ああ、それなら聞いてるよ」

「教えてくれ？」

「うん。911番」

ブラスはぽかんと若者を見つめていたが、やがてぷぷっと吹きだした。それから、一番離れた場所にいたグリッソムに呼びかけた。「グリッソム、どうだ、試しにやってみないか？」

グリッソムは両手をあげて降参の意を示した。

ウォリックはＤＶＤ――『１００％マルチアングル!!』――のケースを棚に戻すとふりかえり、数歩踏みだした。「あんたたちは外で待ってたらどうだい？　おれがパトリックと話すから」

サラの視線がウォリックをとらえた――通じあうものがあるというわけだ。

「そうしたほうがいいわ。わたしがウォリックと残るから」

グリッソムは、ふたりの部下からなにかを感じとったのか、ふりかえってブラスを見やると、肩をすくめてみせた。「反対ですか、警部？」

「分かったよ」ブラスはそう答えてから、グリッソムにむき直った。「じゃあ、あの家まで乗せていってくれるか？」

ブラスの車とコンロイ刑事が残されたままなのだ。

「そうしましょう」グリッソムは答えると、こんどはウォリックとサラのほうを向いた。「十五分後に迎えに来る」

グリッソムと、殺人課刑事のブラスが店を出ると、ウォリックはふりかえってパトリックに話しかけた。「オーケイ、パトリック。真実ゲーム《トゥルース・オア・デア》でいこうじゃないか。マリファナをどれだけやったのか、正直に答えてくれ」

パトリックは目を見張った。が、瞳孔はピンの頭のサイズのままだ。「やってねえよ」

サラが口をはさんだ。「馬鹿言わないで、パトリック。『捜査網《ドラグネット》』のおやじたちは出て行ったけど、いまあなたが話しているのは『潜入特捜隊モッド・スクワッド』の若者たちなのよ……言い逃れはさせないぜ。ヤクやってるのは分かってんだ——ってことなのよ」

パトリックは言葉を編みだす能力を失ったかに見えた。あんぐり口をあけたまま、立ちすくんでいる。

ウォリックが、若者の痩《や》せた肩に腕を回した。「どうだ、おれたち三人で奥の事務所《バック・オフィス》に行かないか。それで、少しばかりぞくぞくっと寒気を味わうってのは」

「秘密の部屋《バック・ルーム》なんかじゃねえよ。ええと……つまり、その……おれが言いたいのは……関係者以外立ち入り禁止ってことだよ」

「だから行こうって言ってるんじゃない。人目につかないから。お客さんが来るところにわたしたちがいたらまずいでしょ」

進退窮まったパトリックは助けを求める目をレジ係にむけたが、スーは、くるりと背中をむけ、返却されたビデオの仕分けに没頭しだした。「ああ……分かったよ」

「そうこなくちゃ」ウォリックはそう言うと、先頭を切って奥へと向かい、真っ先にドアをぬけた。小部屋は草の臭いでむんむんしていた。若者が出てくる前に火をつけたとおぼしい三本のインセンス・スティックもまるで役に立っていない。《事務所《オフィス》》には古ぼけた金属製のデスクと、安物の回転椅子があるきりで、ツー・バイ・フォーの木材とベニヤ板でできた幾つかの棚にはサンプルのテープが積み重ねてあり、壁という壁にはビデオの宣伝ポスターが貼りつけてあった。ほとんどが〝過激度XXX〟のものだ。

「散らかっちゃってて」パトリックがドアから入ってきた。「その……なんだ……汚ねえよね」

「それだけじゃなくて」彼のすぐうしろから入ってきたサラが言った。「チーチ・アンド・チョン（ドラッグ・フリークを演じた二人組のコメディアン）の車っぽい臭いもしてるけど」

「それも金曜の夜のな」ウォリックがつけ足した。

若者はしかたなく、作り笑いをした。

サラがポスターに目を丸くした。「こういったクズをほんとにあつかってるの？」

パトリックの顔から間抜けな笑みがぬけ、代わりにプロ意識が広がった。なんといっても、AトゥZビデオの副店長なのだ。『アメリカの女体マン開《アメリカン・ブーティ》』と『巨根コレクター《ボーナー・コレクター》』が、アダルトものでは一番人気だね。どっちも予約して二週間は待たないと無理だよ」

「遠慮しとくわ」とサラが言った。

「ということは」ウォリックは机のはしに腰かけた。「けっこう商売繁盛してるんだ。ちがうか？」

パトリックが鼻息を荒くした。「そうさ、そうだとも。まあまあな」

サラが訊《き》いた。「いつもこんな感じなわけ？　つまり、回転草が風に吹かれて部屋じゅう転がってるみたいな」

「たいていはね」パトリックも認めた。「週末はけっこう繁盛するときもある。ただ、一ブロック先にはブロックバスターが出店してるし、それに、ショッピングセンターの反対端のスーパーマーケットは見たか？　あそこもビデオを貸しだしてるんだ」

「ハイドは仕事に熱を入れているか？」

「どういうこと？」

「つまり、客足が鈍ったときに、店員を集めてミーティングをひらき、発破をかけているかってことだ。販売戦略をどうするとか、店員の時給をさげようかとか……」

「それはないね。あんまりないよ。ハイドさんはボスにしては冷ややかなタイプだからね。キツイ冗談を平気で言う人だよ。マジで、そこまで言うかってくらいなのを。ええと、乱暴なジョークってことだよ」

――そうだろうとも、賭《か》けたっていい。ウォリックは心の中でつぶやいた。

パトリックがしゃべりつづけていた。「おいらたち従業員にはあんまり……」ちらりとサラを見る。「文句を言うとかはないな」

「ハイドは毎日顔をだすのか？　町にいる時はってことだが」

「ああ、来るよ。でもたいてい、あんまり長くはいないな。たぶん、ビデオの注文をしたり、帳簿を調べたり、それから出かけて、前の日の売り上げを預金したりしてるんだろ。ああ、それから、時々ドーナッツとかのお菓子を買ってきてくれるよ」

「ここでは何人が働いている？」

「ハイドさんの他には四人だよ。おいらと、スー――いま表にいるよね――と、それからサファイアとロニー。おいらとスーがたいがいペアを組む。サファイアとロニーもだ。一週間ごとに早番と遅番を分担してるんだ。おいらたちは今週は早番で、来週は遅番になる。そうすりゃ退屈しねえでしょ。それに、ぶっちゃけ、みんながそれぞれ、プライベートな時間も持てるしね」

「そいつはクールだな」ウォリックが言った。「おれたちなんて夜番ばっかりだぜ」

「でも、いま、昼間だよ」パトリックが抜け目なく言う。

サラが答える。「フレックスタイムとでも考えることにしてるの。ここで働いて、いくらくらいもらってるの、パトリック?」

「時給八ドル五十セント。おいらとロニーはってことだよ。ふたりとも、副店長だからね。サファイアとスーは時給七ドル五十セント」

「悪くないじゃない。ここにすわって吹っ飛んでるだけでそれだけもらえるんなら」

パトリックは言われたことを文法的に解析しようとした——少なくとも咎《とが》める口ぶりではなかった。しかし、彼女は警察の一員としてここに来たのだ——それからようやく口をひらいた。

「閑古鳥が鳴いてる時しかやらないよ」

「ほとんど鳴きっぱなしみたいだけど」

パトリックが肩をすくめる。肯定のしるしだ。

サラが横道にそれつつあるのを感じて、ウォリックは横からたずねた。「なあ、パトリック、ハイドが町の外へ出かけた正確な日付を覚えてはいないか?」

「それだったら、出張の日付は全部カレンダーに書いてあるよ」

ウォリックはサラと目を見交わし、あらためて訊いた。「どのカレンダーだ?」

「これだよ」若者は言うと、デスクの上に大きく貼ってある七月のプレイメイトのカレンダーを指さした。

「見てもかまわないか?」

「ああ。べつにかまわねえと思うけど……その、捜索令状とかなんとかはいいんスか？」

ウォリックは軽く受け流した。「きみがかまわないなら要らないだろう」

「うん、ああ、分かったよ。どうぞ」

ウォリックはペンでカレンダーをトントン叩《たた》き、日付を読みあげた。サラがそれを書きとめていく。それが終わると、サラはポーチから小型のカメラをとりだして、カレンダーを撮影した。あくまで念のためだが。

サラが写真を撮りはじめると、パトリックはかすかにうろたえだした。ウォリックは若造の体に手を回した。「パトリック、ひとつ取引をしようと思うんだが」

「取引？」

「ああ。おれたちが来て質問攻めにしたことをハイドに黙っていてくれたなら、きみのケツをぶちのめすのはやめてやるよ」

「おいらのケツをぶちのめす？」

「分かるだろ。重罪に相当する量を持ってたんだから」

「重罪だって？　おいらが持ってるのはほんのちょ……」パトリックはなにを口にしてしまったのか悟り、凍りついた。すがるような目をサラに、そしてウォリックに向ける。「つまり、その……あんたらはイケてるやつらだと思って……」

ウォリックが一気に声を冷たくする。「パトリック、取引成立か？」

パトリックはいやいやうなずいた。「ああ」

外の日差しを浴びながら、ウォリックはサラに話しかけた。「ここには、なにかよからぬものがあるな」

「マリファナ以上に臭いものがありそうだわね。経営者は店にいやしないし、売り上げの心配もしていないし、それでいながら、高級住宅地で新築の豪邸に住んでるし」

「しかも時々姿をくらますしな。短い日程でちょこちょこと」

「まるでデュースはまだ現役だとでもいうように、ってこと？」

「まさにそれを考えてたんだ。バリー・ハイド氏のことはひととおり調べたほうがよさそうだな」

その時、タホを運転するグリッソムが車首をくいっと寄せてきた。ウォリックがハンドルを握っての帰り道、彼とサラはふたりして、見聞きしたことを上司に伝えた——それから、自分たちの意見も。

「ハイドが町を出た日付の、そのリストはわたしもほしい」

それだけ言うと、グリッソムはむっつり黙りこくった。また例のだんまりだ。これをされるたびに、ウォリックは不安が募って仕方ないのだ。

ＦＢＩのカルペッパー特別捜査官が、グリッソムの部屋で待っていた。わがもの顔で椅子を占領し、デスクの角に足をのせている。「よう、相棒。調子はどうだ？」

怒りが湧きあがるのを感じて、グリッソムはゆっくりと息を吸い、気をおちつかせた。「別に。変わったこともないよ。あんたのほうはどうなんだ、カルペッパー特別捜査官どの？」

ブラスが部屋に入ってきた。ＦＢＩ捜査官に気づき、軽口を飛ばす。「おや、われわれの税金さまが動いているな」

カルペッパーはデスクから足をおろし、まっすぐにすわりなおした。しかし無限とも思われる長い間、黙っている。最後にようやく口をひらいた。「ちょっと小耳にはさんだのだが、きみたちはデュースについてなにかをつかんだようだな」

グリッソムはどうにか無表情を保ったが、内心では、どこから漏れた話かと考えていた。

「あんたの聞きちがいだろう」

「ここで三十分待った。どこへ行ってたんだ、グリッソム？」

「ランチだよ。ＦＢＩとのアポイントを入れた記憶はないが」

「働きづめだと聞いたぞ。ランチに行く暇すらないんじゃないのか」

「今日はあったのさ」ブラスが答える。「わしと昼食をとる時間がね。おたくも誘いたかったくらいだが、来るという知らせもなかったからな」

グリッソムも切りかえした。「なにか用があって来たのか、カルペッパー？　それとも、探りを入れに来ただけなのか？」

カルペッパーのほほえみはせせら笑いのようだった。そうして答えを探しあぐねるあいだ、ずっとネクタイの結び目をいじくっている。「ここに寄ったのは、デュースがこの地域から出て行ったことを教えてやろうと思ったからだよ」

グリッソムは、懐疑が表情に現れるのを止めはしなかった。「やつが出て行ったと思うんだったら、もうこの辺を嗅《か》ぎまわる必要もないんじゃないのか？」

「あらゆる状況にそなえているだけだよ。きみと同じようにな、主任。ここはわたしの担当地域だ。わが同僚である法の執行の専門家たちのために情報収集に努めているんだ。そのことは覚えておいてくれたまえ」

「なんのそなえだって？」ブラスが訊《き》いた。

カルペッパーは立ちあがってデスクの角を回り、ドアのところで立ち止まると、満面の笑みをグリッソムにむけた。「お気の毒だよ、なにも見つけられないでいるとはね。犯人を割りだせることがあるとしたら、それをやるのはきみたちだと思っていたんだ。ここは全米でも二番目の科学捜査研究所という話じゃないか……もちろん、ＦＢＩは別格としてだが」

「まったくだ」ブラスが言った。「あんたらの鑑識ときたらえらい評判だからなあ。うらやましいかぎりだよ」

カルペッパーは舌打ちをした。「一番でないことにともなう苦労というものも、きっとあるのだろうね」

「せいぜい頑張るよ」とグリッソム。

カルペッパーはうなずいた。「そうしたまえ。ではごきげんよう、紳士諸君――志はつねに高く」

カルペッパーは出て行った。

「くそったれが」ブラスはそう言うと、廊下に首をだし、カルペッパーがいないことを確かめてから、言葉を継いだ。「どうやって嗅ぎつけやがった？」

「嗅ぎつけてはいないように思うのですが」

「嗅ぎつけてるさ」

グリッソムは肩をすくめた。「郡書記や、公共企業や、他にもあちこち問いあわせましたからね」

「あの野郎にはわれわれに協力するつもりなんかなかったな。ただ監視するために来やがった。なぜだ？」

「自力で事件を解決するより楽だからじゃないですか、たぶん。われわれの捜査に介入して、自分の手柄にしたいんでしょうよ」グリッソムは嫌悪感にかぶりを振った。「われわれと同じ職業の人間に、そういう横着な人間がいるなんてね……。ついさっきまではわたしも、ウォリックからもらった日付のリストをわたしてやる気でいたんですが」

「今年になって、ハイドが町から出た日付のリストかね？」

「そうです。未解決の殺人事件や失踪《しっそう》事件のなかに日付が合致するものがないか、調べてみてはどうでしょう」

「リストをくれ。できるだけのことはやってみるよ」

グリッソムはリストをわたした。

「デュースはまだ現役だときみは思うか？」ブラスが言った。

グリッソムはデスクのうしろにもどり、椅子にかけた。「現役です……ディンゲルマンを撃ったのですから。たぶん、犯罪組織がらみの仕事からは足を洗って、いまは個人客を相手にしているのでしょう。だからこそ、ここ四年間、ＦＢＩのレーダーに引っかからなかったのだと考えられます」

「デュースはハイドにまちがいないと思うか？」

「いえ。結論をだすにはまだ早すぎます。しかし筆頭候補ではあります。ウォリックの大手柄ですよ。本日のMVPってところですね」

タイミングを計ったかのように、ウォリック本人が戸口に現れた。すぐうしろにサラもついている。グリッソムはふたりを手で招いた。

「親愛なるカルペッパー特別捜査官どのは頭から湯気をあげているようでしたが」ウォリックが言った。

「いいこと言うじゃないか、ウォリック」ブラスが応じた。

「駐車場であいつを見たわよ」サラが言った。「なんて言ってやったわけ?」

瞼《まぶた》をとじて、ブラスが言った。「われわれが教えられるかぎりの情報を分け与えたさ。向こうが教えてくれたのと同じくらいはね」

ウォリックが言った。「ほんのゴマ粒くらいってなわけだ」

「そんなにたくさん教えてやるもんか」ブラスが答える。

ウォリックは顔つきを切り替えてグリッソムのデスクの前にある椅子にどっかとすわると、こう切りだした。「あのレンタルビデオ屋、なにか臭うんです」

「マリファナ以外にも?」グリッソムは無邪気に訊いた。

ウォリックとサラはにやりとし、グリッソムが視線をむけると目をそらした。

ブラスが、頭に浮かんだ考えを口にした。「今日、われわれがあそこで目にした大勢のお客のことを言っているのかね?」

「客足が鈍る時間帯だとしてもね」ウォリックが答える。「あやしい話です」

サラが目を輝かせた。「しかもあのパトリック——わたしたち若者にはざっくばらんに話してくれたのよ——あいつが認めたんだけど、あの店は全然繁盛してないわ」

「にもかかわらず、店で働いている四人の若者には」ウォリックが口をはさんだ。「けっこうな賃金が支払われています。それにバリー・ハイドにしても、手元資金の不足についてなんら心配しているようには思えません」

「資金洗浄《マネーロンダリング》ってことかな？」ブラスが言った。

グリッソムはそれを無視して、ふたりの部下に声をかけた。「了解だ。バリー・ハイドを肛門科に招待するとしようか。サラ、きみは彼の私生活を洗ってくれ」

「やつにも私生活があるのならね。やってみるわ」

「これをコピーするといい」ブラスはそう言い、調査記録簿《フィールドノート》を、ページを示してサラに手わたした。「終わったらかえしてくれ。ハイドについてあちこちに電話をかけて、知りえたかぎりのものがある」

サラはすばやくページに目を走らせた。「あんまり多くないわね。今のところ」

「それが出発点ってことだな」グリッソムが言った。「ウォリック、きみはさらに掘りさげてくれ」

「えっ？」

「ビジネスの戸口から核心にいたるんだ」

「了解」

そこでウォリックとサラはめいめいの任務を果たしに向かい、ブラスも同じく出て行った。

ひとり残されたグリッソムは思いに沈んだ。カルペッパーは、いったいなにをたくらんでいるのだろう。ある特定の人でなしを法廷に引きずりだすという共通の目的をもつふたつの組織は、たしかに情報を共有するのが望ましい。しかしあのカルペッパーはこちらに対して、これっぽっちも情報を提供してくれた例《ためし》がない。今回にしても、デュースはすでにこの地区にはいないという、あいまいで確証のない認識を口にしただけのことなのだ。

どれだけ長いこと考えこんでいたのか、見当もつかなかったが、開いたままのドアをノックする音でグリッソムは現実に引き戻された。顔をあげると、サラが戸口に立っていた。

「とほうにくれているようだね」

「ええ、そのとおりよ」サラは部屋に入ってきて、デスクの前の椅子にどさっとすわった。「このバリー・ハイドってやつは調べれば調べるほど不可解な男なのよ」

「不可解って、どんなふうに？」

サラは椅子から腰を浮かすと、片足を尻《しり》の下に敷きこんだ。「なら、試みにあの男の大学時代について考えてみない」

「そうしよう」

サラは悪戯《いたずら》っぽい笑みをちらっと浮かべた。「近ごろじゃインターネットからいろんなものを引きだせるのよ、主任」

「らしいね。法的な根拠になると認められるものすら中にはあるとか」

「充分な根拠になるわよ。閲覧可能な各種記録や、その他もろもろにしても」

「なにをもって正当、不充分だと言うんだか」グリッソムはそう言うと身を乗りだした。「バリー・ハイドの大学時代の記録を見つけたのか？」

「そんなことよ」サラはそう言うと鼻に皺《しわ》をよせた。「バリー・ハイドはアイダホ大学で英文学の学位を得たことになってるわ。でも……」

「われわれが追うバリー・ハイドか？」

サラがうなずく。得意な領域に話がおよんだことで早口になっていた。「つまりこういうこと。わたしはアイダホ大学のウェブサイトへ行ってみた。だけど、バリー・ハイドの記録は見つからなかった」

「見せてもらえなかったという意味か？」

「ちがうわ。学生として在籍した記録すら見当たらないということよ」

「卒業していないってことだろうね」

「卒業しなくても記録には残るわよ、主任。入学すらしていないってことなのよ」

「それ以外には？」

「この五年間については申し分なしだった。バリー・ハイドは非の打ち所のない市民なのよ。銀行のローン返済には一度も遅れず、クレジットカードはきちんと引き落とされ、ロータリークラブと、ヘンダーソン商工会議所の会員であり、交通違反の切符の支払いにだってきちんと応じてるわ」

「立派なものだ」

「でもそれ以前は？　ハイドの従軍記録では海外の基地に配属されたことになっているけど、わたしの見つけた医療記録には、国外に出たことはないと記載されていたわ。なにもかも役に立たないわ。情報は正確でないか、どこか矛盾している。この男の過去ときたら、まるで歴史のフードプロセッサーに投げこまれでもしたみたいよ」

「あるいは」グリッソムの眼つきが険しくなった。「そこから出てきたのかも知れないぞ」

14

コーヒーカップを片手に休憩室を出たキャサリンは、書類フォルダを抱えて駆けこんできたオライリーとあやうく鉢合わせしそうになった。

「あら、こんにちは」キャサリンが言った。

オライリーはにやりとすると、勢いこんで話しはじめた。「ロサンジェルス市警（LAPD）に友達がいるんです。タヴォ・アルヴェレスってやつで」

「それはよかったわね、部長刑事《サージ》」

「他人事《ひとごと》みたいに言わんでくださいよ。あいつ、ジョイ・ペティを捜し当てたんですよ」

「すごいじゃない！……ねえ、歩きながら話さない。ニックを待たせてるの」

オライリーは言われたとおりにした。「タヴォはレイクウッドにある、そのペティという女の家を訪ねていったんです――今のところ失業中ですが、ずっとウェイトレスの仕事をやってきたみたいです。結婚はせず、男と暮らしています。トラック運転手の男と」

「なるほど。元気に暮らしてるってわけね。でも……ほんとうにジョイ・スターと同一人物？」

「ほんとうです。自分から認めました。タヴォが言うには、かつて〝ショービジネス〟の世界にいたことを誇りに思っているふしもあるようです。ジョイ・スター、モニカ・ペティ、ジョイ・ペティ――元はひとりです」

キャサリンが立ち止まる。廊下の堅い床に響くふたりの靴音が、銃声のような響きをのこして弱まっていく。思わずオライリーに目をむけると、機敏とはいいがたいが、事態を見誤ることのないまなざしがキャサリンをとらえた。「同一人物と分かったからには、ジョイ・ペティにもっと突っこんだ質問をするべきね」

オライリーは山のような肩をすくめてみせた。「タヴォにやってもらえますよ。あいつはいいやつですから」

「あなたがロスに飛ぶってのはどう？　なんなら車でも行けるんだし」

「タヴォに任せたほうがいいです。やる気はあるし、なにより凄腕《すごうで》なんですから」

「なら、その人と連絡をとりつづけて」キャサリンはニックが作業しているはずのラボへ向かって、ふたたび歩きはじめた。「ジョイ・ペティには、マージ・コスティチェクとの関係を突っこんで訊《き》かなきゃだめよ」

「分かってます。だけど、タヴォはこれだけの話を殺人現場からかけてきた電話で話してくれたんです……つまり、向こうはロスだってことです。事件つづきで手一杯ってこともありますし」

「連絡は絶やさないでよ」

「そうしますよ。それから、これ」オライリーは書類フォルダをさしだしてきた。「ゲリー・ホスキンズのことを調べてみたんです」

「やるじゃない!」

もう一度オライリーは肩をすくめた。「ふつうの市民みたいです。個人で請負の仕事をしているようです。ほら、家のリフォームとか、そういった仕事」

「ありがとう、オライリー。いい仕事してくれて」

オライリーはにっこりほほえみ、立ち去った。キャサリンがラボに入ると、ニックは画面に表示された指紋をしげしげと見つめていた。

「なにか分かった?」ニックの脇に回りこむと、キャサリンはたずねた。

「どうやらゲリー・ホスキンズは潔白だよ」ニックはスツールに腰かけ、コンピュータのモニターを見つめている。画面にはふたつの指紋が表示されていた。ジョイ・スターからフォルトゥナートへの手紙についていた指紋と、ホスキンズの指紋カードのもの。「彼の指紋ではないよね」

キャサリンはうなずくと、書類フォルダを持ちあげてみせた。「たったいまオライリーからもらったの。ホスキンズの身上調査結果」

「なんて書いてある?」

キャサリンは書類フォルダをひらき、中身にざっと目を走らせた。「大工。自営。ネブラスカ州スコッツブラフに七年前まで居住。離婚。当地に移り住む。仕事面では比較的順調。アン・フォルトゥナートの家に転がりこんだのは……」キャサリンは年数を暗算した。「五年半前のことね」

「なるほど」ニックが言った。「ワン・アウトってわけだ」

キャサリンは、ジョイ・ペティについてオライリーから聞いた内容をニックに伝えた。

「ジョイから突っこんだ話が聞きだせたなら、一気に空欄がいくつも埋まるな」

「オライリーの友だちが現場から戻るまではお預けね。何時間かかるか分からないから、とりあえずこっちに専念しましょう」

ニックが画面に映しだした次の指紋は、アニー・フォルトゥナートのものだった。

「夫人の指紋も、ニセ手紙の指紋とは一致しない」

キャサリンは心の中で感謝の声をあげた。アニー・フォルトゥナートが潔白であってほしいとねがっていたのだ。グリッソムなら科学、科学、科学――すべてはそれで事足りると、説教がましく言うのかもしれない。でも、わたしたちがかかわっているのは生身の人間ではないの？

それに、CSIだって人間なのよ――あのグリッソムでさえも、たぶん。

「そこでこの指紋だけど」ニックが言った。三つ目の指紋を映しだしている。

「どんぴしゃだよ。お手本みたいだね」

キャサリンは身を乗りだした。「ストリップバーの元オーナーの指紋？」

「そう、マージ・コスティチェク」ニックの笑顔には翳《かげ》りがあった。かぶりを振って彼はつづけた。「残念だよ。ずいぶん辛辣《しんらつ》な言い方をするけど、おもしろい人だったたんだ」

「おもしろかろうがどうだろうが」キャサリンは画面をじっと見て言う。「彼女はマラキー・

フォルトゥナート宛てのあの手紙を書いているのよ」

ニックが目を細くした。「本当にマラキーに読ませようとして書いたんだろうか。おれはちがうと思うんだけど」

「ちがうでしょうね。われらがお友達のフォルトゥナート氏は、手紙が書かれたときにはトレーラーの下に隠されていたんでしょうから。わたしたちが見つけたときよりは新しかったにしても、死体だったことにちがいはないわ」

「だけど、マージはどうしてあんな手紙にジョイの名前でサインしたりしたんだろう？　お年を召したあのお嬢さんに、フォルトゥナートを殺す動機なんてありえると思う？」

「殺させたのよ」キャサリンは注意をうながした。「その昔、ベガスみたいにギャングのはびこる街のストリップバーで働くのはどんなだったかっていうとね、つまり……あのマージだってデュースみたいな輩《やから》と接触できる立場にいたってことなのよ」

ニックはスツールに腰をはりつけたまま、全身を耳にして聞いていた。最後にようやく、口をひらいた。「捜索令状が必要だよね」

「そのようね」

ニックは弾《はじ》かれたように立ちあがった。「ならオライリーをつかまえないと……あのおっさん、見かけなかった？」

「ついさっき。もう大部屋《ブルペン》に帰り着く頃合じゃないかしら……ニック、フィールド・キットの準備をしといてよ。わたしは主任のところに行って事情を説明するわ。令状を発行してくれる判事を探してくれるように頼んでみるわね」

十分後、キャサリンとニックは急ぎ足で刑事たちの大部屋に入って行った。壁に沿って二列にデスクがならび、部屋の中央にもデスクの列があり、使い古されてガタのきた回転椅子にかけた刑事たちがむかっている金属製のデスクは、マラキー・フォルトゥナートの乾燥した遺体と見まごうような灰色をしている。浮浪者、ごろつき、かもられた男といった常連客たちが座をしめる背もたれの真っ直ぐな硬い椅子は、武器として使われないように、床にボルトで固定されている。

オライリーの姿はどこにもなかった。彼のデスク——奥から三つ目のデスク——は、まるで航空母艦のように見えた。未決・既決の書類籠《かご》が艦橋がわりで、隅に置かれた電話機はあたかも駐機している戦闘機で、デスクトップには出撃後の飛行甲板のようになにもない。

ニックが表面を一本指でなでる。「あのおっさん、ウインドウズ使えてるのか？」

キャサリンは、オライリーの奥のデスクにいるサンチェスという刑事に声をかけた。「あの人、どこに隠れてるか知らない？」

一本指でタイピングをしていたサンチェスはキーボードから顔もあげずに答えた。「おれがあいつの母親に見えるか？」

「目のまわりと、笑った顔なんかは特に」

サンチェスは口のはしを吊《つ》りあげた笑みをキャサリンにむけると、一本指流のおぼつかないタイピングを再開した。

「メモを残すことにしよう」ニックがキャサリンに言った。「あとで車からポケベルに連絡すればいい」

染みひとつないオライリーのデスクには、ポスト・イットなどというものはなかった。キャサリンはサンチェスに顔を向けた。「えっと……」

小さな付箋《ふせん》紙セットが飛んできて、キャサリンは手でキャッチした。

「ありがと」キャサリンはポスト・イットに用件を記すと、電話機に貼りつけ、そのまま顔も向けずに付箋紙セットをサンチェスに放った。すぐさま早足で出口に向かうと、ニックがうしろについてきた。こんな風に、ことは一刻を争うという予感に襲われるたびに、キャサリンは決まって、日常の些細《ささい》なあれこれについて、たまらないいらだちを覚えるのだった。

容疑者宅までの道のりの半分ほどを走ったところで、キャサリンの携帯電話が鳴った。電話に出る。「はい。ウィロウズです」

「オライリーです。ポケベルのメッセージを見ました。机のメモも。いまから向かいます……誰かが捜索令状をとりに行かなきゃならなかったことは、分かってくれますよね」

「ええっ、まだ裁判所なの？」

「そうですよ。だって……そちらに遅れをとったのは五分くらいですか？」

「そうね。待っててほしい、部長刑事《サージ》？」

ニックが赤信号で車を停めた。「オライリーから？」

キャサリンがうなずく。

「令状はとったって？」

ふたたびキャサリンがうなずく。

「せいぜい急ぐように言ってくれる？　おれたちがマージに質問する場に居あわせたいんだったらね」

オライリーの声が耳元で言った。「聞こえましたよ。おれが行くまで待ってろと伝えてもらえますか」

そこで電話が切れた。

キャサリンはできるだけ事務的に言った。「待っていてほしいそうよ」

「ふざけるな」

「それが手順よ、ニック。これは彼の仕事なの。わたしたちのじゃないわ」

「でも、おれたちの事件だろ……」

信号が緑に変わり、ニックはタホをゆっくり交差点に進めながら、かぶりを振った。ゆくてでは太陽がまさしく地平線に沈むところで、紫とオレンジの残照がふわふわした積雲に映えていた。

「オライリーは待っていてほしいって言ったのよ」そうくりかえしたキャサリンも、ニックに劣らず腹を立ててはいた。けれど、仕方ないのだと自分を納得させていたのだ。

ニックがこれ見よがしに肩をすくめる。「なにがいけないんだ。おれはあのお婆ちゃんに気に入られてんだぜ。オライリーが来るまで雑談して、マージの気持ちをほぐしておけばいいんじゃないか」

キャサリンは答えなかった。

五分後、小さな平屋建てでペンキも剝《は》げかけているマージ・コスティチェクの家の前に、ニックはタホを停めた。たそがれの名残りから闇につつまれていたが、窓には明かりは灯《とも》っていない。キャサリンは漠然とした不安を感じて、みぞおちのあたりがちくりと痛んだ。

ニックがSUVのドアを開け、シートベルトをはずした。

「オライリーを待ちましょうよ」キャサリンは筋を通そうとした。「彼が来るまで、何分くらいかかるかしら？」

「待つことないだろ？」

「待たなきゃ駄目。令状は彼が持っているのよ」

しかし結局、ふたりは歩道をすすみ、玄関前に立っていた。ニックはドアをノックすると、例のまぶしい笑顔をむけてきた。「大丈夫。うまく行くさ」

これではいけない、とキャサリンは思った。このペアでは自分が古参だ。抑え役にならねばならないのだ。しかし内心では、ニックに劣らずオライリーに先んじることにこだわっていた。それに、自分だってオライリーがやってきたなら、むきになって捜査の主導権を握ろうとするにちがいない。

だったら、どうして尻込《しりご》みするのだろう。みぞおちのこの違和感は、いったいなんだろう？

ノックに反応はなく、ニックはあらためてドアを叩《たた》くと、声をあげた。「コスティチェクさん、いませんか？　ぼくですよ、科学捜査班のニックですよ！」

カーテンの引かれた窓の向こう、灰色に塗りこめられたような暗い室内に、動く人影をキャサリンは認めた。手になにか持っている——あの形は……拳銃《けんじゅう》？

彼女はニックを玄関ポーチから左側へ突き飛ばした。勢いあまって自分もいっしょに倒れる。

その瞬間、銃弾がドアを突き破り、夜の闇へ飛んでいった。二発目が低い、しかし恐ろしい雷鳴とともにドアを貫通し、低い弾道を描いて歩道に当たり、はねかえって飛んで行った。

キャサリンとニックは玄関ポーチ左側の茶色く枯れた植え込みに、ぶざまな恰好《かっこう》で倒れ伏していた。

「大丈夫？」キャサリンが訊《き》いた。

ニックは人心地のつかぬままにどうにか言葉を絞りだした。「たぶんね。でもどうしてきみには……」

キャサリンは拳銃を手に植え込みから転がり出ると――いつ抜いたのだろう、自分でも分からない――ニックに指示した。「トラックに戻って。背後はわたしが守ってるから……姿勢を低くして行くのよ」キャサリンは芝生に伏せ、銃口を玄関ドアにむけた。

ニックは動揺し、あきらかに怯《おび》えていたが、キャサリンを気遣った。「おれがきみを援護するよ。タホはあきらめよう。とにかくここから逃げださないと」

「馬鹿言わないで、ニック。逃げるなんて駄目、現場を確保するのよ。トラックの陰に回って、救援を要請するのよ。さあ、行って！」

今度はニックも逆らわなかった。植え込みから転がり出ると、地面に膝《ひざ》をついた。そして、スターティングブロックを蹴《け》る短距離走者のように、勢いよく駆けだした。上半身をかがめたまま、前庭を走り抜ける。

三発目が破片をちらしてドアを貫通した。キャサリンはできることなら撃ちかえしたかった。しかし、いったいに誰に撃ちかえすのか？　やみくもに家を撃つわけにはいかないのだ。

「武器を捨てなさい！」キャサリンは芝生に伏せ、銃口を玄関ドアに据えたまま、大声で言った。「両手をあげて出てきなさい！　なにも持たないで」

答えはない。

ニックはすでにタホの背後にたどりつき、銃をぬいていた。遠くから聞こえてくるサイレンにキャサリンは、間もなく応援が来ることを悟った。近所の誰かが911番に電話してくれたのだ。

「がんばれ、キャサリン」ニックが声を張りあげた。「援護位置についたぞ」

しかし銃弾が闇を切り裂き、家の窓を粉々にして、タホの運転席側のウインドウを打ち砕いた。

ニックが頭を引っこめる。キャサリンはその機を逃さず左側に転がると、立ちあがって走りだし、家の側面に体をはりつけた。心臓がばくばくし、銃声がこだまして耳がガンガンしている。しかし彼女は顔をそろそろとだして家の正面側に目を走らせ、ニックの安否を確かめようとした。ニックの姿は見えなかった。

「ニック、大丈夫？」声をかぎりにキャサリンが叫ぶ。

「どうにか！」

サイレンの音が大きくなる。キャサリンは下見板張りの外壁にそってすり足で歩き、家の裏手に回ろうとした。この側面に窓は二つしかない――リビングの大きなはめ殺しの窓と、寝室とおぼしき部屋の窓。キャサリンは中の様子をうかがおうと、大窓の割れ残ったガラスと、カーテンの縁飾りのさきに顔をだしてのぞきこんだが、あまりに暗くてだめだった。ふたたび側面にそって歩きだしたとき、車がタイヤを軋《きし》ませて家の前に停まるのが聞こえた——オライリーだ。

「なんてざまだ」オライリーの声が聞こえる。ニックの答えはそれより小声で、聞きとることはできなかった。さらに三発の銃声が、家の正面側であがる。こんどはオライリーが狙われたのだ。

キャサリンはためらいがちに角の向こうに足を踏みだした。うまく裏口から忍びこむことができたなら、たぶんマージ・コスティチェクをだしぬくことができるだろう——銃を撃っているのが彼女であるなら。窓の下に身をかがめ、キャサリンは二歩目を踏みだした。と、裏口のドアが勢いよく開き、キャサリンは凍りついた。背の高い人影——男の人影——が、頭から靴の先まで黒ずくめのなりで、戸口から飛びだし庭を駆けて行く。反射的にキャサリンは銃口をあげた。だが男の手に武器が見えないので、彼女は引き金を引かなかった。

男を追って走りはじめる。

男は運動選手のように優雅なフォームで駆けて行くが、キャサリンもどうにか遅れずについて走る。半ブロック行ったところで男は金網フェンスに飛びつき、乗り越える時にほんの一瞬動きを止めたが、スピードをあげて広場を駆け抜け、またフェンスを乗り越えると、闇の中へと姿を消した。

「まったくもう」キャサリンは最初のフェンスの前で立ち止まった。銃をホルスターに収め、息を切らせたまま、家にむかって歩いて行く。

家の正面にもどると、オライリーが前庭を歩き回りながら、ふたりの制服警官と話をしていた。縁石に乗りあげた白黒のパトカーの屋根の上で回転灯が、夜の闇を青と赤に染めていた。

「ニックはどこ？」キャサリンはオライリーにたずねた。

オライリーが指で示す。「家の中です……女は死にました」

「えっ？」

オライリーは首を横に振った。「中はひどいありさまですよ、キャサリン。二発撃たれてます。ディンゲルマンやフォルトゥナートの時とおんなじだ」

キャサリンは犯罪者を取り逃がしたいきさつを、手短にオライリーに説明した。オライリーは制服警官たちのほうにむき直り、捜索の指示をだす。キャサリンは、ニックの現場検証を手助けするために、屋内に向かった。

マージ・コスティチェクはうつ伏せに、リビングのすり切れたカーペットに倒れていた。左頬に紫色の大きなみみず腫《ば》れができているが、ありがたいことに目は閉じられていた。さるぐつわ代わりのスカーフが頭部を一周して縛られ、口を塞《ふさ》いでいる。真紅の大きな染みが口のところに広がっている。床面は一面血まみれで、証拠を損なわずに立つ場所を見つけることもむずかしかった。

「やつの仕業だよ」ニックの顔は蒼白《そうはく》になっていた。「一歩先を越されたばっかりに。フォルトゥナートの時みたいに、指先を切り落としてる——二本だけど。おれたちが来たんで中止したんだ」ニックは喉《のど》をごくりと大きく鳴らした。「さるぐつわの状態からすると、マージは舌を噛《か》み切ってるよ」

また別の車が、タイヤを軋ませて停まるのが聞こえた。やがてグリッソムが——黒ずくめとはいえ犯罪者とは似ても似つかないが――戸口に立った。

「オライリーも待たずに、なにをやってたんだ」グリッソムはふたりをなじった。

「オライリーは捜索令状を持ってここに向かっていたのよ」キャサリンがとりなして言う。

「まさかデュースがいるなんて、分かるはずもないわ」

「説明してくれ」とグリッソム。キャサリンはいきさつをくわしく語った。

グリッソムは深くため息をついた。「なるほど。さ、現場検証を進めよう。その男に結びつく手がかりが見つけられるかどうか、やってみようじゃないか」

キャサリンは床を指さした。「また同じ銃を使ったのだとしたら、ここに散らばってる空薬《やっ》莢《きょう》が大いなる出発点になるわね」

グリッソムはうなずいて同意を表すと、携帯電話を乱暴にとりだし、短縮ダイヤルを押した。

「……警部、ハイドの家に急行してもらえませんか。マージ・コスティチェクが何者かに殺されたんです……ええ、きっと今ごろ、自宅に帰る途中ですよ……いいえ、まだです。これから進めます」グリッソムは電話を切ると、キャサリンとニックにむき直った。「必要なものを見つけだすんだ」

キャサリンはすでに空薬莢を証拠品袋に入れていた。

グリッソムはあきらかに腹を立てていた。「わたしの当番の時には殺人は願い下げだな」

オライリーが戸口から――科学捜査の現場に足を踏み入れないように――キャサリンを呼んだ。グリッソムもついてくる。

オライリーがふたりに言った。「いくぶん、いい知らせがあります。ロスにいる友人のタヴォが、ついさっきジョイ・ペティに事情聴取したんです」

キャサリンとグリッソムは顔を見交わした。グリッソムがつづきを急《せ》かした。「それで？」

「そのコスティチェクという女性は、家出したジョイを引きとったようです。そして娘のように育てた。ジョイが言うには、〝ママ〟はマラキー・フォルトゥナートのことを〝悪い虫〟と考えていたようです。まあそうでしょう。結婚はしてるし、ギャンブルで堕《お》ちるところまで堕ちてるし、おまけにギャングに嚙みつかれそうになってるとくればね。マラキーが失踪《しっそう》してからというもの、ギャングに殺されたのではあるまいかと、ジョイは心配を募らせた。そこで自分も逃げだしたんです。身を守るためにね」

グリッソムが訊いた。「今、ジョイはどこにいる？」

「まだ、向こうの署にいますよ。ロス市警の友達のタヴォといっしょに」

「もう一度話を聞いてみるように、その人に頼んでもらえないか。今度は、マージが殺されたことをジョイに伝えたうえで」

キャサリンはグリッソムの真意がつかめず、横目でちらりと見た。

「かまわないですけど」オライリーが言った。「どうしてです？」

キャサリンにはもう分かっていた。主任にかわって答える。「そうすれば、ジョイは育ての親をかばうのをやめるかもしれないからよ。マージが死んだことを知ったならね……どうやって殺されたが分かれば、特に」

オライリーはふたりの顔を順番に見た。「根掘り葉掘り訊けってことですね？」

「そのとおりだ」グリッソムが言った。「ロス市警は聴取にデジタル・テープを使ってると思ったが、どうだ？」

「使ってると思いますよ。というか、うちも使ってるし」

「よろしい。きみの友だちのタヴォって人に、聴取のデータをわれわれのサーバーにアップするように頼んでくれないか。至急でと。すぐにダウンロードしたいからね」

オライリーはうなずくと、ゆっくり出て行った。

まずは足跡から探しにかかるキャサリンとニックを、グリッソムも手伝った。ニックは静電気ダストプリント・リフターを使って、キッチンのリノリウムの床からランニングシューズの靴跡を採取した。それから三人は写真にかかり、遺体、リビング、キッチン、それにキャサリンが見つけた、奥の寝室で引きだされたままになっていたタンスの引き出しを撮影していった。

グリッソムの手助けもあり、殺人犯が手を触れた可能性のあるあらゆるものから指紋採取を試みることになった。ニックが平坦《へいたん》な面にとりかかり、キャサリンはミクロシルを使ってドアノブからの指紋転写を試みた。だが、犯人が手袋をしていたのは、追いかけたときに見て分かっていた。期待薄だとキャサリンは思ったが、結果もそのとおりだった。マージの靴はすべて証拠品袋に収めた。そうしておけば、キッチンの床から採取した靴跡と一致する靴がないことが確かめられるはずだ。キャサリンは裏庭や建物のまわりも調べたが、なにも見つからなかった。そこで、小型ライトの明かりを金網フェンスの最上部に向けてみると、かすかに光るものがある。

近寄って見ると、数本の黒い繊維と、ごく小さな血痕《けっこん》があった。キャサリンは写真を何枚か撮ると、ワイヤーカッターを使って金網の該当部分を切断し、証拠品袋に入れた。

彼女は成果をグリッソムに見せた。グリッソムはふたりの監督に大部分の時間を費やしていたが、自分でも調べまわっていたのだ。

「ちょっと来てくれないか」グリッソムはキャサリンを連れてキッチンに入ると、カウンターの上のホルダーからはずれかかっている一本の包丁を指さした。そこから床に視線を落とすと、数滴の血と、白髪交じりの毛が何束かあった。

それから、キャサリンはグリッソムについてリビングに入った。散らかったライティングデスクの上で、そこだけ天板が見えている不自然な一角を、グリッソムが指さした——なにかが持ちだされたということだろうか？

グリッソムがなにかを見つめている。どうやら壁だ。

「どんなふうに起こったのか、分かったのね」キャサリンは、グリッソムの目つきを見て悟った。

「そのとおりだ」グリッソムが答えた。

デュースには分かっていた。警察はもう絶対に追求の手を緩めようとはしないだろう。ならばこちらにできることは、できるだけ尻尾《しっぽ》をつかまれないように努めることだ。『ラスベガス・サン』紙の記事を見て、フォルトゥナートのミイラ化した遺体が、偶然に発見されたことはつかんでいた。そこまでたどり着いた警察のことだ、あとどのくらいで、あの女にも行き着くのだろうか？

若いほうの女についてはデュースも知るまい、とあの老婆は考えていたようだが、実は知っていたのだ。そういったことがらを探り当てるのが彼の商売なのだから。あのストリッパーは標的の男と何度も夜をともにしたのだ。嗅《か》ぎつけられて当然だ。電話帳によると、コスティチェクというあの老婆は、当時の家に今でも住んでいるらしい。ならば話は簡単だ。ストリッパーが今どこにいるのかは分からないが、いずれ分かることだろう。それもまた、老婆を訪ねて行く目的のひとつだった。

用心に越したことはない。デュースは、二ブロックほど離れた食料雑貨店《グローサリー・ストア》の駐車場に車を停めた。そして一ブロック半をゆっくりと歩き、家の裏手の道を横ぎった。太陽は沈みかけていたが、激しい日差しが照りつけてきて、黒い服がまるでスポンジのように熱を吸いとり、汗がだらだら流れだし、腰の裏のくびれ、わきの下、膝《ひざ》の裏は水たまりのようになっていた。色の薄い服なら少しはしのぎやすかったことだろう。しかし、日没後まで滞在することは分かりきっていたし、誰にも見られずに立ち去りたかった。だから服は黒にしたのだ。

家の裏手に近づいた。歩きながら、黒い革手袋をはめる。サイレンサーをポケットから出し、拳銃《けんじゅう》にねじこみながらも、注意深くあたりを見回し、誰にも見られていないことを確かめようとした。裏口のドアを軽く叩《たた》くと、戸口から一歩横にそれた。こうすれば、内側のドアだけでなくスクリーン・ドアまで開かなければ、来たのが誰か見ることはできない。デュースは手をのばし、あらためてノックした。今度は強く。

「うるさいね、いま行くったら」がなるような声が応《こた》えた。

コスティチェクがドアを開けた。「誰だい？」さらにスクリーン・ドアを開き、彼の姿を見た。

コスティチェクは懸命に網戸を閉めようとしたが、力くらべでは相手にならない。デュースはドア枠のすきまから体をねじ入れた。コスティチェクは身をかわして室内に退くと、内側のドアを敵の鼻先で閉じようとした。だがやはり、デュースのほうが力は上だった。老婆はじりじりとガスレンジまで後ずさりすると、キッチンカウンターにむき直ってまな板の上の包丁に手をのばした。デュースがサイレンサーをつけたオートマチックの銃口を頬に押しつけると、老婆は身動きできなくなった。

サイレンサー付きの銃口をあげ、力任せに顔を殴ると、老婆は床にくずおれた。髪をつかんで引きずる。どうにかこうにか、リビングに引きずり入れた。

「あの女はどこだ？」コスティチェクの上にかがみこんで問いただす。

相手は状況がつかめていないようだ。「誰のことさ？」

「ストリッパーだ――あいつはどこにいる？」

「知るもんか！」

デュースはさりげなくポケットから剪定《せんてい》ばさみをとりだした。「どのみち、おれは見つけだすんだ。楽にすますのも、つらい目に遭うのも、あんた次第だ」

コスティチェクの目が涙でいっぱいになる。だが、口は堅く引き結ばれ、沈黙を保っていた。

「つらいほうを選ぶんだな」デュースは剪定ばさみを持った手をおろすと、椅子の背に何枚かかけてあるスカーフのひとつをつまみとり、相手に咬《か》ませてうしろで縛った。そして剪定ばさみを持ちあげると、左手小指を二つの刃ではさんだ。

涙が頬にあふれだした。身を震わせて泣く老婆の嗚咽《おえつ》が、阻むさるぐつわをなおも突き破ろうとする。老婆は瞼《まぶた》を閉じた。

「指きりげんまん嘘ついたら……」デュースははさみに力をこめた。刃先に沿って血が流れだす。「やるぞ。いいのか？」

答えはなかった。コスティチェクは激しくしゃくりあげ、瘧《おこり》のように身を震わせている。

「……針千本飲ます」はさみが咬みあわさる荒々しい音とともに、小指の先がぽとりと落ちた。

これほどの叫び声を、さるぐつわをされた人間がどうしてあげることができるのだろうか。コスティチェクは声をかぎりにわめきつつ、這《は》って逃れようとした。しかしデュースは、側頭部を殴りつけると、髪の毛をわしづかみにして、うしろに引っ張った。いまや老婆は赤子のように泣き叫んでいた。血が流れ落ちる左手を見た彼女は、右手をあげて傷口を押さえようとした。

デュースにとって唯一の懸念は、痛みとショックからコスティチェクが気を失ってしまうことだった。が、大丈夫だろう……これでなかなか気丈な婆さんなのだから。

無傷の右手をはらいのけると、デュースは剪定ばさみで左手の薬指をはさんだ。

「指きりげんまん嘘ついたら……さあ、言う気になったか？　うなずいてみろ」

老婆は歯向かうようにかぶりを振った。だが今度は、やられる前に全身全霊の絶叫をさるぐつわにぶちまけた。だが、それで止めるデュースではない。ふたたび刃が咬みあわさる音がして、指先が床に落ちた。

「まだ強情を張るのか？」

コスティチェクは身を丸めて手を守ろうとした。しかしデュースは手をぐいと引っ張り、剪定ばさみで中指をはさんだ。老婆の目が見ひらかれ、尋常ならぬ色を帯びはじめた。無傷の右手が、ライティングデスクの上を指さした。

「なんだ？」デュースは訊《き》いた。

老婆は話すことができなかった。さるぐつわが血に染まっている。舌を嚙《か》み切ったのだ。さるぐつわをはずしても仕方がない。

「机の上に答えがあると言いたいのか？」

弱々しく、老婆はうなずいた。

デュースはライティングデスクの前まで行くと、ふりかえって老婆を見た。手紙の山を上から順々にとりあげていく。輪ゴムのかかった手紙の束をとりあげたとき、老婆がふたたびうなずいた。ジョイ・ペティと、差出人欄に記されている。手紙の束を内ポケットに突っこむと、デュースはコスティチエクのところに戻った。老婆はもがいて逃げようとしたが、できなかった。デュースは彼女に馬乗りになり、後頭部に一発、一インチ下に二発目を撃ちこんだ。

サイレンサーをはずしたその瞬間、戸外で車のドアがばたんと閉じられ、男と女ひとりずつが、玄関ポーチの階段をあがってきた。ふたりは玄関前に立ち、男のほうがノックをする。最初、デュースはなにもしなかった。男がふたたびノックする。そして——警察だと声をあげた。かすかに右に体をずらすと、殺し屋はドアごしに銃を撃った。立てつづけに二発目も撃つ。殺し屋が左側に戻ると、女が家に銃口を向け、男は前庭を横切るべく走りはじめた。走る男に三発目を撃つと、女が声を張りあげた——警察だといっている……なんということだ。

男が、黒いＳＵＶの陰からなにかわめいている。今度は正面の窓ごしに銃を発射し、車の運転席側のウインドウを粉々にした。すると耳障りなサイレンの音が聞こえてきた。こうなったら、ここで包囲されるのを待ってはいられない。デュースはフードをかぶると裏口に向かい、そっとドアをあけ、深く息を吸いこみ、それから全力疾走で裏庭を走りぬけようとした。

足音が追いかけてくるような気がしたが、確信はもてなかった。となりの家の金網フェンスを飛び越えた。尖《とが》った先端が手に食いこむ。突然の痛みに体が止まったが、ほんの一瞬のことだった。走り寄ってくる人影を見て、デュースは前にむき直り、庭を走り抜けて表側のフェンスに飛びついた。そうして彼は姿を消したのだ。

二時間後には、すっかり現場検証をやり終えた。救急救命士たちがマージ・コスティチェクの遺体をストレッチャーに乗せて運びだした時にはさすがに手を止めたが、あとは誰も手を休めなかった。

グリッソムは、ライティングデスクの上で、ジョイ・ペティからの手紙二束を見つけていた。ニックが手紙を証拠品袋に入れながら呟《つぶや》く。「怒りがどんどんこみあげてくる」

「銃で撃たれたら誰だっていい気はしないさ、ニック」グリッソムが応えた。

「でも、向こうはなんだか常に一歩先、一歩先に行っているような気がして」

キャサリンが言った。「やつも『ラスベガス・サン』紙を読んだってこと。それだけよ」

グリッソムの表情がくもった。

キャサリンが訊いた。「どうしたの？」

「なんでもない」グリッソムが答える。「直感だ」

キャサリンは顔をしかめて笑いかけた。「あなたは直感なんて信じないと思ってたけど――証拠がすべてだ、って」

「この直感は、断片的な証拠からきたものなのさ。あるいは、わたしがすでに知っているなにかから。いずれにせよ、軽く考えていた事項からだな。以後は重く考えることにするよ」

オライリーが身を弾ませて走ってきた。「タヴォから電話がありました。ジョイの証言をビデオテープに撮ったそうです。マージ・コスティチェクがデュースを雇ってマラキー・フォルトゥナートを殺させたと、ジョイが証言したんですよ」

グリッソムとキャサリンは、驚きの目を見交わした。

「そんなにあっけなくか？」ニックが口をはさんだ。

「いいニュースばかりじゃないんで」オライリーが言った。「ジョイ・ペティが消えました」

「なんだって？」グリッソムがどなった。

オライリーが肩をすくめる。「便所に行かせてくれと言ってきたそうです。ジョイは容疑者じゃない。目撃者ですらない……任意で捜査に協力してくれている市民なんです。あの女は危険を嗅ぎつけ、消えました」

「ジョイの自宅は調べたのか？」

「ええ。服はすべてなくなってます。猫さえ連れて行ってますよ。まるで何年も前からこの日にそなえていたとでもいうようにね」

何年も前からなんだわ。キャサリンは心の中でつぶやいた。

グリッソムの口調が厳しくなる。「ロス市警はジョイを捜してるのか？　事後従犯なんだからな」

「ええ、そうですね、あの、向こうの連中がこの件をどれだけ優先してくれるか、ちょっと分かりません。あいつらの事件じゃないし。タヴォが好意でしてくれたことなんですから」

「部長刑事、きみの友だちを今すぐ電話でつかまえてくれ」グリッソムが言った。「われわれはこれから研究所に戻る。一時間以内には、証言のデータをダウンロードしたい。われわれ自身で確かめなければならないんだ」

「努力します」

「努力じゃだめだ。確実にやるんだ」


きっかり四十五分後に、グリッソムはキャサリン、ニック、オライリーを自分のオフィスに集めていた。

コンピュータのモニターが取調室を映しだしていた。テーブルをはさんでカメラの向かい側にすわっているのは四十がらみの女性だった。肩までの黒髪、とび色の目、細くとがった顔だち。

取調べをする警察官は画面には映らないが、声がスピーカから聞こえてきた。

「お名前をおっしゃってください」

オライリーが小声で言った。「友人のタヴォの声です」

画面上の女性の声が重なった。「ジョイ・ペティです」

グリッソムがしっと言ってオライリーを黙らせた。

カメラの外からタヴァがたずねた。「ご住所をおねがいします」

女性はレイクウッドの住所を答えた。

「ここへは強制ではなく、ご自身の意思でいらしたわけですね？」

女性がうなずく。

「はい。イエスかノーでおっしゃっていただけませんか？」

「イエス。ごめんなさいね。ええ、ここへは自分の意思で来ました。強制ではありません」

画面の中の女性は次第にいらいらした様子になってきた。ハンドバッグから煙草ひと箱をとりだす。

タヴァは書類に目を落としてでもいたのだろう。女性が火をつけたあとで、ようやく言った。

「お煙草はご遠慮ねがいます」

女性は口元をひくつかせると、前に置かれた黒い灰皿で煙草をもみ消した。

「現在にいたるまでに他の名前をお使いになったようですが、本当ですか？」

「そうよ。ジョイ・スター、ジョイ・ペティ、それから他にもいくつか芸名を使いました。『スワンク』という雑誌にはモニカ・リーという名前で出たし。生まれたときにもらった名前は、モニカ・ペティです」

無意識的に、女性はまた煙草に火をつけ、深々と吸いこんだ。タヴァはなにも言わなかった。もう一度吸いこんで、鼻から煙を吐きだした後で、禁煙の場所で煙草を吸っていることにようやく気がついたようだ。二本目の煙草を灰皿になすりつけた。腹立ち半分、好奇心半分といった口調で、彼女はたずねた。「禁煙っていうくせに、灰皿があるってのはどういうことなのさ？」

「しいて言えば、取調室に灰皿は付き物ってことですかね」

タヴォはそれから数分をかけて、家出娘だった彼女がマージ・コスティチェクに引きとられ、娘として（ストリップ小屋で働かされる娘ではあったが）育てられたいきさつを聞きだした。キャサリンは、もしかするとふたりに性的な関係があったのではと思えたが、タヴォは質問をそちらには向けなかった。

最後にようやく、タヴォはKOパンチをくりだした。「ペティさん、たいへん申しあげにくいことをお伝えしなければならないのですが」

「なに？　いったいなによ？　なにが起きたっていうのよ？」

「今夜、マージ・コスティチェクさんが殺されました」

「うそだ……うそよ。どうせ、あたしをはめるために……」

タヴォは、うそではないと念押しをした。「お気の毒に。たいへん残虐な殺され方でした。ペティさん」

女性の唇がわなわなと震えはじめた。「教えて。教えてよ……あたしには知る権利があるはず」

タヴォは一部始終を語って聞かせた。

「ペティさん――一九八五年にラスベガスで、マラキー・フォルトゥナート氏を殺害した犯人をご存じではありませんか？」

「知ってる……知ってるわ。やつの呼び名は」

「デュースよ。頭に二発撃ちこむからそう言われてた。マージもそうやって殺されたんでしょ」

「そのデュースというのはプロの殺し屋ですか？」

「そう。本当の名前は知らないけど」

「誰に雇われたかは分かりませんか？」

「……誰に……誰に雇われたかは……ええ、知ってるわ」

「誰ですか？」

「誰です？」

つかのま、女の様子に変化はなかったが、だしぬけにくずおれた。額がデスクを打つほどにうなだれて、切なそうな、恨むような声をあげて泣きだした。タヴォの手が画面に出てきて、女の腕にふれた。それが助けになったのか、女は、身を焦がす激情にあらがいはじめた。

「あたしは……ごめんなさい」しゃくりあげてきて言葉がつづかない。女はどうにか気持ちを静めると、言った。「あたしはマラキーを愛してた。でも彼は強い男じゃなかった。奥さんかあたしか、選ぶことさえできなかった。それに奥さんもあたしも、身を引こうとはしなかった。彼は、マラキーには、痛いところをやさしく手で包んでくれるような優しさがあったわ。でも、自己中心的で、意志の弱い人でもあった。だから、サンドマウンドの金を——働いてたカジノのことよ、使いこんだりしたの」

タヴォはなにも言わなかった。ただ、彼女の気の向くままに、好きなようにしゃべらせていた。

「あたしは、スウィンガーズというバーにストリップショーで出てた。オーナーのマージ・コスティチェクに連れてこられた十五の歳からずっとだった。マージには分かってたのよ。ギャングが横領のことを嗅《か》ぎつけたなら、マルだけじゃなくて、かかわりのある人間はすべて殺されるってことが。そこで、マージは先手を打ったの。

マージは、ギャングがらみの殺し屋を雇った。どうしてそいつを知っていたのか、どうやってコンタクトしたのかは分からないわ。ギャング団がスウィンガーズを資金洗浄に使ってるって噂は聞いてた……ただの噂だけどね。たぶん、そのからみでやつを知ったんでしょうよ。殺し屋を雇うのに、マージは長年かけて貯めこんだお金をほとんど使ったのよ。その残りを、ロス行きのバスの切符といっしょにあたしにくれたのさ」

「ペティさん、ちょっとすいません。あなたの権利についてはご説明しましたが、そのことをお忘れのないようにおねがいします」

「分かってるわ。あなたはきちんと説明してくれた。マージがデュースを雇ったって知ったのは、何年も後になってからよ。当時は……マラキーを殺したのはギャングの一味だと思ってた。マージは、あたしの身も危ないって言ってた。だからバスに乗せたのよ。あたしも自分から乗ったわ。クソも出ないくらいビビってたから。ほんとよ。信じて」

「それで……マージとはずっと連絡をとりつづけたと?」

「そう。手紙は欠かさずやりとりしてたし。マージが訪ねて来たこともあったわ」

「あなたがベガスに戻ったことは?」

「そんな勇気はとてもなかった」

「なら、どうして真相が分かったのですか？」

「五年くらいたって、マージが訪ねて来たときのことよ。当時はリシーダに住んでたわ。ふたりでゆっくり夜を過ごした。お酒を飲みながら思い出話をしたりして……そこでマージが洗いざらい打ち明けたのよ。きっと、すまない気持ちがあったんでしょうね。マージはずっと引きずってたのよ。大泣きに泣きながら話してくれて、許して、許してとくりかえしたわ」

「お許しに？」

「もちろん。あたしを助けるためにしてくれたんだもの。ギャングはあたしや、マルの奥さんまで殺すんじゃないかとマージは考えてたのよ。つまり……ぐるになってると思われたらってこと。横領のことよ」

「分かります」

「ほんとう？　あたしは意気地なしのマラキーだって好きだったけど、今になって、マージを心底愛してたんだなって実感したわ……あの、刑事さん、トイレに行きたいんだけど」

結局、それが取調べビデオの最後となった。

オライリーがロス市警の友人をかばって言った。「彼女は逮捕されたわけでもなんでもないんです。好意で来てくれただけなんですから。タヴォが警戒を緩めたのも無理ないです。女性警察官に頼んで、便所を探してもらったときには、十五分もたっていたというわけですよ」

「十五分もあったら」ニックが言った。「ジョイが荷物をまとめて姿を消すには充分だな……でもどうして？　逃げだす理由がどこにある？」

グリッソムは空白の画面を食い入るように見つめていた。

「逃げだすことしか知らないからよ」キャサリンは両手を広げた。「一生が逃げることのくりかえしだったから。十五歳で親元から逃げだした時から、ずっと逃げつづけていたんだから」

「そしてマージ・コスティチェクは、かわいそうな娘を助けようとしただけなんだ」ニックが、やりきれないといった口調で言った。

「殺し屋を雇って第一級謀殺をやらせるようじゃ」グリッソムが言った。「年間最優秀母親賞はとれないぞ」

15

オライリーとニックがマージ・コスティチェクの死体を発見したころ、ウォリックはレイアウト室でコンピュータのモニターにかじりつき、仕事に没頭していた。目が真赤に充血し、こめかみはずきずき脈打ち、首筋の筋肉もひどく凝っている。少し前にサラがやってきて、バリー・ハイドの個人としての経歴を調べても混乱するばかりだとこぼした。そこでウォリックは、企業家としてのハイドの経歴も同じようにこんがらがっていて理解不能だと説明してやったのだった。

「なにかを探り当てるたびに、相反する情報が必ず出てくるんだからな」

「その気持ち、分かるわよ」サラが言った。

それから一時間はたっていたが、事態はますますこんがらがって意味不明になるばかりだった。AトゥZビデオは資金を費やして新作ビデオを買い入れているというのに、広告らしい広告も打たず、貸出率も地域最低にとどまっている。マリファナ片手の副店長パトリックも客足の鈍さをまねく要因のひとつだが、にもかかわらずハイドは、ウォリックに言わせれば法外なテナント料を支払った上に、新作ビデオもどんどん仕入れているのだ。いったいどこからそんな金が出てくる？

ウォリックはモニターの輝きから顔をそらし、目をこすりながら、次はなにを調べようかと考えていた。

そこへ、ブラスがよろよろと入ってきた。疲れきった様子で、服もいささか乱れている。グリッソムの姿を探しているという。

「さあ、どこですかね」ウォリックが答えた。「ちょっとだけここにいたけど、オライリー刑事がコスティチェクの家から電話をかけてきて」

「どんな電話だった？」

「殺人課の球場の試合経過みたいでしたよ——マージが雲の上のストリップ劇場に行っちまったみたいですよ」

深い皺《しわ》の刻まれたブラスだが、驚きのためにどうにか顔の皮膚も突っ張った。「それは一連の……」

「デュースの仕業でしょ、たぶん」ウォリックは答えた。

ブラスは、ウォリックのとなりの椅子に体を滑りこませ、どっしりとすわりこんだ。「捜査をすればするほど、妙な具合になってくるな」

ウォリックはゆっくりうなずいた。「聞かせてください。あのレンタルビデオ屋もそんな風なんです。開店休業状態なら、金回りも悪いのが普通でしょ。なのにハイドは現なまに不自由してないらしいんです」

ブラス警部は、少しもおもしろくないような笑いを浮かべた。「ハイドがしょっちゅう旅に出てることについてはどう思う？」

「もしもハイドがデュースだとしたら、たぶん、われらが偉大なる合衆国じゅうをドサ回りで巡業してるんですよ」

ブラスが肩をすくめた。「なら、やつの行き先をひたすらたどることだな。そこで死んだり、行方不明になったりした人がいないかを探るんだ」

「すべてあたってみましたよ――駄目もとで。どの航空会社のどの乗客名簿にも、バリー・トーマス・ハイドという名前は見当たりません……いまだかつて」

「飛行機はどうしてもいやだって人もいるぞ。車で行ったんじゃないか」

ウォリックは首を横にふった。「先月、やつが出かけたとき、車はヘンダーソンの有料駐車場に停めてありました」

「じゃあレンタ……」

「レンタカーを借りた記録も見当たりません。セカンドカーがあるわけでもない――つまり、やつは結婚してないし、離婚したとか子供がいたとかいう記録もないんです」

「つまり、きみの言いたいことはなんだ？」

「この男は定期的に町を離れています。なのに飛行機には乗らず、車で行ったわけでもなく、言ってるというだけだろ」

ブラスがにやりと笑った。「ただカレンダーにそう書いてあり、あのマリファナ野郎もそう

「それも記録に残っていません。あちこち出歩く男のわりに、家を離れた記録がないんです」

「バス？　列車？」

レンタカーを借りてすらいない」

「なら、ハイドはどうしてビデオ屋の従業員たちに町を離れるだなんて伝えたんでしょう？

実際には離れていないのなら」

「それはたぶん、やつにはもうひとつのＩＤがあるからだよ」

「レンタル・メールボックス業者を使ってたピーター・ランダルかもね。説明がつくとしたら

それだけですからね——特に、やつが今でもデュースの名前で依頼を受けてるとしたら。ただ、

これまでの数年間については被害者の遺体が出てこないっていうのはあるけど」

ブラスは虚空を見つめていたが、ふと、くもの巣を振りはらうかのように首を振ると、ウォ

リックにむき直ってこうたずねた。「なら、ホテルはどうだ？」

「そいつは、とんでもなく時間がかかりますよ。つまり、やつの名前がどこかのホテルの宿泊

者名簿に残っていないか、片っ端から当たるってことでしょう……だって、どのホテルに泊ま

るかはパトリックにも教えていないんですよ。でも、これだけは言えますよ。ハイドは三枚の

クレジットカードのいずれをも、ホテルやモーテルの支払いには使っていません。小切手を切

った記録もありません」

ブラスは深くため息をついた。しばらくしてから立ちあがり、背伸びをした。関節がぽきぽ

き鳴った。「なにか裏があるな――とんでもない裏が……グリッソムが帰ってきたら、ポケベルに連絡をくれるように伝えてくれ」

「了解」

ブラスがオフィスを出て、四歩ほど歩いたところで、携帯電話が鳴った。やりとりはすぐに終わった。ブラスは後戻りしてレイアウト室に首だけのぞかせた。さきほどとは打って変わって、ゆゆしい顔つきになっている。

「行くぞ」ブラスはせっかちに手招きをした。「きみも来るんだ」

「あいよ」ウォリックは答えると、廊下に出てブラスの横にならんだ。「いったいなにが？」

苦虫を嚙《か》み潰《つぶ》したような顔でブラスが言った。「例の殺しだよ。バリー・ハイドの仕業だと思いたいがね」


サラはハッと目を覚ました。コンピュータに向かったまま寝入ってしまったらしく、誰もそのことに気づかなかったようだ。サラは真っ直ぐにすわりなおし、顔をしかめた。首を回すと、がちがちに凝っている。変な姿勢で寝た証拠だった。手をうしろに回して首筋を揉《も》み、どんどん力を強くしたが、凝りはいっこうにとれそうもない。立ちあがると、足元がたよりない。ふらふらと廊下に出て、水飲み場へむかった。それから、他のメンバーはいないかと部屋をひとつずつのぞいたが、誰の姿も見当たらない。

だがそれも、DNAラボに入るまでのことだった。痩《や》せぎすで、つんと尖《とが》った髪形のグレッグ・サンダースがいて、顔全体がゆるんだにやけ顔で、受話器を耳に当てている。グレッグが目を丸くした。

「わお、その場でそんなことするつもり？」グレッグが言った。「きみって……ほんとにいけない女の子だね」

サラは咳払《せきばら》いをして、にっこりほほえんだ。弾《はじ》かれたようにふり向いたグレッグに、軽く手を振ってみせた。

にやけ顔がひっくりかえった。「ううむ、ええと、つづきはまたにしよう。もう行かなくちゃ」それ以上なにも言わず、グレッグは電話を切った。

「とっても親密で、意義深い間柄ってわけ？」

「よしてくれよ。きみが考えてるほどエッチな電話じゃないんだぜ」

「いいえグレッグ、まちがいないわね。ところでみんなはどこへ行ったの？」

グレッグが肩をすくめる。「キャサリンとニックは殺人現場へ行ってる。主任も後から行ったみたいだ。それから、ウォリックはブラス警部といっしょに出て行った。どこかは知らないよ」

サラは一気に目が醒《さ》めた。「殺人現場？」

グレッグが両手をあげた。「くわしいことは知らないよ」

サラは空のスツールに腰かけた。「なんのことなら知ってるの？」

グレッグは椅子にすわったまま、車輪を転がして別のワークステーションの前に移った。

「煙草の吸い殻。ミイラの発見現場からキャサリンが拾ってきたやつ。あれは古すぎたよ。分解も進みすぎていて、有効なDNAは採取できなかった」

「オーケイ。それは悪い知らせね——いい知らせはないの？」

「どうしてもって言うのなら、もう一本の吸い殻はどうだい？　証拠品の箱に入っていた吸い殻だよ。あれも古いことは古いけど、何年も前に誰かが袋に入れたようだね」

「聞かせてちょうだい」

「ミイラの血液とも……奥さんのDNAとも、あの吸い殻のは一致しなかった」話に熱がこもってきて、グレッグは屈託のないいつもの笑顔を向けてくると、書類フォルダから一枚の紙をとりだした。「ちょっと見てよ」

スツールをごろごろ転がしてサラはグレッグの脇にならんだ。「DNAテストの結果だわね」

サラは読みながら、満足げに言った。「つまり、吸い殻は犯人のものってこと？」

「おいおい。おれはただの内勤なんだぜ。誰のDNAかなんて分かりっこないさ。ただ——ミイラのでも奥さんのでもないってだけだよ」

「主任は知ってるの？　他のみんなは？」

「いいや、知らない」グレッグは首を振った。「誰にも話す機会がなかった」

「そりゃそうよ。あなたは忙しかったんだもの——電話をかけるのでね」

「おいおい。ちょっと息抜きしただけじゃないか。誰だってやってるだろ？」

サラは前かがみになり、とびきり優しげにほほえんだ。「グレッグ——ちょっといじめてみただけよ。聞こえてきたあなたの声がとっても楽しそうだったから……それはとにかく、わたしがみんなに伝えるわ。じきにあなたは人気者よ」

グレッグは肩をすくめてほほえんだ。「いいね。人気者になれるとはうれしいものだ」

「そのようね」

サラは部屋から出て行った。

ウォリックは明かりを消した車の中で、ブラス警部とならんで座席にすわっていた。覆面パトカーのトーラスは、フレッシュポンド・コートとダッケリー・プレイスがぶつかる交差点のわきに停めてあった。ここからなら、ハイドの家も、ゴルフ場のグリーンのような前庭もよく見わたせる。トーラスのウインドウは左右ともおろされ、心地よい夜の涼気が入りこんでくる。月は大きく欠けており、暗い夜だった。パトカーはイースタン・アベニュー、サウスペコス・ロード、カナーシー・コートにも配置され、ハイドが徒歩でこっそり帰ってきた場合にそなえて、宅地の両サイドや裏側を監視していた。

ハイドの家は暗くひっそりとして、まるで邸宅形の霊廟《れいびょう》のようだ。しかし近所の家からは、日常生活の気配が伝わってくる。照明を落とした部屋の薄いカーテンごしに、テレビのほの青い画面がかすかに見てとれ、煌々《こうこう》と明かりの灯《とも》った部屋では、時々誰かが窓のそばを横切った。どこからか、やけにボリュームをあげたステレオの音が聞こえてくるし、ハイド邸から何軒か離れた家では、車庫を開け放ったまま、カワサキのオートバイのエンジンを調整している男さえいた。まもなく午後十時になろうかという時刻に、しきりにアクセルをふかしているのだ。

「ハイドは本当にデュースだと思いますか？」ウォリックがたずねた。

ブラスは肩をすくめた。

「もしそうだとしたら、やつは帰ってくると思いますか？　誰かを殺したその足で」

トーラスの暗い車内で、ブラスは値踏みするような目をウォリックに据えた。「いいか、ブラウン。考えすぎないほうがいい時もあるんだ。ただじっと待ち、起きたことに対処する。やつは帰ってくるのなら、帰ってくるんだ。くだらんことを深読みしすぎちゃいかん。放っておいても、敵はいずれ動く。その時に、捕まえればいいんだ」

たしかにブラスの言うとおりだ。しかしウォリックは、気分がよくなかった。

ふたりは長いこと、ものも言わずにシートにかけていた。どのくらいたったのか、ウォリックにも分からなくなってきた。二、三回、うたたねをしてしまったかもしれない。張り込みとは退屈なものだ。たとえ危険が水面下にひそんでいるような時でも。ウォリックは、刑事でなくてよかったと思った。オートバイの整備をしていた住民はもう飽きたのか、それとも苦情の電話がかかってきたのか、カワサキをいじるのを止め、ガレージのシャッターをおろしていた。ひとつまたひとつと、通りに面した窓の明かりが消えていく。

「おれたちに感づいたのか」ウォリックが言った。「それとも、パトカーに気づいたか」

ブラスが肩をすくめる。「驚くには当たらないな。用心深くなかったら、殺し屋稼業でこんなに長くは生きのびられないさ。だが、われわれは見られてはいないはずだ——ここに車をつけてから、一台の車も通っていないだろう」

その瞬間、一台の車がサウスペコス・ロードの角を曲がって走ってきた。ヘッドライトに目がくらみそうになり、ふたりはシートのなかで腰を沈めた。その車——黒い大型のSUV——はブレーキをかけ、トーラスのほとんど真横にぴったり停まった。

「グリッソム」少しいらついた口調で、ブラスが言った。

黒いタホはふたりの車の横で静かにアイドリングしている。グリッソムが運転席のウインドウをさげた。「なにかありましたか？」

「なにも」ブラスが答えた。「家は真っ暗で物音もしない。われわれが着いてからずっとだ」

「わかりました。ところで警部、署に戻ったら、ロス市警が撮った事情聴取のビデオを見たほうがいいです——ジョイ・ペティは、マージ・コスティチェクがデュースを雇ったことを認めたんです」

ブラスが強く息を吐きだした。「なんてこった……つまりあの婆さんは、デュースにとっては古いやり残しの仕事だったってことか。今ごろになってようやく仕上げたわけだ」

グリッソムはそれには答えず、言葉を継いだ。「いまから研究所に戻ります。ウォリック……」

ブラスが口に指をあててグリッソムを黙らせた。そしてハイドの家を指さす。ちょうど、リビングに照明が灯ったところだった。グリッソムはタホをゆっくりと進め、離れた縁石に乗りあげさせると、歩いてトーラスに戻ってきて、そっと、後部座席にもぐりこんだ。

無線機が跳ねあがってブラスの手に飛びこんだかに見えた。「たった今、屋内に明かりが灯った」

すぐに応答がかえってきた。誰ひとり、なにも目撃してはいないと。

「ちくしょう」ブラスはそう言うと、ため息をついた。「分かったよ。わたしが出て行って窓からのぞくさ。きみたちはここで待っていてくれ」

「とんでもない」グリッソムが口をはさんだ。「ひとりでは行かせませんよ」

な」

「全員が顔を見せるのはよくないぞ」ブラスが言う。「タイマーで点《つ》いただけかもしれないし
「ですが」ウォリックが付け加えた。「ハイドはもしかするとプロの殺し屋で、今日も一件殺しをやり、過去にも四十人内外を殺しているかもしれない――っていうのが今分かってることです。それでもほんとにひとりで行く気なんですか？」

ブラスがウォリックをにらみつける。「仕事のやり方を指図しようっていうのか？」

くたびれきったように、ウォリックは長々と息を吐きだした。「いいえ。ただ訊《き》いただけです。ほんとうにひとりで行くつもりですか？」

ブラスはしばらく考えてから、ようやく口をひらいた。「分かったよ。ひとり来てくれるか」

ウォリックはグリッソムの機先を制して、ドアをあけて飛びだした。ふたりは用心深く通りをすすみ、交差点の角にひとつだけある街灯が背後から円形に投げかけてくる明かりを避けるようにしながら、ハイド家の前庭を横断した。ウォリックは、ずっと背の低いブラスから一定の距離を保ち、背をかがめて後につづく。前庭を突っ切ると、ガレージの壁に張りついてしゃがみこんだ。

「きみはガレージの裏手までていいぞ」ブラスは小声で言うと、その場所を指で示した。

「警部はどうするんです？」

「わたしは裏庭を回りこんで建物の反対側へ出る。それから、リビングの窓をのぞけないかやってみるよ」

ウォリックがうなずいた。「ガレージの裏手までおともします。警部が反対側に回ったら、

おれも家の前面に戻ってきます」

「オーケイ」ブラスは答えると、リボルバーを尻《しり》のホルスターから抜いた。ゆっくりとガレージの裏手へ向かうブラスのうしろを、ウォリックは拳銃《けんじゆう》を片手に、警部の影法師であるかのようにそろそろと歩く。街灯の届かない角までくると、ブラスはウォリックに手の平をむけて制止し、慎重な足どりで角を曲がった。ウォリックはそこに陣取り、広大な裏庭を歩いて行くブラスを見守った。裏庭を中ほどまで進んだところで、高い位置に据えられた感応式のライトが点き、ブラスをスポットライトの中心にとらえた――。

ウォリックは足を踏ん張って腰を落とし、射撃姿勢をとった。銃口を、八角形の広いデッキの上にある裏口のドアに据える。ブラスは最初は凍りついたが、ヘッドライトに捕らえられた鹿同然の瞬間がすぎると、右に体を投げだして地面を転がり、立ちあがると建物の逆側の暗闇めがけて走りだした。

いつでも撃つつもりで、ウォリックは標的の姿を探したが、見つからない。だが、落胆はしなかった。ブラスはいま、建物の反対側を進んでいるはずだ。そして正面に出たときには、ウォリックが建物の反対端にいて援護してくれるものと期待しているのだ。

ウォリックはきびすをかえし、家の前面へと駆けだした。ガレージ前面に戻り、シャッターにへばりつくようにはしまで進む。そして建物の角から首をだすが、誰もいない。不安が湧いてくる。ブラスの身になにかあったのではないか。動転するウォリックの目に、建物の反対端の植え込みからブラスがそっと顔をだしたのが映る。ブラスが室内をのぞこうとじりじり進むのを見つめながらも、早鐘のようになったウォリックの鼓動はほんの少しゆっくりになっただけだった。

　ウォリックが息を凝らして見つめるなか、ブラスは窓の下へとにじり寄り、窓枠から顔をだしてのぞきこんだ。何事もなく事を終えられそうだと思えてきたとき、ウォリックは何者かの手が肩に置かれるのを感じた。飛びあがってふりかえり、拳銃の銃口をあげる。

　グリッソムが無表情な顔で見つめていた。「マジかよ……主任」アドレナリンが体じゅうを駆けめぐるなか、ウォリックはどうにか声だけは抑え、囁《ささや》き声の範疇《はんちゅう》にとどめた。ふたたび家の正面を向くと、ブラスの姿が見えない。警部はどこへ行ったんだ――ふたたびパニックに襲われる。角から首を大きく突きだす決心がなかなかできないでいると、建物の裏側を逆回りしてきたブラスが鼻先三インチのところにいきなり現れたので、ウォリックはまた飛びあがった。まったくもう！

「ハイドは帰宅していない」ブラスが声を抑えたまま言う。が、もう囁き声ではなくなっていた。

「いないんだ」ウォリックはオウム返しに言った。くそ野郎をとり逃がしたのは残念だったが、それと同じくらいほっとしていたのもたしかだった。

　ブラスの話はつづいていた。「照明はタイマーで点いたんだ。リビングにハイドがいる形跡はなかったし、他の照明は消えたままだ」

　ウォリックはグリッソムのほうにくるりと身を向けた。「それで、主任はなんだってここにいるんです？」

「こそ泥がいると近所の人が通報したんだ。ヘンダーソン市警がやってくる――サイレンは鳴らさずに」

グリッソムがそう言うか否かのうちに、三台のパトカーが交差点を曲がってきた。赤色灯が夜の闇をサイケデリックな色に染め、スポットライトが三人を照射する。それでもサイレンは鳴らしていない――近所迷惑を考えてのことだ。

警官たちが次々におりてきて、パトカーのドアを盾に、拳銃の銃口をブラスとウォリックに向けた。

「銃を捨てろ」警官のひとりが命令すると、他のひとりかふたりが同じようなことを叫んできた。

ウォリックとブラスは用心深くひざまずくと、それぞれの銃を地面に置いた。

「まだ覆面は脱がないんですか?」グリッソムが言った。

ブラスがヘンダーソン市警察の面々に事情を説明するあいだ、ウォリックとグリッソムは立ったまま、ハイドの豪壮な、そしておそらくは無人の家を眺めわたした。

「やつのせいでおれたちは道化役かよ」ウォリックがこぼした。

グリッソムはすぐには答えず、しばらくしてから言った。「ここがすんだら、レンタルビデオ店に寄ってみよう」

「ハイドがいるかもしれないしね」

「いるかもしれん」

ブラスが頭をふりふり歩いてきた。「あいつら、ぷりぷりしてたよ」

「発破注意とでも、来る前に言っときゃよかったんですよ」

「横の連絡がうまく行ってるとは言いがたいな」ブラスも認めると、赤色灯を消したパトカーのまわりを不機嫌な顔つきで歩き回っている制服警官たちを見やった。「彼らはこうも言ってたぞ。バリー・ハイド氏はヘンダーソン市に越してきて以来模範的な市民で……今後、この健全なヘンダーソン市で捜査活動がしたいのだったら、まずは市警の許可をとれとね」

「そうまで言ったんですか？」とグリッソム。

「ちょっと意訳した。でもまあそういうことだ。さあ、帰るか」

ウォリックが言った。「主任は帰り道にAトゥZビデオに寄りたいみたいだけど」

「おいおい、勘弁してくれよ」とブラス。

「なんだか、ビデオが借りたいような気分でしてね」グリッソムが言った。

ブラスはかえす言葉を探しあぐねているようだった。ようやくのことでこう言った。「なあ、ウォリック。きみのボスがこの事件を片付けた後で、きみとわたしはふたりで職探しをするはめになるかもしれないんだぞ」

「ヘンダーソン市警が雇ってくれるんじゃないスかね。働くにはなかなかいい町に見えてきましたよ。でもまあ、その前に、さくっとビデオを漁《あさ》るってのはどうです？」

ブラスはふたたび首をふった。「仕方ない、そうするか。停職中の暇つぶし用のビデオが見つかるかもしれないしな」

16

夜番の勤務時間が実際にはじまったころ――すでに四時間以上前から働いているばかりか、銃撃をうけ、とりわけ不愉快な現場の検証までしたというのに――キャサリン・ウィロウズは体じゅうに元気をみなぎらせて、DNAラボへとわき目もふらずに歩いて行った。背後から、サラの呼ぶ声がする。「ねえ、ちょっと待ってよ!」

歩調をゆるめてふり向くと、サラがプリントアウトされた紙を手に駆け寄ってきた。「DNAラボに行くんだったら、わたしから教えてあげられることがあるわ」

ふたりならんで歩きながら、サラは紙を手わたしてきた。「わたしからわたすってグレッグには言ってあるから。フォルトゥナート家の証拠品をDNAテストした結果よ」

キャサリンは受けとりはしたが、反対にたずねた。「なにか分かったの?」

「血痕《けっこん》はミイラのものよ。それと、フォルトゥナート家の裏庭で十五年前に見つかった吸い殻に含まれていたDNAは、亡くなった夫とも、存命中の妻とも一致しないわ」

キャサリンはいたずらっぽく笑ってみせた。「デュースの可能性ありね」

サラは、口元をつりあげてすきっ歯をのぞかせる、例の可愛らしい笑顔をさっとうかべた。「可能性大よ。ねえ、だったらもう用件はすんだでしょ。なんでDNAラボに行かなきゃならないの?」

「別の用事で行くからよ」

キャサリンは手早く説明した。多少話が前後したが、マージ・コスティチェクが殺されたこと、犯人はデュースと思われること、ニックと自分が危ない目に遭ったことなどを伝えた。そしてジョイ・ペティの身の上や、ミイラを殺した人物をコスティチェクが雇っていたことなど、サラが耳にしていなかった情報を語り聞かせた。

早足でとなりを歩いていたサラが口をはさんだ。「フォルトゥナートを殺したのはギャングだと思っていたのに」

「誰だって思ってたわよ」キャサリンは苦笑いした。「推測でものを言うなってのが主任の口癖だけど、みんなして餌に釣られちゃったわけよね。あのお婆さんを殺させてしまったのも、きっとそのせいね」

「つまり、あなたはすでに、コスティチェク殺害現場で採取した証拠をグレッグにわたしてきたってこと……？」

「ええ。その証拠が、大昔の吸い殻に残ってたDNAと結びつくことになるでしょうよ——今日の夕方にわたしは犯人を追いかけた。そのろくでなしが金網フェンスで切り傷をこしらえたってわけ」

サラが、牛乳《ガット・ミルク》の宣伝の口まねをする。「血をとったの？《ガット・ブラッド》」

「そんなとこよ」キャサリンは大股《おおまた》にラボに入って行った。すぐ後にサラがつづく。

グレッグ・サンダースは椅子から飛びあがらんばかりだった。「もう！　あんたたちはノックってものを知らないのかい？」

キャサリンはグレッグの机の上に上体をかがめた。「さっき置いてった殺害現場のやつはどうなった？　大至急やるって言ったわよね？」

「これからやりますよ」

キャサリンは相手をまじまじと見つめ、それから言った。「そろそろ、『大至急』という言葉の定義を考える頃合じゃないかしら」

ふだんはにこやかな研究室の虫が、女ふたりをにらみつけてきた。「そりゃあとうに遅れてるよ。手をつけられるのは月曜になってからかもしれない。でもいいですか、この何日間か、こなしきれない量の仕事がどんどん来てるんだ——昼番のやつらですよ。殺人が二件に、強姦《ごうかん》が一件、それから……」

「昼番？」キャサリンが言った。「あなたまさか、昼番を優先してるとでも？」

グレッグは片眉《かたまゆ》を吊《つ》りあげ、口のはしをゆがめて意地悪く笑った。「あんた、コンラッド・エクリーに尻《しり》をつつかれたことありますか？」

「あなたの性生活なんか興味ないわよ、グレッグ」

グレッグは顕微鏡の上に身をかがめた。「おもしろい。でも笑うのは来週にしますよ。時間ができてからにね」

ドアの近くにもたれていたサラが口をはさんだ。「時間っていうならさ、ねえキャサリン、こうしてDNA鑑定を待つ間に、地域一帯の通話記録を調べるってのはどうかしら……とくに私用電話を」

グレッグがすかさず目をあげた。

「ほら」サラは肩をすくめた。「わたしたち責任ある公僕が、納税者のためにきちんと働いているか確かめるのは大切なことでしょ」

グレッグは童顔のあごを、ひげが生えたかのようにさかんにしごいた。「こんなに仕事熱心なふたりの公僕のためなら、他を後回しにできるかもしれないな」

「ありがとう、グレッグ――あなたって最高ね」


タホとトーラスはショッピングモールの駐車場に乗り入れると、レンタルビデオ店の前ですべるように停まった。ウォリックがタホの高い運転席から地上におり立ち、ブラスは、グリッソムの運転するトーラスの助手席からおりた。CSI主任のグリッソムは深々と息を吸い、おなじく長々と吐きだしてから――車をおり、歩道を歩くふたりに追いついた。

いつもは沈着なウォリックが、神経質になっているようにグリッソムには思えた。ひょろっとした青年は、跳ねるように歩きながら、店のショーウインドウをちらちら見ている。そしてようやく、口をひらいた。「今夜のレジ係はたぶんサファイアだよね。ってことは、副店長はロニー、おれたちを知らないやつらだ。主任――どんな筋書きでいきましょうか？」

グリッソムの決心はすばやかった。「ジムとわたしはまっすぐ奥の部屋へ行く。おまえはここにいてレジ係を見張っていてくれ」

「了解」ウォリックはうなずいた。

「グリッソム」ブラス警部の顔には懸念が刻まれていた。「まあ聞け。こんなことをするのはまずいぞ。わしらにはまだ分からない何かが進行中だ。闇雲に手を突っこむのが賢明な方法だと思うのか？　手首を切り落とされるかも知れないんだぞ」

「ハイドはどこかにいるはずです」グリッソムは答えた。「自宅にはいない。そして、仕事場はここ。これ以外にどこをあたれと言うんです?」

相手の返事を待とうともせず、グリッソムはガラスのドアを押してなかへ入っていった。

「いらっしゃいませ」レジカウンターから明るい声がかかった。

明るく照明のあてられたビデオの棚や映画のポスターのほうへ歩み寄りながら、グリッソムは言った。「見ているだけだよ」そしてどんどん店の奥のほうへ入っていった。ブラスがぴったり後ろ——たぶん二歩ほど後ろについて来ているのを感じながら。

数秒するとウォリックがふらりと入ってきて、まっすぐレジカウンターに向かって行った。「やあ」大きな声で話しかける。「景気はどうだい?」

「おかげさまで」

「『刑事グラハム／凍りついた欲望』のディレクターズカット版はあるかい?」

ウォリックがレジ係としゃべっているとき、ブラスはグリッソムに話しかけた。「いつもは証拠、証拠って言うじゃないか。こんなところで法廷にだせる証拠があるっていうのか?」

グリッソムはその声を無視して、《関係者以外立ち入り禁止》という札がかかったスイングドアを押し開けた。足を踏み入れた直後、なかにいた人物に行く手をさえぎられた。若い男だ。ふたりが前回ここで会った男とたいしてちがわない年まわりだ。

「おい! 字が読めないのか?」

若い男が《関係者以外立ち入り禁止》の文字を指さすと、グリッソムは一歩さがって男を値踏みするように眺めた。胸に《AトゥZ》と刺繍《ししゅう》がしてある青いポロシャツを着た男は、がっしりした体つきで、髪は濃い茶色、青白い顔の落ち窪《くぼ》んだ目もまた濃い茶色だった。

「ここに入られちゃ困るよ！」

若い男は大声で言った。まるでグリッソムとブラス以外の人間に聞かせようとしているようだ。

グリッソムは相手の鼻と自分の鼻がくっつきそうなほどに身を乗りだした。

「おまえの上司に会いにきた。バリー・ハイドはどこだ」

「あ、うう……」

オフィスの奥から声がした。「わたしがバリー・ハイドだ！　ロニー、その方たちを入れてさしあげろ」

ロニーは震えあがって道をあけた。グリッソムは小さなオフィスに足を踏み入れた。ブラス警部がむっつりとあとにつづいた。

右手のデスクから男が立ちあがった。一メートル八十五はありそうな細身の男だ。デスクには店内を四方向からとらえたカメラモニターがあり、レジ係とおしゃべりするウォリックも映っていた。細身といっても着痩《きや》せして見えるためで、実際には筋骨たくましいのだろう。名札をつけていないその男は黒いポロシャツに黒いジーンズという服装で、グリッソムは自分と似たような服装じゃないか、と思った。男は五十代くらいに見えたが、それでも若々しかった。

そして右手には大きなガーゼをあてて包帯を巻いていた。

「わたしはギル・グリッソム。ラスベガス……」

「あなたはいつもこんなふうに他人の家にずかずかと入ってくるのですか、グリッソムさん」

ハイドが言った。口調はおだやかだが険のある言い方だ。

「ラスベガス市警察科学捜査班です」グリッソムは言いかけたことを最後まで言った。「こちらはブラス警部。少しお話をうかがいたいのですが」

「きちんとノックすべきでした」ブラスは口のなかでもごもごと言った。「申し訳ない」

「分かってくだされぱいいんです」ハイドは言った。「法を守るためにはよろこんでご協力します。ただ、身分証明書の提示をおねがいしたいのですが、ご理解いただけますね」

「もちろんです」ブラスは言い、グリッソムもブラスとともにその言葉にしたがった。

ハイドはブラスのバッジとグリッソムの写真付きIDを必要以上に長いあいだ見ていた。グリッソムは考えた。口元に作り笑いがひそんでいる。この男はわれわれを恐れてはいないんだ。急に訪ねて来られて動揺もしていない。それどころかこの事態を楽しんでいる！

IDをふたりにかえしながら、ハイドは短くうなずいた。「けっこうでしょう。さて、ご用件はなんでしょうか。念のために申しあげますが、わたしどもが貸しだしているアダルトものは完璧《かんぺき》に合法的なものばかりですよ」

グリッソムはほほえんだ――ほんのわずかだけ。「ハイドさん、右手に包帯を巻いていらっしゃいますね。新しい怪我のようですが、いきさつを説明ねがえますか」

口元はにやりと笑っているものの、額には緊張の色が浮かんだ。

「それがなにか……事件にでも関係があると？」

ブラスが口を開いた。「質問にお答えねがえますか」

作り笑いがほほえみにかわり、粒のそろった小さな歯が見えた。なにやら動物的な印象を与える。そして包帯が名誉のしるしでもあるかのように、その手を前にあげた。「陳列棚ですよ。ロニーと……あなたが先ほど脅した若者ですがね、ロニーといっしょに商品のならべかえをしているときに、棚板で切ったんです」

「傷口を見せてもらえませんか」

「なぜです、あなたは医者ですか」

「ええ、まあ……そうです」

「それはお断りします」ハイドの口調はきっぱりしていたが、冷たい感じではなかった。「今さっき血が止まって、きちんと包帯を巻いたばかりですから。包帯をはずしてあなたにお見せする気にはなれませんね。理由もおっしゃらないし。話になりませんよ」

グリッソムは湧きあがる怒りを必死で抑えた……が顔に出たらしい。ブラスがあいだに割って入り、まったくちがう質問をはじめた。「ハイドさん、今日の夕方ごろはどこにいらっしゃったかお訊《き》きしてもいいですか」

「いいですが、あなたがたももう少し歩み寄ってくださらないと。もしわたしに協力しろというのならね」

グリッソムはきっぱりと言った。「これは殺人事件の捜査なんです」

これでたいていの人間は引きさがるものだが、ハイドはすぐに切りかえしてきた。「だからといって無礼が許されると言うのですか？」

グリッソムは答えなかった。

「ハイドさん、おねがいします」ブラスがおだやかに声をかけた。「今日の夕方ごろ、どちらにいらっしゃいましたか?」

「何時ごろ?」

ブラスは肩をすくめた。「そうですね。五時ごろは?」

「午前? 午後?」ハイドは訊いた。目はグリッソムに据えたまま、頬はさっきの冷笑でまだひきつっている。

「午後です」ブラスはそう言うと、ポケットから小さなノートをとりだした。

「ああ、なんだ」今度はハイドが肩をすくめた。「ずっと店にいましたから」

「五時からずっと?」

「もっと前からいましたよ——四時ごろから」

彼らがさっきビデオ店に来たのは午後の三時か四時だった。すれちがいだったのか?

「それを証明できる人物は?」ブラスは何気なく訊いた。

「ロニーとサファイアです。ふたりとも今日は四時に出勤してきましたから」

「それじゃあ早くありませんか?」グリッソムが訊いた。「つまり、開店は十時で、それから真夜中まで営業していますね。シフトの交代はちょうど真ん中の時間ではないのですか」

相手のあばた顔がにっこりした。うわべだけのとりつくろいに不快な感情が湧き起こる。

「そう思われるのももっともですね。だがパトリックとスーは今日、予定があったのです。あのふたりはなんというか……あまり望ましいことではありませんが、職場恋愛をしていまして。よくあることですし、わたしも石頭の上司と思われたくはないので」

ヤク中のパトリックは、たしかにハイドをよく言っていた。だがグリッソムはもうひとりの副店長のことは口にださなかった。ウォリックがパトリックに黙っていろと約束させている。あるいはハイドはすでに監視テープを見ているか？　殺人者も防犯テープを見ているのか？

ハイドが話をつづけている。「それで恋人たちは一時間早くあがって、サファイアとロニーがその分をカバーするために来たんです」

ブラスが訊いた。「早くあがったふたりの従業員は、今日あなたの姿を見ましたか？」

ハイドは首を振った。「いいえ、彼らは時間どおりにあがりましたし、わたしは少し遅れて入りましたから」

「ふたりの予定についてはご存じで？」

「許可を与えていました。さきほども言ったように若い子たちにとってよい上司になろうと努めていますから」

グリッソムは、いつしかこの嫌味な人物に興味を持ちはじめている自分に気づいた。

もしハイドがデュースなら、今、目の前にいるのは昔から見られる典型的な社会病質者だ。もし警察がこの男を逮捕して、有罪が証明されたら、またとないサンプルとして講義でとりあげることができる。

ブラスが質問している。「食事やなにかで外に出ましたか？　それとも人を使いに行かせたとか？」

「いいえ。さっきも言いましたよ」ブラスを子どもあつかいするような嫌味な口調だ。

ハイドはつづけた。「わたしは夕方ずっとここにいました。従業員に訊いてください。そう答えるでしょう。ああ、ロニーはたしかに外出しました。彼らのためにピザを、わたしにサラダを買ってきたのです。九時ごろだったと思います。三人で食べました」そして片方の眉《まゆ》をあげた。「ピザの箱とサラダの入っていたスタイロフォームの容器が裏の大型ゴミ容器のなかにあるはずです……もし証拠をお探しならば」

グリッソムは、殺人事件の捜査でこれほど鼻持ちならない人物に会ったことはなかった。

ブラスが訊いた。「ロニーがピザを買いに行った店の名は？」

「ゴッドファーザーです……車で少し行かなきゃならないんですが、ロニーのお気に入りなんですよ」

ブラスは生真面目にそれをメモした。

グリッソムは訊いた。「あなたはピザを食べなかったんですか？」

「ええ、ソーセージとサラミのトッピングだったので——わたしはベジタリアンなんです」

「それは健康上の理由からですか、それとも、倫理的なもの？」

「両方です。健康にも気をつけていますし、もちろん残忍な殺戮《さつりく》には絶対反対なので」

よくも抜け抜けと真顔でそんなことが言えたものだとグリッソムは感心した。「乳製品も摂らないのですか？」

「それと殺人の捜査と、どういう関係が？」

グリッソムは肩をすくめた。「ただ疑問に思っただけです。栄養学に興味があるもので。答えていただけますか？」

「いいでしょう。わたしは乳糖《ラクトース》が摂取できないのです。サラダにチーズは入れません。新鮮な野菜だけです。刺激のあるドレッシングは好きですがね」

グリッソムは言った。「どうもありがとう」

ブラスは横目でグリッソムに『おまえもこの男と同じくらいイカレてる』という視線を送っていたが、自分の質問に戻った。「ラスベガスにはじめていらっしゃったのはいつですか？つまり、ここに引っ越してくる前のことですが」

ハイドはちょっと考えた。「六年前です──あれはたしか、ここに引っ越してくる一ヵ月ほど前です。この土地がとても気に入ってしまって。ビデオ店オーナーの総会に出席するために来たのですが、それでここに引っ越してきました」

「それ以前には、ないと？」

「来たことはありません。ギャンブルにも興味はないので。気に入ったのは気候ですよ。砂漠に沈む夕日の美しさとか、そういうものです」

「けっこうです」メモしながらブラスは言った。「マージ・コスティチェクという名の女性をご存じですか？」

返事には迷いがなかった。「いいえ──何かわたしと関係が？」

「フィリップ・ディンゲルマンという名はどうですか？」

「知りません」

「マラキー・フォルトゥナートは？」

「いいえ──申し訳ないが、こんなゲームにいつまでも付きあうのはうんざりですね。その人たちは何者です？なぜわたしが知っているというのです？」

ブラスがほほえんだ。スフィンクスのような謎のほほえみだ。「何者って、殺人事件の被害者ですよ、ハイドさん」

作り笑いから皮肉の色が失《う》せた。目つきが険しくなる。「そしてわたしがその人たちを知っていると言うんですね？」

ブラスは答えた。「それをお訊きしたいのです」

ハイドはかなり頭にきたように見えたが、それも単なるチェスの一手ではないかとグリッソムは考えた。もっといたぶってやろうという魂胆か。

「わたしが、その人たちを殺したというのですね？　よくもとんでもない言いがかりを。話はこれでお終《しま》いです」

「分かりました」ブラスが言った。

しかし、ハイドはつづけた。「わたしは協力に努めました。あなたがたの非礼にもかかわらず。そうやってよき市民たろうとしているわたしを、あなたがたは殺人の罪で告発するというのですか」

よき市民？

「しかも、あろうことか、わたしが所有する施設のなかで」ハイドはドアのところまで歩いて行き、押し開けると、ふたりが出て行くのを待った。

ブラスが歩きだそうとすると、グリッソムはその腕を押さえておだやかに引き止めた。ハイドに向かってグリッソムは言った。「あなたの所有する……施設……のなかで話すほうがあなたにとって気が楽でしょう」

「どこよりも？　警察署より？」

ふたりは黙っていた。

ドアを押さえていた手を離すとハイドはデスクに戻り、腰をおろすと言った。「いいでしょう。話をつづけましょう――だが、わたしを殺人者呼ばわりするなら、少しでもそんな気配が感じられたら、すぐに話を終わりにしてわたしの弁護士に電話をし、名誉毀損《きそん》で訴えます」そして、そばの電話をさし示した。

このオフィスや、奥の部屋を監視する防犯カメラがないことにグリッソムは気づいた。

「さきほどギャンブルの話が出ましたが」ブラスが言った。「あなたはギャンブルをなさらないのですか？」

「とくに興味はないと言っただけです。自由世界じゃないとしたって、国のギャンブル中心地の門口に住んでいるんですよ。ときおり自分の運を試してみることはある」

「ビーチコマー・ホテルに行ったことは？」

鼻持ちならない態度が計算されたものだとしても、その向こう側で何かが変わるのをグリッソムは感じとった。それでもハイドは尻尾《しっぽ》をつかませはしなかった。

彼は言った。「ありますよ。ストリップ地区のほとんどのカジノにときおり行きます。食事をしたり、ショーを観たり、必ずしもギャンブルとはかぎらない。もうここに五年以上住んでいるんですから」

「それについてはまたあとで……」ブラスは言った。「ビーチコマー・ホテルのATMを使ったことはありますか？」

グリッソムはハイドがかすかにたじろぐのを見た。一瞬のことで確信は持てなかったが……。

ハイドは言った。「ないと思いますが」

「確信は持てない？」

「いや……ええ、使ったことはありません」

それまでにないほど狼狽《ろうばい》したハイドの姿だった。

ブラスは言った。「五週間ほど前、あなたがATMを使っているのが防犯テープに映っているんです」

信じられないという苦笑いが薄い唇をゆがめた。「わたしが？　それは考えられないな……」

この言葉は、自分がカジノの防犯カメラを避けていると認めたも同然だった。ハイドはすぐに言い添えた。「わたしはあそこでATMカードを使ったことはない……」

その言葉の余韻が消えると、ハイドはそのまま考えこんでしまった。

「なんですか？」グリッソムは訊《き》いた。

うなずいてハイドは言った。「盗んだ男を見たんでしょう」

ブラスはよく聞こえなかったとばかりに耳をそばだてた。「なんですって？」

「テープですよ、カジノの防犯テープ。それはわたしのATMカードを盗んだ人物です」

ブラスはため息をついた。「誰かがあなたのATMカードを盗んだとおっしゃりたいのですか？」

ハイドはうなずいた。「そう。五月一日ごろです」

「その盗難を届け出たのはいつですか？」

「たった今です。残念ながら」きまりわる気に頭を振りながら言った。「盗まれた直後に仕事で町を出なければならなくなって、そのまま忘れてしまった」

グリッソムが言った。「ATMカードが盗まれたことを忘れてしまった？」

ハイドの返事を待たずにブラスが訊いた。「盗まれたときの状況は？」

「分からない」

グリッソムは、また不愉快な感情に襲われた。われわれをどこまで侮辱すれば気がすむのだ。

「分からないのですか」グリッソムは言った。

ハイドは肩をすくめた。「ある日使おうとしたら……財布のなかを見たら……なかったんだ」

「それでは失くしたのですね」ブラスが言った。自分自身は自制心を失くさないようにと努力しているのがありありと分かる。「ハイドさん、それは盗難とは呼びません」

ハイドはあからさまな軽蔑《けいべつ》の態度を示した。「わたしは見つけられなかった。銀行もカードを入手したと連絡してきたことはない。ということは盗まれたということでしょう……使ったときに機械に残してきてしまったんだろう。そして誰かがそのまま持っていった」

今度はグリッソムが、したり顔になった。「その男はどうやって暗証番号を知ったんでしょうね」

ハイドの笑みはますます慇懃《いんぎん》無礼さを増していた。「カードの裏に番号を書いておいたんです。サインするところの隅にね。どうも記憶力がよくなくて」

ブラスは言った。「今夜は記憶力がよいように見受けられますがね」

「番号とか名前とか、そういうことになると、まったくだめなんです。だから暗証番号をカードに書いた。自分の社会保障番号だっていまだに覚えられないんですから」

それは番号をいくつも持っているからじゃないのか。

「では、カードの紛失を届け出るのは忘れた」ブラスは言った。

「ええ、そうです。わたしとしたことが」ハイドは両手を首の後ろにあてると、ひじを張り、ふんぞりかえった。あきらかに楽しんでいる。

ブラスがメモ帳のページをめくった。「それでは、あなたが五年前にここに越して来る以前のことについてうかがいます」

「どうぞ」

「ヘンダーソンの前は、どちらにお住まいでしたか?」

「いろいろなところに」

「たとえば?」

「フロリダ州コーラルゲーブルズ……ミネソタ州ロチェスター……アイダホ州モスコー。昔々はインディアナ州のアンゴラに住んでいたこともある」

「アイダホについてうかがいます。住んでいたのはいつごろですか?」

「大学のときです。何年前か、認めたくもないくらい前でね」

この男が認めたくないことは、さぞたくさんあるだろう。

ブラスが質問した。「アイダホ大学に通っていましたね?」

ハイドがうなずいた。「英文学で学位をとりました」頭の後ろから手をはずし、ポスターを示した。「今はこっちの道に入ってしまいましたが」

「なかなかたいしたものです」ブラスが感想を述べた。

「教育は……」グリッソムが言った。「けっこうなものである」

「しかし、いつも忘れてはならない」ハイドが犯罪学者のあとをつづけた。「知る価値のあるものは、すべて教えられないものだということを」

「オスカー・ワイルドです」グリッソムはハイドと小さな笑みをかわした。

「教育と言えば」ブラスにはなんの感動ももたらさなかった。「アイダホ大学にあなたの記録がないのはなぜでしょうな」

ハイドは驚いたふうだった。「分かりません。学校がわたしの記録を失くしたのでしょうか。なんといっても、だいぶ昔のことですから。ああいった組織ではコンピュータを導入するときに……うん、単純な入力ミスで漏れてしまったのかもしれない」

ブラスが訊いた。「当時のあなたを知る大学関係者で、われわれがお話をうかがえる人はいませんか」

「本気ですか？　大学の友人で？」

「ええ――ではそのご友人から」

「分かりません。卒業以来帰っていませんから。信じられないかもしれませんが、わたしは恐ろしく人見知りするタイプで、人付き合いが苦手だったので」

「では教授陣では？」

ハイドは少しのあいだ考えていた。「今でもいらっしゃるかどうか分かりませんが、英文学科のクリストファー・グローヴス先生とアレン・ブリッジス先生は、わたしのことを覚えているでしょう」

決めつけるわけにはいかないが、この教授たちはすでに亡くなっているんだろうとグリッソムは踏んだ。

ブラスは名前を書きとめながらグリッソムをちらっと見た。「グリッソム、きみからは何かあるか？」

「二、三、質問があります」グリッソムは静かに言った。「軍に入隊していたことはありますか？」

「ええ、合衆国陸軍に。なぜです？」

「どちらの部隊に配属されていたのですか？」

一瞬の迷いもなく、ハイドは答えた。「ノースカロライナ州のフォートブラッグ陸軍軍事教練センターで基本訓練を、テキサス州フォートフッドで情報伝達に関する高等訓練を、さらにドイツのアンスバハで九カ月間勤務しました」

「それは不思議だ」グリッソムは言った。「主治医の記録によると、あなたは国外に出たことはないはずです」

ハイドは目を細くした。「あなたはそうやって、まっとうな市民のプライバシーに探りを入れることを習性としているのですか、グリッソムさん」

「まっとうな市民ではないでしょう。とんでもない」

作り笑いが冷笑にかわった。「もしそうであれば、同姓同名の別人の記録を探し当ててしまったのでしょう」ハイドは腕時計――ロレックスだ――をちらっと見て言った。「さてみなさん、わたしはこれで失礼いたします。お話しできたことはねがってもないほどに興味深いものでしたが、もう終了の時間です。この話も、わたしの店も」

ハイドは立ちあがるとドアを開いて支え、一同は店内へ移動した。ハイドはそのまま無言でブラスたちを正面玄関ドアまで案内した。ウォリックの姿はすでになく、レジ係はレジを閉めていた。ハイドは正面のドアも開いて支えた。うなずきながらほほえんでいた。

グリッソムはハイドに向かって言った。「いずれまた。ハイドさん」

ハイドは笑った――一度だけ。はっきりとはしない何かを含んでいる。「それはどうでしょうか、グリッソムさん」ハイドは店内に戻るとドアをロックした。ハイドがサファイアからレジの引き出しを受けとって店の奥へ消えるのを、ふたりは見守った。

「あれはどういう意味だ？」ブラスが訊いた。「あいつは逃亡を考えているということか？」

「かもしれません」

「いけすかないげす野郎め」

ウォリックはすでにタホの運転席にすわっていた。「追いだされました」ウォリックは言った。「何か収穫は？」

「愛想がよかったとはとても言えない」と、グリッソム。

ブラスはふんと鼻を鳴らした。「そりゃずいぶん寛大な意見だな。ブラウン、おまえはどうだった？」

「おふたりが奥に入るとすぐに、自分のIDをとりだして、サファイアとロニーに見せました。彼らは協力的でしたよ。ハイドは四時すぎからずっと店にいたと言っています。もちろん、ロニーは九時ごろピザを買いに出て、そのときハイドは奥のオフィスでひとりでした。サファイアはレジから動けませんでしたから。ロニーが戻ってくると、みんなでそのテイクアウト・ピザを食べて——それで全部です」

「厳密に言えば」グリッソムが言った。「ハイドが食べたのはサラダだ。チーズ抜き、野菜だけの……。これが事件解決の手がかりになるかもしれないぞ」

「なに？」ブラスが目をぱちくりさせた。

ピンときたウォリックは、にやにやしている。「まったく、ハイドがサラミのピザを食べていたら、残念な結果になるところでしたね」

ブラスには見当がつかなかった。「おまえたち、いったい何の話だ？」

ウォリックは声をあげて笑うと言った。「サラダには動物由来DNAが含まれていなかったということですよ」

「大型ゴミ容器の前で待ってるぞ」グリッソムはウォリックに言い残すと建物の裏手に向かって歩いていった。

17

グリッソムは、レイアウト室で犯罪現場のさまざまな写真をならべていた。大きな掲示板をふたつとなりあわせにして、ミイラの写真を左に、ディンゲルマン事件の写真を右に、貼りだした。みんなを集めるようにとニックに言いわたしてあった。キャサリンが、自動販売機のデニッシュを片手にコーヒーをすすりながらテーブルのひとつについている。ニックもすでに戻り、キャサリンのとなりでダイエットコークをすすっている。電源の入っていないコンピュータの暗いモニター画面が、周辺機器に囲まれながら非難するようにこちらを見つめている。そろそろこれらの事件にけりをつけたらどうだと言っているようだ。

そうしたい気持ちはグリッソムも同じだ。

ウォリックが倒れこむように入ってきた。片手にコーヒーを持ち、もう片方の手で顔をこすっている。その手がぱたりと落ちると、疲れきって腫《は》れぼったいふたつの目が現れた。充血して疲労のたまった目だ。「で、主任——今度は何ですか？」

同じように疲れきったサラが、ウォリックのすぐうしろから転がりこむように入ってきた。五百ミリ・パックのオレンジ・ジュースと、クリームチーズをはさんだベーグル半分を手にしている。

グリッソムは、万が一聞きのがしている者のために、現在分かっている情報をすべて再確認した。そのあとでニックが最初の疑問を口にした。

ニックは言った。「それでは——マージ・コスティチェクはデュースを雇ってマラキー・フォルトゥナートを消させた。その理由は、今はあきらかだ。おれたちのなかの少々トロいメンバーですら知っている……」

「そんなに自分を責めることないわ」サラが言った。

ニックは彼女に向かってにっこりした。が、次の質問をグリッソムに向かってぶつけたときには、その笑みも消えていた。「しかし、弁護士ディンゲルマンを殺した理由はなんだろう？」

「なぜならば」グリッソムは答えた。「ハイドが彼に気がついたからだ」

「なんですって?」と、ニック。

「カジノのテープを調べてみれば分かるけど、明白なボディ・ランゲージが見てとれるんだ。ディンゲルマンはポーカー・マシンの男を知っていた。そしてポーカー・マシンの男はディンゲルマンを知っていた」

「契約による殺しではないということね」キャサリンが言った。「もっと自発的なものね」

「いやいや、それはちがうでしょう」ニックは苦笑いに否定の意味をこめて首を振った。「サイレンサー付きオートマチックで首の後ろに二発だよ? デュースは雇われ殺し屋だ。金のために人を殺すんだ」

「それは彼が人を殺す理由のひとつにすぎない」グリッソムは辛抱強く言った。「では、マージ・コスティチェクを殺したのはなぜか?」

サラが肩をすくめた。「どんな動物だって、追い詰められれば自分を守ろうとするってこと」

「そのとおり」グリッソムは彼女に向かって人差し指を立てた。「さあ、パズルのピースを組み合わせてみよう。われわれの前にいるのはかなり明白なサインを残していく雇われ殺し屋だ」

みんながうなずく。

グリッソムはさらにつづけた。「そのサインはこの五年以上見られなかった」

「そうです」ウォリックが言った。「やつがヘンダーソンに越して来てからは」

「足を洗ったってこと?」サラが訊《き》いた。

ニックはふたたび首を振った。「それではしょっちゅう出歩くことが説明できない」

「その点は今は考えに入れずにおこう」グリッソムが言った。「出歩いているにしろそうでないにしろ、やつは五年前、新しい生活のためにここへやって来た——新しい名で人生をはじめるために。ウォリックとサラが暴いた巧妙に偽装された経歴は、その事実を裏付けている」

「そしてフィリップ・ディンゲルマン」キャサリンが言った。「彼は昔の人生の一部だった……自分が切り捨てたと思っていたギャングたちとのつながりというか、そんなところね」

グリッソムはにっこりした。「そのとおり。五年のあいだハイドはヘンダーソンで静かに暮らしていた。ビデオ店を経営し、商売がうまくいっていないのはあきらかだ。唯一の気晴らしといえば、われわれが知るのは、週に二回やってきて少しばかりのギャンブルを楽しむことだけだ」

「ビーチコマー・ホテルで」ウォリックが言った。「店がこんでいないときをねらって。だから、昔の顔なじみに気づかれることはなかった」

「そうだ」グリッソムはうれしそうだ。

「それは変でしょう」ニックはまるで納得できないようだ。「いくらベガスが犯罪組織のイメージを払拭《ふっしょく》したと言っても、やつらの影響は残っています。それにここは国中から人が集まってくる観光地ですよ。ヘンダーソンで人目を避けてる人間が、どうして週に二度もこんな歓楽都市にやってくるんです？」

「自分でもどうしようもないのさ」ウォリックが言った。「アドレナリン中毒じゃないか？　で、過去何年間も同じことをくりかえしてきた——。週に二、三回やってきて生気っていうか、活力っていうか、まともな世界でやっていくだけのものを得て帰る。ある種の人々にはギャンブルはそういう効果があるんだ」

グリッソムは言った。「マッカラン空港での指名手配犯の逮捕率が例年、国中で一番高いのも偶然ではないだろう」

ウォリックがうなずいた。「ディズニーランドみたいになってしまったといっても、ベガスのように一攫千金《いっかくせんきん》を狙える場所は他にないですよ」

「だから？」いまひとつ疑問が残るといった口調でキャサリンが言った。「ギャングの弁護士は、たまたまハイドがギャンブルをしていたカジノに足を踏み入れてしまったというの？」

グリッソムはビーチコマーの廊下に横たわる弁護士の死体写真を指さした。「ディンゲルマンはホテルの記録にきちんと載っている。大きな訴訟を前にして休暇をとっていた」

「偶然？」サラの声はからかっているようにも聞こえた。

「事実だ」グリッソムは言った。「偶然とはちがう」

ニックはいまだに納得がいかない。「そしてハイドは、たまたま銃とサイレンサーを持って、その場にいた？　信じられないな」

グリッソムはニックとキャサリンのそばにやってくると、ふたりのテーブルのはしに腰かけた。

「ハイドがギャンブルをする時間を考えてみろ。すいているときばかり狙っている。いつか誰かに見つかるはずだと考えていたから、その用意をしていたんだ。だから銃とサイレンサーを持ち歩いていた」

「なんてやつだ」ウォリックが言った。「それも活力のうちだったのかも」

「主任、教えてちょうだい」キャサリンが言った。「あなたには見えているんでしょ。わたしたちにも見えるように話して」

グリッソムは話しはじめた。

背中のホルスターに収まった二五口径コルト・オートマチックは、安心感を与えてくれる。クレジットカードのCMではないが「出かけるときは忘れずに」だ。これを携行せずに玄関を出そうになったことも何度かあったが、そんなときはまるで銃に呼ばれたような気がして拳銃《けんじゅう》をとりに戻るのだ。

今日こそ必要になるかもしれない。そんなことは誰にも分からない。今日まで生き延びて来られたのは用心深かったからだ――臆病《おくびょう》だったのではなく、用心深かったのだ。危険な状況には注意深く計画を立て、一貫してあたることが必要だ。注意深くあれば、あらゆる状況を生き延びることができる。

何年ものあいだベガス周辺で数多くの仕事をしてきた。この町をずっと愛してきた。ベガスへの道は彼のあこがれだった。ヘンダーソンからベガスに向かう道は、退屈な毎日のなかの週二回のオアシスだった。ビーチコマーのフットボール競技場のような巨大カジノに行くことは大きな楽しみであり、安心だった。月曜日の朝五時半のカジノでは、二百人ほどのプレーヤーが運試しをしているだけだ。

これだけ大きな建物でこんな時間だと、客はあちらこちらに散らばって、カジノは砂漠のように閑散としている。観光客は、ストリップ地区のこんなはずれまではまず来ないし、こんな時間にうろうろしている者は道に迷ったか酔いつぶれたかのどちらかだろう。ここにいるのはかなりの中毒者だ。ほとんどが地元の住民で、彼のことなど目をくれもしない。

ごくたまに、ベルが鳴ったり、マシンがリリリリンと音をたてたり、近くのクラップスのテーブルの周囲に六、七人のうすのろが集まって、おお、などと小さく声をあげているのを聞いたりすることもある。が、たいていは負けチームのロッカールームのように、カジノは静まりかえっていた。もう少し活気があって華々しい魅力にあふれているほうが好ましいかもしれない。だが、危険を冒しているときでさえ、用心深い態度は崩さないのだ。

彼はいつも、この時間を選んで来ている。人が少ない。騒々しくない。まったく、カクテル・ウエイトレスすら声をかけてこない。彼がわびしい世捨て人でチップを渋るのを知っているからだ。彼は月曜と水曜のシニアデイに行くのを習慣としていた。名前を登録しておけば、この日はポイントが四倍になる。

本当は五十歳だが、IDには五十六と記されている。こめかみの白髪のために嘘もつきやすかった。今、ポーカー・マシンに入れているのは実在しないプレーヤーのスロット・カードだ。いつも好んで使うマシンより、少しロビーに近すぎるようだ。ふだんならずっと奥のほう、ロビーから遠いところのマシンを使っていたのだが、あまりツキがなかった。そして数カ月前、このマシンがなかなかあつかいやすいことを見つけた。それ以来、このマシンの前にすわってロビーに顔を向けている(もちろん、体をひねって防犯カメラには背を向けている)。

賭《か》け率のボタンは『マックスベット』を押した。手持ちのコインは二十五から二十に減った。

ほんの三十分前、五十ドル札をマシンにすべりこませ、二十五セント硬貨二百枚からはじめたのだ。持ち札を見てみると、ダイヤとクラブの3のペア、それにダイヤの6、9、そしてジャックだった。なんて手だ……。クラブの3を捨てながらつぶやいた。フラッシュを狙う。『ディール』のボタンを押すと、配られたのはハートの3だった。こんなものだ。

小声で悪態をつきながらコインをさらに五枚入れた。これ以上運が悪くなるなんてことはあるのか。最後に勝ったときから、もうひと月以上たつ。いったいどうすりゃ運が向いてくるんだ。ふと顔をあげると、徹夜明けらしきギャンブラーがひとり、ようやく一日のギャンブルを切りあげる気になったらしく、とぼとぼとエレベーターに向かうのが目に入った。ダークスーツを着て、首のまわりでゆるめた幾何学模様のネクタイは胸に咲いた花さながらだった。

ビデオ・ポーカーの手が現れた。キングが二枚、ジャックとクイーンと7が一枚ずつだ。キング二枚をキープして、他は全部捨てる。

男の顔を見て、彼は悟った。今日、彼に、運が向いてくることはありえない。とっさにマシンの陰に身をひそめようかと迷った。が、遅すぎた。男は、彼が誰だか気づき、まっすぐこちらを見ている――ディンゲルマン。

弁護士。彼の弁護士だった――前の人生で。

法廷では冷徹だった弁護士の目が、驚きと恐怖に見開かれた。

彼は無意識にズボンの後ろ、薄手のスポーツコートの下に手を伸ばした。だが手をとめた。弁護士が歩みを速めて、左手のエレベーターホールにむかったからだ。そして、まちがいなく、そのまま自室の電話に直行するのだろう。

ここであいつをやるのはまずい。人目がありすぎる。辛抱しろ。辛抱が肝心だ。彼は立ちあがって、一歩踏みだした。プラスチックの鎖で体につけてあったプレーヤーカードに引っ張られた。

カードを引き抜いて何気なく下を見ると、マシンがコインを吐きだしはじめていた。持ち札をちらっと見ると、キングが四枚ある。ちくしょう。だが次の瞬間には、マシンを捨ててディンゲルマンを追った。エレベーターに近づくほど弁護士の足は速まり、夜更かし客がふたり、ふりかえって見ている。酔っ払いか、頭がいかれてるのか、とでも思っているのだろう。

追跡者は無表情を保っていたものの、心はやはり、神経の末端はうずき、長いこと忘れていた感情がはらわたをかき乱している。弁護士は、今や走っていると言ってもいい。エレベーターに飛びつくと上りボタンを連打した。殺人者が追いつく直前にドアが開き、ディンゲルマンは乗りこみ、ドアは閉まった。

エレベータードアをこぶしで叩《たた》きながら見ていると、二階を示すランプが点《つ》いた。上りボタンを乱暴に叩くとランプは三階に移動した。他のエレベーターが到着してドアが開いた。飛び乗る前にさっきのエレベーターのランプを見あげると四階で止まっていた。

空のエレベーターに飛びこみ、四階のボタンを叩いた。二階までは、額に玉の汗を噴出させ、檻《おり》のなかの猛獣のように行ったり来たりした。三階を過ぎたころには拳銃が自然に右手に飛びこんで来た。左手を麻の上着のポケットに突っこみ、サイレンサーをとりだす。チーンと音がして四階でドアが開いた。エレベーターの外に踏みだしながら、サイレンサーをねじこんでふたつの物体をひとつにつなげた。

まず、耳を澄ませた。以前にも何度かホテルにあがってきたことがあった――売春婦といっしょに――たしか廊下の突き当たりの壁の高い位置に、金属製の箱に入った防犯カメラが設置されていたはずだ。各部屋のドアは小さなアルコーヴの奥にあるので、廊下に人影は見当たらなかった。だが、デュースはそんなことには騙《だま》されない。

すばやく移動しながらも頭は低く保ち（防犯カメラは三十ヤードも向こうにあったが）、ドアをひとつひとつ確かめていった。そしてディンゲルマンを見つけた。恐怖にかられ、410号室のカードキーを捜そうとやっきになっている。

デュースがサイレンサーを頭の後ろに押しつけてやると、弁護士は哀れっぽくすすり泣いた。引き金を引くと、弾丸がディンゲルマンの頭蓋骨《ずがいこつ》に突入し、弁護士をドアに叩きつけた。そしてがっくりとくずおれ、ずるずると床にすべりおちた――すでに息はなかった。

そして、念のため、いつものように、弁護士の頭部にもう一度発砲した。

背後で音が――驚きの叫び声がした。デュースはふりむきざま拳銃をかまえた。防犯カメラのことは決して頭から離れない。目の前には、やせた黒髪のウェイターがトレイいっぱいの食べ物を持って立っていた。ふたたび口を開けてあえぐと、トレイをとり落としてしまった。金属の皿カバーやナイフ、フォークが床に落ちて鋭い音をたてた。スパゲッティが廊下中にぶちまけられた。

その騒々しい音がまだ収まらないうちから、ふたりは反対の方向へそれぞれ走りだした。ウェイターはエレベーターへ、デュースは廊下の突き当たりの防犯カメラに向かってまっすぐに。走りだしたときに、弁護士の血に右足をとられて滑り、体のバランスを崩した。体を立て直そうとしながら、廊下を全力で走った。血は最初の二歩でこすり落とされた。

全速で走っていても腕をあげて、防犯カメラに顔が映らないように気をつけた。防火扉を乱暴に押し開けて非常階段へ出ると、一段抜かしでおりていった。全速力で走りながらも、頭では細部について考えていた。するべきことがたくさんある。

一階の出口で彼は立ち止まった。サイレンサーをはずし、ポケットに滑りこませた。銃をもうひとつのポケットにしまうと、返り血を浴びていないか入念に調べた。右のランニングシューズの爪先に小さな赤い染みを見つけた。ズボンのポケットからだしたハンカチで染みをこすって目立たなくすると、呼吸を整え、ハンカチをポケットに戻し、左手で額の汗を拭《ぬぐ》い、大きく息を吸うと、ゆっくりと口から吐きだした。よし、これでいい。ゆっくりドアを開けると外へ出て行った。

ロビーの向こうのフロントでは、さっきのウェイターがエレベーターの方向を指さしながら女性のフロント係に何か叫んでいる。

デュースはできるだけロビーは避けることにして、カジノに足を踏み入れると、だらしない感じのブロンドの少女——とはいえ二十歳よりは上のようだが——のそばを通り過ぎた。さっき彼がすわっていたポーカー・マシンに陣取っている。四枚のキングのおかげでトレイにはまだコインがたくさん残っていた。心のなかで悪態をついた。さっさとすっちまえ。

絶対に防犯カメラに映らないようにするため、壁に張りつくようにして移動した。走らずに歩いた。遅すぎず、速すぎず。裏の駐車場へのドアを急いで通り、自分の車に向かった。もう急ぐことはない。駐車場から車をゆっくりだし、アトランティックからウェンガートをゆっくり通り、最後にイースタン・アベニューへ出て自宅へ帰った。デュースは自由になった。弁護士は死んだ。バリー・ハイドにとっては、今日は運がよかったのか悪かったのか、分からないままだった。

ニックが訊《き》いた。「なぜ、そいつを今すぐにつかまえないんです？」

「証拠は？」グリッソムは訊きかえした。

「ビデオテープ」サラが言った。

「人物の特定はできない」

ウォリックが訊いた。「ATMの記録は使えませんか？」

「ハイドはカードを盗まれたと言っている。ブラス警部が今それを調査しているところだ」

「あの薬莢《やっきょう》の指紋と彼の指紋を照合することはできるわ」キャサリンが申し出た。

「それはいいかもしれない」グリッソムはうなずきながら言った。「だが、われわれは殺人の凶器を突き止めていない。ハイドと、フォルトゥナートやコスティチェクの殺人者を結びつけるものはサインしかない」

グレッグ・サンダースが首を突っこんできた。「失礼します――あの、キャサリン？」

「なに？」

「きっと知りたいだろうと思って――証拠品の煙草のフィルターだけど、フェンスの血液とDNAが一致しました」

「やったわ！」キャサリンは思わず立ちあがった。部屋にいた一同にもほほえみが広がり、うなずきあった。

グレッグはそのままふらりと室内に入ってきた。目元がいかにもうれしそうで、いつもに増して上機嫌だった。「これなら《大至急》だって認めてもらえます?」

「もちろんよ」キャサリンは席に着いた。

「でも、CMでも言うでしょ」彼は人差し指を突きだして見せた。「それだけじゃないんです!」

みんなが彼を見た。

一同の注目を集めていることに気をよくしながらサンダースはグリッソムに言った。「サラダのさし入れ、ありがとうございました」

少しのあいだならとグリッソムは調子をあわせた。「うまかったか。気に入ったようだな」

「主任こそ気に入りますよ——唾液のDNAが、血液や煙草と一致しました」

「サラダ?」サラが訊いた。

「AトゥZビデオの裏の大型ゴミ容器から入手した」グリッソムが言った。「ハイドから、ご自由におとりくださいと言われたもんでね」

「いいやつなんだ」と、サラ。

キャサリンがほほえんだ。「CSIが食指を伸ばさないものなんてないのにね」

「さて、一歩前進した」グリッソムが言った。「ウォリックのおかげだ。フォルトゥナートの殺害現場にバリー・ハイドのDNAがあったことが分かった……ハイドがはじめてベガスに来たと言っている時期より十年も前だ……そして、マージ・コスティチェクの家の裏にある、やつが跳び越したフェンスからも同じDNAが検出された」

「これ以上、何が必要ですか？」ニックが訊いた。

グリッソムは言った。「今のところはない――令状をとるには充分だし、そうすればもっと証拠が得られる」

「やつの自宅でね」ニックもとうとう納得したようだ。

「そしてビデオ店でも」キャサリンが付け加えた。

「ブラス警部を呼びだそう」グリッソムが言った。「うまくすると三十分後には令状が用意できる……ニック、サラ、ウォリック、出かける準備をしろ。フル装備だ。五分後には出発する」

一同はただちに準備にとりかかった。顔から疲労の影は消え、熱意と堅い意思に突き動かされている。そのようすを見つめるグリッソムのかすかなほほえみも、彼のまなざしの厳しさを和らげることはなかった。

部屋を退出するときウォリックはグリッソムをふりかえり、ふたりの視線がかちあった。

「主任、ハイドは逃亡するかもしれません……」

「だが隠れることはできないだろう」グリッソムは言った。

18

このしゃれた高級住宅地で目立たずにいることなど、ほとんど不可能だった。だからブラスはそんなことを考えもしなかった。早朝の陽光を浴びてところどころに朝露が残るせまい通りが、サーカスサーカス・ホテルの駐車場のようなありさまだった。二台のタホとブラスのトーラスがハイドの家の前に停まっている。そしてヘンダーソン市警の白黒の警察車両が二台、道の向かい側のドライブウェイに停まっていた（ブラスは地元警察を相手に同じ過ちをくりかえすことはなかった。声をかけただけでなく彼らを参加させていた）。

近隣の人々は——なかにはバスローブ姿の者もいたが——家の外へ出て科学捜査班を見守っていた。グリッソムとブラスを先頭に車からおりたった彼らは、さながら小軍隊のような印象で、サングラスをはずし、音をたててラテックスの手袋をはめた。七月にしては驚くほど涼しい朝で、ウォリックとニックは背中に『科学捜査班』と書かれた、黒いウィンドブレーカーを着こんでいた。これは見物人たちに、ここで起きたのは重大事件だからさがっていろ、近づくなと知らせるという心理学的な意味もある。一行はおのおの装備をたずさえて家に向かった。すでにグリッソム主任から現場における個々の任務を割り当てられている。

ウォリックは靴跡を追跡し、ニックは指紋を採取、サラは写真を撮ることになっていた。キャサリンは臨検するためにグリッソムに同行し、ふたりは、より気づきにくい箇所、隠れた手がかりを探しだすことになっていた。唯一手袋をしていないブラスは、ハイドを担当する。

玄関に向かって歩道を行くとき、プロ意識の下にも不安がふつふつと湧きあがった。「あいつ、何かやばいことはじめないだろうか」ニックが疑問を口にした。コスティチェクの家で間一髪の目に遭ったことを思いだしているのだ。

となりでウォリックが、うかつとも言えるほど簡単に首を振った。「なんでそんな必要がある？　あいつは自分をスーパーマンだと思っているし、おれたちはまだあいつに何もしていないんだぜ」

このやりとりを聞いていたブラスは、基本的にはウォリックに同感だった。それでもやはり玄関ドアには慎重に近づいていった。左手に令状を持ち、いつでもすぐに腰のホルスターの銃をとりだせるように上着のボタンをはずしていた。すぐ後ろにつづくグリッソムは背後の部下――両手いっぱいに調査器具など一式を抱えて、招かれもしないのに長期居候を決めこんでやってきた親戚連中といういでたち――に、玄関から離れろ、二台駐車してあるガレージの前で待て、と身振りで合図した。

ブラスは肩越しにふりかえり、ＣＳＩのメンバーが流れ弾に当たらない場所にいることを確認するとゆっくり前進していった。玄関ドアは左手のリビングと右手のガレージにはさまれて少し引っこんでおり、ブラスはビーチコマー・ホテルのドアを思いだして不思議な気持ちになると同時に問題に思い当たった。もし何か起こった場合、好奇心いっぱいの子どものように角に隠れて見守っているグリッソムしかことのなりゆきを知ることができない。

ニックの不吉な言葉が頭のなかで何度もくりかえされる。――「何かやばいことはじめないだろうか」ブラスはアルコーヴのように引っこんだ玄関ドアの右手に寄り、深く息を吸って吐いた……。そしてドアをノックした。激しく、執拗《しつよう》に。

何も起きない。

ブラスは待った。

……ドアベルを押してみる……。

……それでも反応がない。

ふりかえってみるとグリッソムがいぶかしげな顔つきで見ている。ブラスは肩をすくめ、向き直るともう一度ノックした。

やはり何も起きなかった。

グリッソムは注意深く前進して殺人課警部に合流した。部下たちも近づいてきた。

「どうやら留守のようだ」ブラスが言った。

グリッソムはラテックスの手袋をはめた手を伸ばすと、そっとドアノブを回した。

ドアが、きしみながら、誘うようにゆっくりと開いた。ブラスとグリッソムはそろって他のスタッフに、火線からはずれたところに行くよう合図した。

「開いていた？」ブラスはグリッソムに言った。「開けたまま出ていったのか？」

「ネコがネズミをもてあそぶ……」グリッソムは言った。「あの男のやりそうなことです」

彼らは耳を澄ませた。どんなかすかな物音も、生き物のどんな気配も、聞き逃すまいとブラスは懸命になった。グリッソムも同様だった。

長い時間が過ぎた。眉《まゆ》の動きだけで、何も聞こえないとおたがいに伝えあった。聞こえるのは郊外の住宅ではありふれた物音だけだった。冷蔵庫のうなる音、エアコンのモーター音、時計が時を刻む音。ブラスは銃を抜きながら、現代的で高級感のある、開放的な家の玄関ホールに入っていった。天然無垢《むく》の木材、石細工などをふんだんに使い、スタッコ塗りで仕上げた家だ。

グリッソムはウォリックに言った。「制服警官たちにわれわれの背後を守るように伝えてくれ。先に家のなかに入っている」

「了解」ウォリックはヘンダーソン市警の警官たちに向かって小走りに近づいていった。

グリッソムとCSIのメンバーたちはブラスについて家のなかへ入っていった。

二階の踊り場へとつづく幅広い階段が彼らの前に立ちはだかるように現れた。その両側には階段と平行に廊下が伸び、家の奥、おそらくキッチンや家族用の居間へとつながっていた。右手にはドアがあり、母屋《おもや》とつながったガレージへ、左手にはドアのない戸口があり、その奥の居間へとつづいていた。

この静かな家のなかで一番大きな音といえば、ブラス自身がゆっくり呼吸している音と硬い木の床を歩くスタッフのきゅっきゅっという靴音だけだった。

突然ブラスが大声をあげ、CSIのスタッフ数人をぎょっとさせた。「バリー・ハイド、こちらはラスベガス市警のジェームズ・ブラス警部です！　家宅捜索令状を持参しています。ご在宅ならば出てきてください、今すぐに！」

その言葉は階段の踊り場に反響した。しかし……。

「サイモン&ガーファンクルね」サラが言った。

ブラスはサラを見た。

「沈黙の音《サウンド・オブ・サイレンス》よ」サラは肩をすくめた。

ブラスはゆっくりと前進し、左手のリビングルームに入っていった。拳銃《けんじゅう》はかまえたままだ。広くてがらんとした寒い部屋には、はめ殺しの大きな窓とセントラルヒーティングの金属製暖炉があった。レンガ色の二人がけソファにはジョージア・オキーフの牛の頭蓋骨《ずがいこつ》をモチーフにしたカバーがかけられたりして、アメリカ南西部のタッチも添えられていた。

「こっちは誰もいない！」ブラスは大声をあげた。玄関ホールに戻ってみると、ウォリックも、ニック、サラ、キャサリン、グリッソムとすでに合流し、全員が武器を手に、周囲を警戒するように立っていた。CSIのメンバーにしては異例なやり方だったが、いかなる用心もしすぎるということはない。

ガレージにつづくドアを開けながら照明のスイッチを入れ、ニックは銃をかまえたままの状態で入っていった。すばやくあたりを見わたすと叫んだ。「ここもいません！」

彼らは一階の部屋にとりかかった。ブラス、ニック、ウォリックがひとつひとつ部屋をチェックし、グリッソムとキャサリンはラテックスをはめた手に武器を持って、階段の下に陣取った。頭上からハイドに急襲されるのを防ぐためだ。

ブラスたち三人は玄関ホールに戻ってくると、そろって首を振った。一階には誰もいない。そこでブラスは二階へと進んだ。銃をかまえたまま同じ慎重さで、一同は二階も一階と同じように調べて回った。

「どこにも誰もいない」ブラスは階段の上まで戻ってくると、そういって銃をホルスターにしまった。

「バリー・ハイドはすでにここを去った」

「そのようです」グリッソムは、見るからにほっとしたようすで銃をしまった。「仕事にかかりましょう。やるべきことは分かっている」

サラはカメラを、ニックは指紋採集キットをとりだし、連携して仕事にとりかかった。キャサリンとウォリックは家の他の箇所へと消えて行った。

緊張と興奮がまだ収まらないブラスは階段をおりながら言った。「あの野郎、ごていねいに玄関を開けて行ったんだから、権利やプライバシーについて四の五の言わせないぞ」

「ほらほら、また悪い癖が」グリッソムは言った。「犯罪者を撃って、それから『動くな』と叫んでもなんとかなった時代を懐かしがっている」

「あれはあれで、いいところもあるやり方だ」

「とにかく、やつは留守だ……それともいなくなってしまった？」

「だから逃亡の危険があると言ったんだ」

グリッソムはうなずいて階段を昇りはじめた。「わたしは服と洗面用品を調べます――スーツケースがあるかどうかも見てみましょう」

ブラスがリビングルームに入っていくと、サラは金属製の暖炉からはじまってぐるりと三百六十度室内のようすをカメラに収めているところだった。彼女が他の部屋へ移っていくと、ブラスはいろいろと捜しまわった。家の正面にあたる壁には縦仕切りのある巨大な窓があり、外の通りに面しているので、前庭のあの一本の若木も望むことができた。

軽自動車ほどの大きさもあろうかというテレビが、ブラスの左手、西側の壁をほぼ占領していた。テレビのとなりの棚には、ビデオ・テープレコーダーが数台、DVDプレーヤーが一台、ブラスが見てもさっぱり分からない電子機器が二、三台載っていた。テレビの上の棚には映画のDVDコレクションがあったが、そのほとんどはブラスが聞いたこともないものばかりだった。おれも、もっと出て歩いて世間を知らないとだめだな。

娯楽コーナーの反対側には巨大なグリーンの革張りソファが据えられ、南側の壁沿いにそろいのリクライニングチェアが置かれていた。リクライニングチェアのとなりとソファの反対のはしにはオーク製エンドテーブルがあり、柔らかな印象の白いシェードがついた、ソファより薄いグリーンの現代的なランプが載っていた。ソファの前には同じくオーク製の低めのコーヒーテーブルがあり、その上には《購読契約者バリー・ハイド》というシールが貼られた雑誌や封を開けた手紙の束、書類数枚などが散乱していた。

グリッソムが入ってきた。「なくなっている服はないようですね。確実ではありませんが。クローゼットもスーツケースも通常どおりのようですし、歯ブラシ、歯磨き、アフターシェーブローション、制汗剤などの洗面用品も通常の位置にあるようです」

「ただ朝食に出ただけかもしれないということか。あるいは誰かの頭に銃弾を撃ちこんでいるのか」

「何か見つかりました?」

ブラスはテレビの上のDVDコレクションを指さした。「ジョン・ウェインが死んでから、いかに映画を観ていないか分かったよ」

「それが、どのように関係があるんです?」グリッソムの口調に皮肉の色はまったくない。

ブラスは首を振った。これだからグリッソムはいいやつだというんだ。彼もまた、外の世界をあまり必要としていない。自分自身の天職と、ともに働くスタッフだけが彼の全世界だ。それ以外のものには、グリッソムは関心すら抱かない。

「何も関係はないさ」ブラスは言った。「一般的な所見を述べたまでだ」

グリッソムはひざまずいてコーヒーテーブルの上のものを調べはじめた。ブラスはソファにどっかと腰をおろして犯罪学者が雑誌のページを繰るのを見ていた。旅行のガイド本が数冊、もう一冊は『ハスラー』、残りの一冊は『フォーブズ』だった。

「読書の趣味がばらばらだ」グリッソムは言った。

「旅行、セックス、金」ブラスが言った。「アメリカン・ドリームだな」

手紙といっしょにあった書類はビデオ店のさまざまな報告書、折りたたまれた最近の『ラスベガス・サン』紙、AトゥZのメモ帳などだった。メモ帳の一番上の紙には黒のボールペンで住所が殴り書きしてある。

メモ帳を掲げてグリッソムが訊《き》いた。「この住所に見覚えは？」

「マージ・コスティチェクか？」

「そのとおり。なぜバリー・ハイドがマージ・コスティチェクの住所を自宅に持っているんでしょう？　それも、例のミイラが見つかったという記事が載っている新聞といっしょに？」

「何か理由を考えつけるかもしれんが」

「だがもし、われわれが来るのを予期していたら――自分がまずい立場にあると思っていたら――こんなふうに何もかもそのままで出て行くだろうか」

ブラスはすこしのあいだ考えた。「またネコがネズミをもてあそんでるというのか?」

グリッソムの目が厳しくなった。「われわれと話をしてから帰宅していないのでは? サラを呼んでもらえますか。ここの写真を撮っておきたい」

外でクラクションが鳴った。ふたりが大窓から外を見ると、巨大なトレーラートラックが道に停まっている。どうやら路肩に停めたSUVのために通れないようだ。運転手がふたたびクラクションを鳴らすと、向かい側の家の私道に駐車していたヘンダーソン市警の巡査が近づいて行った。

サラの声がキッチンから聞こえてきた。「外はなんの騒ぎ?」

ブラスとグリッソムは荷物の運搬トラックを見ると、顔を見あわせた。グリッソムの顔を見たブラスは、相手も自分と同じように胃のあたりに沈んだような不快感を抱えているにちがいないと確信した。

「外へ出て話をつけよう」ブラスはソファから立ちあがった。胸のうちはともかく、声だけは明るく言った。

グリッソムも立ちあがって言った。「きみたちは作業をつづけていてくれ」

スタッフは緊張した静けさのなか、作業をつづけた。グリッソムの口調にトラブルの気配を感じたのだ。

グリッソムのあとから外に出たブラスは、大きな手にがっしりと捕らえられてしまったような頭の痛みを感じた。何かしら事件のとっかかりを摑《つか》んだと思っても、それを手元にたぐり寄せる前にいつも消えてなくなってしまう! おれには分かるぞ、ちくしょう。また同じことが起ころうとしているんだ。

つなぎの作業服を着た運転手が、ヘンダーソン市警の制服警官と話をしようと運転席からおりてきていた。二十五歳くらいのがっしりした男で、汗まみれの黒い髪はくしゃくしゃになって額に貼りつき、薄汚い茶色のひげを上唇のところと下あごに生やしている。ブラスとグリッソムが駆け寄ってくるのを見て、警官たちは引きさがり、ふたりはトラックの前で運転手と顔をあわせた。もうひとりの運送業者は運転席にとどまっていた。いかにも、報われない一日のはじまりを迎えた労働者ですといった退屈な顔をしている。

ブラスはバッジをちらっと見せた。「きみたちは何をしにきた？」

バッジを見てもどうということもなく、運送業者は言った。「何って、家具の引きとりに来たんですよ」

「どの家だ？」

ハイドの家を指さした。「この家です」

「それは何かのまちがいだろう」ブラスは言った。

運送業者はポケットから一枚の紙をとりだすと読みあげた。「フレッシュポンド・コート五三番地」

ブラスとグリッソムは顔を見あわせた。

「見せてみろ」ブラスは言った。

やれやれとばかりに目をぐるりと回すと、運送業者は紙をわたした。

「あやしいところは見られないな」ブラスはそれを読んで、グリッソムをちらっと見ると、紙を運送業者に返した。

グリッソムが訊いた。「家のなかにどうやって入ることになっていた？　誰かがここで待っていると？」

業者は肩をすくめた。「電話のお客さんは、警察が待っていて入れてくれるだろうって……で、だんなたちがいた」

「この仕事を請けたのは？」

「ついさっきだよ――つまり二十四時間受付番号にかけてきたんだ。急ぎの仕事だから割り増し料金だ。ほんと、すげえ金額だぜ」

「ちくしょう、やられた」グリッソムは近いほうのタホめがけてダッシュした。

ブラスが運送業者に向かってわめいた。「トラックをどけろ――今すぐだ！」

「でも……」

「殺人事件の捜査だ。家具に少しでも触れてみろ、こっちには家宅捜索令状があるんだからな」

「じゃあそれ、見せてもらわねえと……」

「いいから、とっとと失《う》せろ！」ブラスがだしぬけにどなったので業者は飛びあがった。断固として立ちはだかり、にらみつけるブラスを見て、運送業者はとうとうトラックの運転席に退散し、ギアをバックに入れた。トラックがゆっくりと通りをバックしていくと、グリッソムはタホをUターンさせて、ブラスのいる場所に横付けした。

「いっしょに行きますか？」そう言うグリッソムはおちついているように見えたが、ブラスは

ＣＳＩ主任の目にいつにない荒々しさを感じた。

ブラスが助手席に滑りこむとタホは急発進した。芝生に乗り入れてトラックを迂回《うかい》した。そして、つづくヘンダーソン・ストリートに飛びだすと、ブラスはシートベルトをカチッとはめながら訊いた。「わたしが運転しようか？」

「いいえ」

「サイレンを鳴らすか？」

「いいえ」

アクセルをいっぱいに踏みこんで、グリッソムはハンドルを左にぐいっと回し、ダッジ・イントレピッドをよけた。ブラスはきつく目をつぶった。

グリッソムが赤信号を突っ走るのを見て、ブラスは青色灯を点灯させた。サイレンはまだ鳴らさない。と、グリッソムはブレーキを力いっぱい踏みこんだ。あやうくバスに後ろから突っこむところだったのだ。

ＡトゥＺビデオが近くでよかった、とブラスは思った。

ＳＵＶはタイヤをきしませて店の敷地に入り、スリップしながら店の前に停まった。ブラスがシートベルトをはずす前にグリッソムは車から飛びだしてドアに向かって走っていた。ブラスも必死に走り、「バリー・ハイドはどこだ」と叫びながらドアを押して入っていくグリッソムに追いついた。

レジ係は言った。「ハイドさんは、今日はここにいません」

グリッソムは店の中心の通路をまっすぐに突っ切っていった。ブラスもすぐあとにつづく。

奥へと通じるドアを押し開けながらグリッソムは大声で問いただした。「ハイドはどこだ?」

あわれな副店長パトリックは顔をちょっとあげただけで恐怖に目を見開き、持っていたマリファナで指を火傷した。痛みにぎゃっと声をあげるなり、椅子から飛びあがって、部屋の隅へとあとずさった。

「バリー・ハイドはどこにいる?」

「いない……ここにはいない。前にも言っただろ。月曜まで戻ってこないって」

グリッソムはさらに奥の部屋につづくドアを開けた。ブラスもつづく。棚にならんだビデオテープ、保管してあるディスプレイ、空の運送用ダンボール、予備の陳列棚などがあったがバリー・ハイドの姿はなかった。ブラスとグリッソムはオフィスに戻った。そこでは副店長が恐怖に震えあがって立ちすくんでおり、マリファナの強い臭いが満ちていた。

「近いうちにまた来る」ブラスは言った。「この店でまたヤクを見つけたら、大変なことになるぞ。覚悟しておけ」

パトリックはうなずいた。ブラスはグリッソムのあとにつづいた。グリッソムはすでに店内に戻っている。

レジカウンターに向かうグリッソムのあとをブラスは必死で追いかけた。すると陳列棚の角から仕立てのよい紺のスーツを着た背の高いブロンドの男が姿を現した。ビデオをさしだしている。

笑うコブラ——カルペッパーだ。

「ハリソン・フォードは好きかね、グリッソム」FBI捜査官は気さくに声をかけてきた。明る声で気取った笑みを浮かべている。

「ここで会っても驚きはしない」グリッソムは軽蔑《けいべつ》をこめて言った。

「この映画はモダンクラシックの傑作だよ、ギル」カルペッパーは言った。「ぜひ観るべきだ。料金も安い。古い映画だからね」

そして手に持ったビデオを見せた――『刑事ジョン・ブック／目撃者』

ブラスは顔をしかめた。どういう意味だ？

「その映画は観ていないが……」グリッソムは言った。「証人保護プログラムを受けたフリーの暗殺者の話だったな？」

くそっ、そういうことか。ブラスにもすべてがはっきりした。

「いいや」カルペッパーは言った。「だが、それもまたおもしろい映画になりそうじゃないか、え？」

グリッソムの声は超然としておだやかだったが、ブラスは気づいていた――グリッソムの手がこぶしに握られて、関節が白くなっていることを。「カルペッパー、おまえはデュースを捜していたんじゃない。居場所は知っていた。五年ものあいだ、ずっと。おまえはわれわれのまわりをうろついて、われわれが何を知っているか、何を見つけたかを探りだし、先回りしようとしていたんだ」

《コメディ》の棚に寄りかかって、頰のはしに自己満足の笑みを浮かべたカルペッパーは言った。「それについては何も言えんな。国家にかかわる極秘情報だ」

「何も言えないのは、言えばわたしが公務執行妨害罪で逮捕させることもできるからだ」

カルペッパーの笑いが消えた。「きみは優秀な犯罪学者だ、グリッソム。きみときみの部下は賞賛に値する仕事をやってのけた。だが、そろそろシルバーのスーツケースに荷物を詰めて帰るときが来たようだよ。もう終わったんだ」

グリッソムはブラスをちらっと見た。「ジム——ハイドが短期出張に出ていたのは、あれは殺しじゃなかった。デュースは本当にリタイアしたんだ。旅行の本当の理由は組織犯罪関係の裁判の証人として出廷していた……そうだろう、カルペッパー?」

「ノーコメント」

「いかれた男と取引をしたばかりでなく、今度はそいつを守ろうというのか。さらに二人も殺した男だというのに」

カルペッパーはブラスに向き直った。「きみなら現実とはいかなるものか、世間知らずのお友だちに説明してやれるだろう? 犯罪組織——ドラッグなど、想像し得るあらゆる悪を通じて、大規模な死をあつかう連中のことだが——そういうものをあつかうときには、悪魔との取引が必要なんだ。大人ならみな知っているぞ、グリッソム。より小さい悪を選んでいるに過ぎない」

「あんたは好きなだけ妥協するがいい」グリッソムは言った。「だが証拠は妥協しない。科学が語るのは事実だけだ」

カルペッパーは声をあげて笑った。「コピーライターにでもなったらどうかね。それとも交通安全標語でも書くか。きみは才能があるぞ」

「わたしは自分の職業に充分満足している。この事件はとりかかったばかりだ……」

「いいや、グリッソム。せいぜい悔しがるんだな、おまえの出番は終わった」

グリッソムの目つきが険しくなり、口調もそれにつれて変わった。「わたしの出番が終わったときには、カルペッパー、思い知れよ。おまえは告訴され、バリー・ハイドは死刑囚監房行きだ」

「バリー・ハイド？」そんな名など意味はないと言わんばかりの口調だ。「なにか勘ちがいをしているんじゃないのか？　バリー・ハイドなんて人間はいない。数日後にはフレッシュポンド・コートの家は空き家になり、AトゥZビデオは空き店舗になる」

「ハイドをどんな名で呼ぼうが、あいつを殺人罪で逮捕するための証拠はそろっている。フィリップ・ディンゲルマン、マラキー・フォルトゥナート、マージ・コスティチェクの殺害だ」

「逮捕する者などいない。バリー・ハイドは存在しないのだからな。きみほどの能力を持つ男がドン・キホーテよろしく風車に闘いを挑むとは……悲しいな」

「バリー・ハイドは人格異常者だ、カルペッパー。弁解の余地はない」

小さく鼻で笑うとカルペッパーは上体をグリッソムのほうに傾けてグリッソムの凝視をまともに受け止めた。「同輩として言っているんだ。手を引け」

「おまえはわたしの同輩じゃない」

カルペッパーは肩をすくめるとくるりときびすをかえし、さっさと店を出て行ってしまった。

グリッソムが無表情に出口を見つめていると、ブラスがとなりに来て言った。「なんていう男だ」

「ヘビさえあやつる男だ」

「あいつの言うとおりか？　われわれの出番は終わったのか？」

「カルペッパーに、わたしの仕事の範囲を決めてもらうつもりはない——あなたはどうです？」

「まっぴらだね！」

「それを聞いて安心しました。仕事に戻りましょう」

二人は押し黙ったままハイドの家に車で戻った。それぞれの立場から状況を検討しているのだった。先ほどのトラックがまだ通りをふさいでいたため、グリッソムは角の向こうに駐車しなければならなかった。トラックの横を歩いて通り過ぎたとき、ブラスは運転台に誰もいないことに気づいた。「あいつらはどこに行ったんだ？」

グリッソムはただ首を振ると、家に向かっていった。もう一台のタホとブラスのトーラスはさっきと同じく家の前に停めてあった。ヘンダーソン市警の警官たちがパトカーに寄りかかって紙コップから何か飲んでいる。私道に入り、グリッソムは玄関へ向かった。すると玄関の階段に運送業者のふたりが同じような紙コップを持ってすわっているのを見つけた。

グリッソムとブラスがうなずいて挨拶《あいさつ》すると、彼らもうなずきかえした。

「ただいま。今帰ったよ！」グリッソムの声が玄関ホールにわずかに響いた。

サラがキッチンから姿を現した。まだカメラを持っている。「どこへ行っていたの？」

「近所のビデオ屋」

ブラスが言った。「ハイドは高飛びした」

グリッソムはサラに訊《き》いた。「みんなはどこだ？」

適切なジェスチャーで彼女は答えた。「ニックはバスルームで指紋採取。バスルームで最後のはず。キャサリンはガレージ。ウォリックはランニングシューズを三足見つけて、証拠品袋に入れたわ。きっと今は……」

「ここだよ」ウォリックが階段をおりてきて、運送業者のすぐ上で立ち止まった。「きみたち、レモネードのおかわりはどうだい」

二人は首を横に振ると、ウォリックがあいだを通れるようにはしに寄った。

ウォリックはグリッソムの前に立つと言った。「絶対あの三足のうちのどれかですよ、主任。まったく同じ靴が三足——よっぽど気に入ってたんだろうな」

「他には？」グリッソムが訊いた。

ニックがバスルームからふらりと出てきた。「指紋はたくさん採取しましたよ。それに、これはハイドの書斎のデスクで見つけました」そう言って、手紙がたくさん入った証拠品袋を持ちあげて見せた。

「ペティからマージ・コスティチェクに宛てたものだ。あきらかにコスティチェクから盗んだんだね」

「ロス市警がペティをちゃんと捕まえられるといいが——あるいは彼女がうまく逃げのびて、本当に人生をやり直せるなら、それもいい。ハイドの知り合いがロスにもいるとなったら、死体が増えることにもなりかねないからな」

グリッソムが運送業者に外で待つように頼むと、彼らは出て行った。そしてグリッソムは、ガレージの仕事がまだ終了していないキャサリン以外を玄関ホールに集めると、ビデオ店でカルペッパーに会ったことを話した。

「あの野郎」とウォリック。

「カルペッパーがハイドを逃がしたというの？」サラが訊いた。

「夕べ、われわれがハイドと話したあとだろう」グリッソムが答えた。「ハイドが連絡して、やつらがハイドを町から出した。家にすら寄らなかった。われわれと鉢合わせするのを恐れたのだろう」

ブラスが引き継いだ。「そして、またどこかで新しい人生を与えるんだ」

サラには納得できないようだ。「なぜそんなことができるの？」

ブラスは弱々しい笑みを浮かべた。「FBIの連中は自分たちのルールで動いている。やつらはおれたちの都合なんか知ったこっちゃない」

「で、それだけですか？」腹にすえかねたようすのニックが訊いた。「おれたちがあれほど苦労したっていうのに、FBIがおれたちの足元をすくうようなまねをして？　それで……おしまいってことですか？」

「グリッソムはこの仕事を最後までやりとげたいだろう」ブラスが言った。「わたしもそうねがう。だが現実も見据えなければならない。われわれは協力者であるべき人間によってひっかきまわされた。お上を相手にどうやって闘う？」

「ここはひとまず後退しましょう」グリッソムが言った。「ワシントンに向かって反撃する前に、いま分かっている情報をすべて再検討してみよう。たくさんある状況証拠以外のものだ。もしバリー・ハイドがこの家に入ってきたら、われわれはやつを逮捕することはできる。だが有罪を証明することはできるだろうか」

「今ならできるわ」キャサリンが言った。

みんなが声のするほうを見ると、ガレージへとつづく戸口にキャサリンが立っていた。右手に証拠品袋をぶらぶらさせている。そのなかには一九三〇年製ヴィンテージの二五口径コルト・オートマチックが入っていた。

みんなのあいだにほほえみが広がるのをブラスは感じた。「それは期待していいものかな」

「水鉄砲じゃないわよ。ボスのお許しをいただいて経験に基づいた推測を述べさせてもらえば、こいつの銃身とマージ・コスティチェクから取り出した弾丸の旋条痕《せんじょうこん》は一致すると予測される。そして三つの殺人で発見された薬莢《やっきょう》の雷管は、バリー・ハイドと血なまぐさい連続殺人とを確実に結びつけるわね」

驚くと同時によろこんでグリッソムは袋に入った武器を受けとった。「どこで見つけた？」

「こっちよ」

キャサリンは先に立ってガレージに入っていき、奥の壁にかかったヒューズボックスの前で立ち止まった。一同はそれを半円形にとり囲んだ。灰色の金属の箱はどこにでもあるような普通のヒューズボックスだった。上から導管が伸びて、屋根裏の吊り天井の中へと消えている。

「地下にもヒューズボックスがあったの」キャサリンは言った。「だから、なぜガレージにもヒューズボックスがあるんだろうと不思議に思ったわけ。ここには電力を大量消費するツールもないし、コンセントも二カ所しかない」

「冴《さ》えてるぞ」グリッソムが言った。

キャサリンは灰色の小さな扉を開けて、なかにはブレーカーもヒューズもなく、ただ見せかけの導管のはしがつながっているだけということを見せた。そしてラテックスの手袋をはめた手で証拠品袋から銃をとりだすと、慎重に導管のなかに滑りこませ、発見時の状態を再現して見せた。そしてまた証拠品をポリ袋に戻した。

サラは苦笑いしながら首を振った。「昔から言うけど『木を隠すなら森』ってね」

「連邦捜査官はハイドをこの生活から大急ぎで引っ立てていったんだな」ウォリックが言った。

「だからお気に入りのおもちゃはもう必要なかった」

「ニンジャの黒い衣装がどこかにあるかもよ」サラが言った。「マージ・コスティチェクを殺したあと、ビデオ店に戻る前に、ちょっとだけここに立ち寄ったことがはっきりしたわね」

みんなが満足げにほほえんでいた。キャサリンのことを、そして自分たち全員を誇りに思っていた。そしてブラスはみんなを現実に引き戻す役を買って出た。

「さて」ブラスは切りだした。「証拠はそろった。だがまだバリー・ハイドを捕らえたわけじゃない。あいつはＦＢＩの庇護《ひご》のもとにいる。そして見かえりとして大物の悪党を捕まえる手伝いをしている」

「まったく」サラが顔をしかめた。「吐き気がするったらないわね」

グリッソムは、ブラスの言葉にもうんざりしたようすはなかった。「仕事に戻ろう。サラの言うとおりだ。服を調べよう……捕らえようとしているのは殺人犯だからな」

「警部は終わったと言ってますが……」ニックは言った。

「証拠をすべてつきあわせてみる必要がある」グリッソムがおだやかに言った。「分析し、来るべきハイドを告発する日にそなえよう。もちろんサラが重要な役を果たす」

「わたしが?」サラがいぶかしげに訊いた。

「謙遜《けんそん》することはない」グリッソムが謎を含んだ笑みを浮かべて言った。「まずはここの作業を終わらせよう。戻ったら、どうやってバリーの生皮《ハイド》をこちらの壁に貼りつけるか、その方法を説明する」

19

厳しい十二月の気候に合わせるなら、カンザスシティの連邦裁判所はガラスや鋼鉄を専門とする建築家ではなく、幾何学模様を得意とする彫刻家によって氷で造られたほうがふさわしかったろう。建物の内部は、充分に暖房が利いていたにもかかわらず、寒さと不毛の印象をぬぐえなかった。この建物の陪審員席には、背もたれが真っ直ぐな陪審員用の木の椅子ではなく、詰め物をした回転椅子とモニターテレビがひとりひとりにあてがわれている。とはいえ、テレビはめったに使われなかった。というのも公判の前に、弁護士たちがしょっちゅう司法取引を持ち出すからだ。ここでおこなわれる正義には、同情も、人情も、時として刑罰さえ含まれていない。建物を造る鋼鉄やガラスのように冷たい判決のみがあり、その建物は官僚主義と、そしてご都合主義のモニュメントなのだ。

二階にある法廷では、ダークスーツにグレーのシャツ、黒いネクタイを締めて、グレーのコートを膝《ひざ》に置いたギル・グリッソムが傍聴席の後方にすわっていた。彼の目は、証人席を隠すために三方をとり囲んでいる、白くて薄い布地のスクリーンに据えられていた。判事室から入廷する証人をちらっとでも見ることができないように、他にもスクリーンが立てられている。傍聴席は三分の一ほどが埋まっているだけだった。

男女半々の十二人の陪審員たちはぼんやりと席に着いていたが、そのうちの数人はあきらかにそわそわとおちつかず、歯医者の椅子にすわっていたほうがましという様子の者までいた。裁判官席では裁判長が頭を前後左右に動かしている。筋でもちがえたのを治そうとしているのか。

検察側のデスクでは、グレーのスーツを着こんだ細身で小柄な女性が、雄牛のようにたくましい連邦検事のとなりにすわっていた。弁護側には故フィリップ・ディンゲルマン——AトゥZビデオのオーナーが失踪《しっそう》した日、ディンゲルマンの殺害がようやくCNNで報道された——と同じくらいに有名な弁護士が、吊《つ》るしのセール品のようなグレーのスーツを着てすわっていた。元ヒッピーのようなだらしのない長髪で、もつれあった房全体に白髪が混じっている。かなりの変人で、ワイドショーにでも出てきそうな弁護士だ。

弁護士は今、鉛筆をフィルターなしのペルメルででもあるかのようにくわえて、クライアントと小声で話している。かつては大麻栽培者や重罪の麻薬所持の若者たちを弁護してきた。ドラッグの主流がコカインに移り、国際的麻薬組織が台頭しはじめると、弁護士も変化し、成長した——時代とともに。

グリッソムがすわっている安っぽい椅子がならんでいるところからは、弁護士の横顔しか見えなかった。クライアントにしても同様だ。エリック・サマーズ。白髪混じりの黒髪を短いポニーテールにしている。やせて骨ばった顔つきで、きれいにひげを剃《そ》り、あごは角張ってがっちりしていた。地味なスーツとネクタイにもかかわらず、この大規模な組織犯罪取締法違反の被告は中年のロックスターのように見えた。だがそれも当然だろう。規制薬物の流通や、売春業や、大がかりなIT詐欺に進出した彼は、地元新聞に『カンザス・マフィアの新世代の旗手』と書きたてられ、ロックスターのような生活を楽しんでいるのだ。

正面の検察側のデスクの向こうに、ブロンドの頭が動くのが見えた。女性の検事と打ち合わせでもしているのだろう。少し乗りだして、よく見てみると――やはりカルペッパーだ。

証人が入廷してきた。薄布のスクリーンの向こう側で影が動いている。きっと連邦裁判所執行官が付き添っているのだろう。そして証人は証人席についた。スクリーンの反対側には廷吏がいて、証人に誓いの言葉を言わせたが、証人のことは『ミスターX』と呼んだ。

グリッソムは身を乗りだしてすわり、息を詰め、まばたきもせず、今にも言われるであろう一言を一心に待っていた。その一言を聞くためにグリッソムはここにやってきた。その声によってこそ、過去六カ月にわたって彼と彼の部下たちが、通常の職務の忙しさの合間を縫ってこの事件に取り組んできたことが報われるのだ。サラが超過勤務をしてまでやり遂げたことが成功につながる……。

証人は真実を述べることを誓う、ありふれた返事をした。「誓います」

グリッソムはにやりとした。

その声は尊大な、自己満足に満ちた声だった。まちがえようのないバリー・ハイドの声だ。

グリッソムはふたたび息ができるようになった。数回まばたきをした。何時間もかけて作業し、何週間もかけて追跡し、何ヵ月も待っていたことがここに結実するのだ。外は凍るような寒さで雪が一インチ半ほども積もっているが、彼の仲間——ウォリック・ブラウンとサラ・サイドルは建物の側面の出入り口を見張り、ジム・ブラスは裏口を、ニック・ストークスは正面を見張って立っている。

グリッソムと、シルクの黒いブラウスに黒のレザーパンツをはいてチャコールグレーのコートを膝の上に置いたキャサリンは、法廷にすわってことの成り行きを興味深げに見守っているただの一般市民だった。キャサリンのとなりにはカンザスシティの刑事、ヒューイ・ロビンソンがすわっていた。たくましい黒人で、家畜小屋のように大きな体を椅子の上でもてあましている。オライリーは以前からロビンソンを知っていた。陸軍だか海兵隊だかでいっしょだったのだ。ブラスはあらかじめ地元の警察から鼻っ柱の強い刑事をスカウトしていたのだ。

ヘンダーソン市警とのささやかなトラブルによって、ブラスは礼儀をつくすことは大いに効果があるということを思い知った。そしてグリッソムがカルペッパーによって思い知らされたことは、他の機関のおせっかいによって侮辱されると、その傷はけっして癒《い》えないものだということだった。

グリッソムをはじめ、部下やブラスをこの公判のためにカンザスシティに送りだすのには費用がかかった。だがブライアン・モブリー保安官もカルペッパーに関しては含むところがあるので、FBI捜査官の共謀者に一泡吹かせてやるためなら、半年分の予算を使っても文句を言わなかっただろう。

モブリーの協力によって、地元警察との問題はすべて慎重に処理された。この仕事を遂行するためには、すべてのことが規則どおりにきちんとなされなければならなかった。

そして今、薄布のスクリーンの後ろで、この任務のターゲットが証言しようとしていた。ぼんやりした人影だったが、声ははっきりしていた。

「やつだ」グリッソムはキャサリンにささやいた。キャサリンはうなずきながら周囲の人々を見わたした。ＦＢＩの秘密捜査官が一般市民にまぎれていやしないかと、ひとりひとりの顔を丹念に見ているのだ。

判事が口を開いた。「グラント検事、どうぞ」

ここぞとばかりに芝居がかった態度でゆっくりと立ちあがりながら、検事が質問した。「ミスターＸ、あなたはサマーズ氏のためにある仕事をしましたね」

「はい、しました」

「それは何でしたか？」

「人を殺すことです」

検事は陪審員のほうにふりむくと、その言葉の意味が充分に理解されるまで待ってから言った。「一度だけでなく？」

「ええ、三度です」

「彼はライバルの一人であるマーカス・ラーキン氏を殺すための報酬を支払った？」

「ええ、そうです」

検事は白いスクリーンの前をゆっくり歩きだした。「それはいつですか？」

「八年ほど前です……二月で八年になります」

それから三時間半にわたって、検事はバリー・ハイドに、麻薬のディーラーをしていた地元のちんぴらマーカス・ラーキンの殺害についてこまかく説明させた。判事が昼休みを告げると、グリッソムとキャサリンはカルペッパーに顔を見られないように急いで法廷から抜けだし、建物の外へ出た。カルペッパーに顔を知られていないカンザスシティのロビンソン刑事は、ことの次第を見届けるためにあとに残った。

キャサリンは昼休みにハイドを捕らえようと提案したが、グリッソムには、そんなことをしたらFBI捜査官だけでなく連邦判事も敵に回すことになると分かっていた。

「待ったほうがいい」グリッソムは廊下でキャサリンを説得した。「ハイドの証言がすんで、判事にとって使い道がなくなるときまで待つんだ」

そこで彼らはレンタカーのバンの中で、サブウェイのサンドイッチを食べながら待っていた。車のヒーターが低いうなり音をたてて、さっきの弁護士よりもよっぽど熱い空気を吐きだしている。だがそれも、彼ら砂漠の民には充分ではなかった。冷たく雪が降るところは、文字どおり彼らの活動領域ではなかった。

「カルペッパーよ」キャサリンが指さした。カルペッパーは連邦裁判所の玄関前の幅広い歩道を歩いていた。ふたりが見ている前で、カルペッパーは裁判所の中に消えていった。

「よし、あれが合図だ」グリッソムは言った。

「ええ、でも、まず配達があるのよ。覚えてる?」

グリッソムがサンドイッチを、キャサリンが熱いコーヒーのトレイを運んだ。コーヒーは少なくとも、かぎりなく氷点に近い風のなか、戸外に立っているCSIメンバーを少しでも温めてやろうという気持ちの表れだった。

ふたりはまずサラがいる場所を訪れた。黒いパーカを着て、フードをきゅっと閉めてかぶっているので鼻ばかりが目立ち、まるで不機嫌なエスキモーのようないでたちで片足ずつ交互にぴょんぴょんとはねている。大きな黒いミトンをはめているので、両手が役にも立たないネコの手のようだ。

「ああ、よかった」サラは二人を見ると言った。「もう来てくれないかと思ったわ。凍えそうよ。こんなところに本当に人が住んでるの？」

「まあまあ」グリッソムがなだめた。「ボストンにいたころはどうしていたんだ？」

「酒よ――それも大量に」

キャサリンが口を開いた。「今日のところはカフェインでがまんしてもらうわ」そして、サラにコーヒーを手わたした。

「あ、あり、ありがと」

「少し車のなかですわってろ」グリッソムはそういって車のキーをわたした。「午後いっぱいかかるかもしれない。午前中は全部検察側が使ったから、弁護側はもっと長くなるだろう。温まったら正面にいるニックを解放してやってくれ」

「温まるなんて絶対無理だわ」サラはぶつぶつ言いながらキーを受けとり、ポケットに入れた。

「ハーバードにくらべたらこんなの寒くないだろ？」

サラは中指を立てたが、ミトンのせいでうまくいかなかった。グリッソムがさしだすサンドイッチを受けとると、サラはレンタカーに向かっててくてく歩きだした。

「今回、あの子はよくやった」立ち去る若い女性を目で追いながらグリッソムは言った。

「本当にそうね」キャサリンが言った。

この数カ月というもの、サラは通常の業務の他に、国中の組織犯罪にかかわる連邦裁判について調べあげた。いつかどこかでバリー・ハイドが証人として現れると踏んでのことだった。

「誰かがここを受け持たないとね」キャサリンが言った。

「そうだな」

「わたしがここに残るの？　それともあなた？」

「きみだ」グリッソムはキャサリンのトレイを受けとった。

「権力を持てば堕落するってことね」

「そのとおり」

去っていくグリッソムに向かってキャサリンは声をかけた。「遠慮しないでね。いつでも戻っていらっしゃい」そしてグレーのコートのフードをひっぱりあげてかぶると、手袋をした手をポケットに突っこんだ。

実はグリッソムはブラスと交代しに行き、ブラスはそのあとウォリックと代わったのだ。一時間後ニックがキャサリンと交代し、ウォリックは建物の裏手にいるグリッソムと交代した。三時半ごろ、まだ震えているキャサリンをしたがえて、グリッソムは先ほどすわっていたロビンソン刑事のとなりの席にそっと戻った。

弁護士はミスターXの証言の信頼性を攻撃していた。「ミスターX、あなたが連邦政府との司法取引に応じなかったら、今ごろは死刑を宣告されていたというのは事実ですか」

スクリーンの向こうで人影が小刻みに動いた。ハイドが笑っているのだ。「いいえ、それはちがいます。司法機関は何年にもわたって、わたしを捕まえようとしていました。ところが連邦捜査官ときたら、ネズミ一匹捕まえられないんです」

聴衆のなかにひきつった笑いが起こった。裁判長が木槌《きづち》を叩《たた》き、証人へ警告が言いわたされた。カルペッパーは顔をしかめて証人席から顔をそむけた。グリッソムが視界に入ってしまいそうなほどに……。

キャサリンはグリッソムのほうを見た。グリッソムは首を振って、口だけを動かしている——こっちを見ないでくれ。

カルペッパーはふたたび前を向いた。

「わたしは自分で出頭したんです」ミスターXはつづけた。「そういう汚れた生活がいやになった。なんというか……生まれ変わったんです」

キャサリンはそれを聞いて苦笑いし、首を振った。グリッソムのほうは、ハイドには嫌悪感を持っていたものの、弁護士がたったいま自分で掘ってしまった墓穴からはいあがろうとあがいているのを見て楽しんでいた。

手遅れになってから自分のミスに気づいた弁護士は、ぼそぼそと言った。「質問は以上です、裁判長」

検事は少しリラックスしたように、椅子に深くすわりなおした。

グリッソムは立ちあがって出口へ向かった。キャサリンとロビンソン刑事もあとにつづく。

裁判長が訊《き》いた。「再尋問は、グラント検事？」

「いいえ、ありません、裁判長」

カルペッパーが立ちあがろうとしたときには、グリッソムは扉を押して廊下に出ていた。グリッソムはコートをはおりながら廊下を大股《おおまた》で歩いていった。ポケットから小型無線機をとりだし、ボタンを押すと早口で話しはじめた。「動きだすぞ。まだみんな内部にいる。二階の判事室だ」

グリッソムは右に曲がると、ハイドが出てくるまえに判事室の前につけるように、廊下を走った。キャサリンとロビンソンの靴音も背後に聞こえる。

扉が開いて廊下に出てきたのはボウリングのボールのような頭をクルーカットにした五十がらみの連邦裁判所執行官で、サイズが小さすぎるのではと思われるような着古した茶色の上着を着ていた。次に現れたのはバリー・ハイドで、上等なグレーのスーツにそれに合った防弾チョッキ《ケブラー・ベスト》を着ている。ハイドの後ろにはもうひとり執行官がいた。少し年若く、たぶん三十代前半だろう、長めの茶色の髪をオールバックにし、前の執行官よりは体にフィットしたチャコールグレーのスーツを着ていた。

グリッソムは折りたたんだ書類を掲げて三人の前に進み出た。三人はその場で立ち止まり、先頭の執行官がグリッソムを鋭くにらんだ。若い執行官は反射的に上着の下に右手を入れた。

「ラスベガス市警察です。これが逮捕状です」

「グリッソムじゃないか？」ハイドのあばた面に、いかにも傲慢《ごうまん》な笑みが広がった。「元気だったか？　もう少し暖かい場所を休暇に選べなかったのかね？」

「失礼ですが」年かさの執行官がハイドに一瞥《いちべつ》をくれて黙らせてから、グリッソムに向かって言った。「管轄外ではないですか……」

「この逮捕状は有効です、執行官」グリッソムはそう言って、執行官に見えるように広げて見せた。

しかし、よく見ようと首を伸ばしてきたのは若い執行官のほうだった。

「人ちがいですよ」彼は言った。「名前がこの証人とちがいます……さて、それでは失礼して」

右手はまだ上着の下にある。

キャサリンとロビンソンがグリッソムの背後に立ちはだかった。

そのときグリッソムの背後でカルペッパーの声がした。「おい、なんだ、この茶番は」

若い執行官は思わず興味を引かれたらしかった。「罪状はなんですか？」

「第一級謀殺——被害者は三名です」

ふたりの執行官は顔を見あわせた。ハイドの顔から傲慢な笑みが消えていった。

「越権行為だぞ、グリッソム」カルペッパーはそう言いながら一同の真ん中に飛びこんできた。怒りで爆発寸前だった。「逮捕権はないんだ……この人物は連邦政府の証人であり、今までの犯罪行為は免責されているんだ」

ウォリック、ニック、サラ、ブラスがようやく駆けつけてきた。誰もが厚いコートを着て、険悪な形相だった。ちょっとした侵略軍といった雰囲気だ。

グリッソムはカルペッパーの反論については対応を考えてあった。そこで、全員に聞こえるように言った。「連邦政府と司法取引したあとで犯した殺人については、彼は免責されていない。はっきり言えば、フィリップ・ディンゲルマンとマージ・コスティチェクの殺害の件だ」

執行官は眉《まゆ》をひそめて顔を見あわせた。ハイドの顔からはとっくに笑みは消えていた。

ブラス警部はカルペッパーの目の前に進みでた。

グリッソムは年かさの執行官に逮捕状をわたした。「よくお読みください。不備な点はないはずです」

執行官は上着のポケットから老眼鏡をとりだして逮捕状を読みはじめた。

怒り心頭に発したカルペッパーは、執行官たちに宣言した。「わたしの証人をこの阿呆《あほう》どもに引きわたしてみろ、おまえたちの経歴はおしまいだからな」

中央廊下にいた人々が集まってきて、こっちの廊下で起きている騒ぎを見守っていた。

ロビンソン刑事が、重々しい低音の声を廊下に響かせながら、カルペッパーに自己紹介し、バッジを提示して言った。「もし、当該人物をこちらに引きわたさないとおっしゃるなら、当該人物もろとも、全員でローカスト・ストリート署までご同行ねがいます」

ブラスがあとをつづけた。「その後、あなたはわたしらといっしょにベガスに戻り、公務執行妨害で告訴されることになるでしょうな」

カルペッパーは唇をゆがめて冷笑した。「ロビンソン刑事、ここは連邦裁判所だ。おまえみたいな小物が出てこれるところじゃないぞ」

ロビンソンはその言葉を無視してグリッソムのとなりに立つと、バッジを掲げて、若い執行官をにらみつけた。「そして、あんたは、右手をそのまま静かに上着の下から出してもらいたい」

若い執行官は年上の同僚の顔を見た。彼がうなずくと、若い執行官は何も持っていない手をゆっくりと懐からだし、そのまま下へさげた。

「どうも」ロビンソンは言った。

怒りのあまりカルペッパーの顔は赤紫色になっていた。ブラスの向こうにいる執行官たちに命じた。「証人をここから出さなくちゃいかんのだ。とっとと連れて行け」

ロビンソン刑事がカルペッパーに向いた。だが、ブラスのほうが近かった。ブラスは『まかせてくれ』とばかりに片手をあげると、カルペッパーの腕を乱暴につかんだ。「公務執行妨害でムショ入りするFBI捜査官として名を残したいかね？　お望みとあればお手伝いするが」

カルペッパーはブラスをにらみつけたが、何も言わなかった。へらず口も底をついたのだろう。

年かさの執行官がグリッソムに訊いた。「この男が（ハイドに一瞥をくれる）本当にフィリップ・ディンゲルマンを殺害したと考えているのですか」

「考えではありません。それを証明する証拠があります」

「きさまが証明する前に、こっちは老衰で死んでるだろうよ」ハイドがわめきちらした。きどりも自信過剰も、もうみじんも見られない。「証拠などあるものか！」

「いや、ある」ブラスが口をはさんだ。「死刑を宣告できる」

ハイドはなんとかあざ笑うような表情を浮かべたが、虚勢はあきらかだった。

「おまえの言うこともっともだ、バリー」グリッソムは渦中のハイドに向かって言った。「証拠がそんなにたくさんあるわけじゃない。おまえが映っているカジノのビデオテープ、おまえの指紋がついている拳銃《けんじゅう》と、それと一致する弾丸に薬莢《やっきょう》、おまえの足跡、フォルトゥナートとコスティチェクの殺害現場から見つかった、おまえのと同じDNA……」

ハイドは青ざめた。

「……だがおまえの弁護士の楽しみを奪っちゃいけないだろ？　あとは見てのお楽しみにしておこう」

「今回は他の法律事務所を探したほうがいいだろうな」ブラスが言った。「ディンゲルマンのところじゃなくな……」

カルペッパーは自分の拳銃に手をかけた。「こいつはおれの証人だ。きさまたちがやろうとしているのは、連邦政府によって保護されている証人の強奪という違法行為だぞ——きさまたち全員、そこをどけ」

カルペッパーは年かさの執行官が拳銃を抜くのに気づかなかった。だが、冷たい銃口が自分の首筋に突きつけられたのははっきり分かった。「銃を捨ててください、カルペッパー捜査官。まったく、あんたらはルビー・リッジ事件からなんの教訓も学んじゃいねえんだな」

カルペッパーは蒼白《そうはく》になって、震えながら拳銃から手を離した。ブラスがカルペッパーに近づき、こぶしを振りあげて、殴りつけようとした。グリッソムが割って入った。

「みんな、おちつくんだ」がっくりしているカルペッパーをふりむいた。

若い執行官に腕を掴《つか》まれているハイドが口を開いた。「あんたが責任者だぞ、カルペッパー……いいか、いちばん偉いんだぞ」

「カルペッパー捜査官」グリッソムは言った。「われわれはハイドを逮捕してここを出て行く

 こともできるし、おまえといっしょに階下へ行ってメディアの前へ出ることもできる。殺人を幇助《ほうじょ》し、教唆したことを、どうアメリカ国民に説明するつもりかね？　殺人の共犯にくらべたら、公務執行妨害など問題じゃない」

カルペッパーはすっかり打ちひしがれていた。

ハイドが言った。「なにやってるんだ、カルペッパー……やつらははったりをかましてるんだ！」

グリッソムとカルペッパーとがにらみあっているあいだ、時が止まったように感じられた。西部劇のガンマンの対決のようだ。だがすでに勝ちはグリッソムに決まっていた。何の武器も使わずに機知だけで勝ったのだ。

「分かった」カルペッパーはグリッソムに言った。「連れて行け」

ハイドは自分の身柄が売りわたされたことに気づき、若い執行官の腕を力いっぱい振りはらって逃げだそうとした。廊下の奥の人混みに向かって走ったが、五、六歩進んだだけで、両側からウォリックとニックが飛びかかり、取り押さえた。暴れるまもなく、ロビンソンが後ろ手に手錠をかけた。

「賢い判断です、カルペッパー捜査官」グリッソムは言った。「あんたほどの能力を持つ男が風車に向かって突進するのは悲しいですからね」

「うるさい、くたばれ」

グリッソムは首をかしげた。「それが同輩に対する口のきき方ですかね？」

カルペッパーは「今度会ったら」とつぶやくと、きびすをかえし、廊下を早足で――逃げていくように、去っていった。

証人を残して。

「カルペッパー！　宙ぶらりんにしたまま逃げるんじゃねえ！」

「実際には、吊《つ》るしたりはしない」グリッソムは言った。「薬物注射だ」

「カルペッパー！」ハイドは泣きわめいた。

だが、カルペッパーはいなくなっていた。

グリッソムのそばに寄ってきてキャサリンが言った。「あんなに笑わない人っているかしら。カルペッパーってユーモアのセンスがないのよね」

「逮捕するのがこのおれじゃなくって、あいつはラッキーだったよ」ロビンソンが言った。

「ああやって銃に手をかけてみろ……」

年かさの執行官がグリッソムに向かって片手をさしだした。「おみごとでした。わたしたちは一本とられた側ですが……。失礼、お名前は？」

ハイドの片腕を掴んでいるウォリックが言った。「おい、まるでローン・レンジャーだな」

ハイドのもう一方の腕を掴んでいたニックはにっこりした。

二人の上司はほほえみながら執行官に答えた。「ギル・グリッソムです。ラスベガス市警科学捜査班の主任です」

握手しながら、執行官が言った。「お会いできて光栄です。グリッソムさん」そしてウォリックとニックにはさまれてうなだれているハイドをあごで示すと言った。「われわれは、この鼻つまみ者のお守をずっとさせられてきたんです。たまにはこいつが罪の償いをするところを見たいものです」

「全力をつくします」

執行官は若いほうの執行官に向かって声をかけた。「さてと、ケン。そろそろ行こうじゃないか。この件の報告書を書くには百年はかかるぞ」

若い執行官は経験豊富な同僚のあとについて、それでも彼ほど晴れ晴れとした顔つきはできずに廊下を歩いていった。おそらく、今のことで自分の経歴にどれくらいの傷がついたかと考えているのだろう。

ブラスはハイドの前に出ると、にっこりと笑った。「あなたには黙秘をする権利があります……」

「さてと」キャサリンはグリッソムに向かって言った。「あなたは、とうとうやつを捕まえたわね——うれしい？」

「われわれみんなが、だ」グリッソムは訂正した。「そして、ああ、とてもうれしいよ」

「そうは見えないわよ」

「そうか。でも、うれしいと思っている」

グリッソムは考えていた。殺人者は捕らえられた。だがこの人格異常者が殺戮《さつりく》してきた人々は……。

ニックとウォリックは犯人をエレベーターのほうに連れて行った。ロビンソンがあとについている。ブラス、サラ、キャサリン、グリッソムもそのあとを追った。

エレベーターを待つあいだ、キャサリンがグリッソムに訊《き》いた。「さて、次はどうする？」

ハイド以外の全員がグリッソムを見つめた。

みんなに向かって、にっこりほほえみながら、グリッソムは答えた。「暖かいところに戻ろう」

謝辞

この場を借りて、マシュー・V・クレメンスに感謝の意を捧《ささ》げたい。マシューは、数多くの短編小説をわたしといっしょに執筆しているが、卓越した手腕を持つ犯罪小説家であり、〈CSI：科学捜査班〉シリーズの大ファンでもある。彼はわたしといっしょにこの小説のプロットを考え、わたしのために調査をしてくれた。

犯罪学者であるアイオワ州ベッテンドーフ市警察のクリス・カウフマン部長刑事は、指紋検査官であり、わたしのために非常に貴重で洞察に満ちたコメントや情報を寄せてくれた。また、この本を書くにあたって、バーノン・J・ガーバーズの著した『殺人捜査の実際──チェックリストとフィールド・ガイド』（一九九七年刊）と『殺人捜査の実際──方法、処置、裁判のための捜査』（一九九六年刊）を参考にさせていただいた。またアン・ウィンゲート博士による『犯罪現場──小説家のための犯罪現場捜査』（一九九二年刊）もたいへん参考になった。

ポケットブックス社のジェシカ・マクギヴニーとCBSのマイケル・エーデルスタインはわたしを支え、導き、大いに助けてくれた。〈CSI：科学捜査班〉のプロデューサーたちはたいへん協力的で、台本、背景となる材料、番組のテープなどを提供してくれた。彼らの協力がなければ、この小説を完成することはできなかっただろう。

最後に、才能あるアンソニー・E・ズイカーは、この物語と登場人物のクリエーターとして特筆すべき人物である。彼と〈CSI：科学捜査班〉シーズン1の作家たち（ジョシュ・バーマン、アン・ドナヒュー、エリザベス・デヴィーン、アンドリュー・リプシズ、キャロル・メンデルソーン、ジェリー・シュタール、エリ・タルバート）に深く感謝したい。

訳者あとがき

「これはノベライズじゃない！　ちゃんとしたミステリ小説だ！」

原書を読んだわたしは、思わずそう叫んでしまった。テレビ・シリーズのノベライズだから、放送されたエピソードをなぞって色を付けただけのものだろうと高をくくって読みはじめたわたしは、自分の不明を恥じた次第。

考えてみれば、当然かもしれない。筆者は知る人ぞ知るマックス・アラン・コリンズ。ミステリ作家としていくつもの長編を世に送り出し、全米私立探偵小説協会が毎年の最優秀作品に贈る《シェイマス賞》を受賞し、アメリカ探偵作家協会のＭＷＡ賞にも何度となくノミネートされているベテランなのだ。トム・ハンクスがマフィアの殺し屋を演じた映画『ロード・トゥ・パーディション』の原作者というほうが話が早いか。

おそらく、人気テレビ・ドラマ『ＣＳＩ：科学捜査班』のノベライズの仕事を依頼されたときに、コリンズはミステリ作家の意地にかけて、ドラマの設定をそのまま活《い》かしながら、オリジナルの小説を書いてやろうと決めたのではないだろうか。ドラマの登場人物は誰もが知っているので、細かい設定を説明しなくても読者はすんなり話に入りこめる。テレビでは一時間ドラマの制約上、どうしてもメイン・キャラクター以外の登場人物の数がかぎられてしまう。小説なら、そんなことを気にせずに必要な数の人物を登場させられる。と、まあそんなことを考えたのではないだろうか。

だとすれば、マックス・アラン・コリンズのもくろみは見事に成功したことになる。こうしてきちんとしたミステリ小説ができあがったのだから。

おっとっと、興奮のあまり順序がひっくり返ってしまった。熱心なファンとしては今さらと思わないでもないが『ＣＳＩ：科学捜査班』のことから話をはじめなくてはならない。

犯罪は日々進化する！

科学技術は日進月歩どころか、等比級数的に飛躍的に進歩している。数年前には単なる空想だったり、理論にすぎなかったりしたものが、今日には実用化されていることも珍しくない。金属探知器では検出できない硬質プラスチックのナイフとか、暴発する危険なしに粘土のように持ち歩ける高性能爆薬、素材そのものよりも強い接着力を持つ接着剤、自然に分解されるプラスチック、あとからいくらでも加工が可能なデジタル写真等々、便利にはなっていくのだが、あまり手放しではよろこべない。どんなものにも影の面があって、いくらでも悪用することが可能なのだから。

実際、科学の進歩に呼応して、犯罪の手段は巧妙、多様化していきつつある。

携帯電話を起爆装置にして、列車内に仕掛けた爆薬を遠隔操作で爆発させたスペインの連続列車爆破事件は記憶に新しいところ。小学生の女の子を拉致《らち》して殺し、その写真をメールで親に送りつけたという異常犯罪も発生した。今日では、今まで誰も予想しなかったような犯罪がいつ起こってもおかしくない、とそう言っても過言ではないだろう。

おまけに、犯罪に対する知識が一般人や犯罪者にまで広がり、犯罪者が犯人特定につながるような証拠を現場に残さないように注意するようになった。たとえば、今時よほどの間抜けでもなければ犯罪現場に指紋を残すようなことはしないだろう。近年、優秀といわれていた日本の警察の犯罪検挙率が低下しているのも、こういった事情と無縁ではないだろう。

もちろん、科学の進歩は犯罪者側ばかりでなく、捜査する側にとっても大きなメリットをもたらしている。骨の断片からでも年齢を推定できるようになったし、DNA鑑定の技術も向上した。死体の皮膚に残されたアザや嚙《か》み跡を映しだす紫外線カメラや、地中に埋まった物体を一センチ単位で検知する地表貫通レーダーなど機材の進歩も著しい。こういった技術を駆使するのが科学捜査、いわゆる鑑識だ。

しかし、機材や技術が発達したからといって、それだけで事件が解決できるわけではない。採取した証拠を誤りなく分析し、その結果を基に、事件を再構築する緻密《ちみつ》な推理と正しい洞察力がなければ、科学技術の発達など無意味だろう。というより、いくら技術が発達しても、結局は捜査する人間の問題に帰結するわけだ。科学技術の進歩によっていったんは隅に追いやられたかに見えた「名探偵」の復権とも言えるだろう。

ハリウッドでも有数の敏腕プロデューサー、（ケレンの）ジェリー・ブラッカイマーがそれを見逃すわけがない。早速、科学捜査を専門とする人々のテレビ・ドラマを造りあげた。それがラスベガスを舞台にした『CSI：科学捜査班』なのだ。

犯罪現場にすばやく駆けつけ、普通の人なら見落とすか、あるいは気にもしないような微細な証拠物件を採取し、それを分析して、犯人を特定したり、犯行の一部始終を再現したりするのが科学捜査だ。証拠の分析によって、ある場合には意外な真犯人を暴き出したり、完全犯罪とうそぶく犯人のアリバイを崩したり……と、こう書くと地味なドラマに思えるかもしれないが、サスペンスフルなストーリー展開に加え、全米各地の警察やFBIも実際に使用している科学捜査の最新テクニックをとりいれた鮮やかな分析など、知的エンターテインメントとしての見所がたっぷりの作品となっている。

出演は科学捜査班の冷静なリーダー、グリッソム主任役にウィリアム・ピーターセン、元ストリッパーのシングルマザーという異色のメンバー、姐御《あねご》的存在のキャサリンにマージ・ヘルゲンバーガー、腕は優秀だが、ギャンブルに耽溺《たんでき》したために人を死なせた過去を持つウォリックにゲイリー・ドゥーダン、腕前を見込まれてグリッソムに引き抜かれてきた気の強い才女サラにジョージャ・フォックス、まじめで一本気、甘いマスクが災いすることもあるニックにジョージ・イーズというのがメイン・メンバー。

わきを固めるのは、彼らのよき理解者、ラスベガス市警殺人課のブラス警部にポール・ギルフォイル、検視官のロビンス医師にロバート・デヴィッド・ホール、腕はいいが陽気なオタク青年のCSI技師グレッグにエリック・スマンダという面々である。

アメリカで放送がはじまるや、『ER』『フレンズ』といった強敵を抑えてたちまち視聴率ナンバーワンの座に躍り出た。

『CSI：科学捜査班』の大成功に気をよくした制作者は、マイアミ警察のCSIをあつかった『CSI：マイアミ』を送り出し、これまた人気を集めている。現在、本国では『CSI：

科学捜査班』はシーズン5まで、『ＣＳＩ：マイアミ』につづいて、第二のスピンオフ（姉妹編）『ＣＳＩ：ニューヨーク』もはじまったばかり。

日本でも地上波や衛星放送で放映され、ＤＶＤも続々と発売されて、根強いファンを獲得している。かくいうわたしもその一人。

キーファー・サザーランド主演の異色サスペンス『24』がヒットするなど、日本でも知的エンターテインメントを楽しむ土壌ができあがっていると思える。

本書をきっかけに、テレビ・ドラマに興味を持ち、『ＣＳＩ：科学捜査班』のファンになってくれる人が増えれば、それにまさる喜びはない。

最後に蛇足を一、二。

レンタル・ビデオ店でウォリックが店員に訊《き》いていた『刑事グラハム／凍りついた欲望』はトマス・ハリス原作の『レッド・ドラゴン』の映画化で、主演はグリッソム主任役のウィリアム・ピーターセン。このタイトルを出したのは作者のちょっとしたお遊びだ。現在は『レッド・ドラゴン――レクター博士の沈黙』と改題されてＤＶＤも発売されている。

クライマックスで連邦裁判所執行官のセリフに出てくる「ルビー・リッジ事件」について――。

一九九二年、アルコール煙草火器等取締局は極右組織に浸透を図る目的で、アイダホ州ルビー・リッジに住むランディ・ウィーバーを罠《わな》にかけ無実の罪をかぶせて、スパイとして使おうとした。だが、ウィーバーはそれを拒否し、自宅に立てこもり、ＦＢＩのスペシャル・チームや狙撃《そげき》班まで出動する事件となる。結局、ＦＢＩの銃撃によって、ウィーバー家の息子、妻、友人が射殺され、ランディ自身も怪我をした。だが、その後の調査で、ウィーバー一家が発砲していないのに狙撃班が銃撃を開始していたことが判明、さらにランディたちにかけられていた嫌疑はすべて事実無根だったことまで暴かれるにいたった。しかも、事件のあとにＦＢＩが証拠湮滅《いんめつ》を謀った事実まで明るみに出た。

その翌年に起こったウェイコ事件とともに、ＦＢＩの傍若無人さと強引なやり口が世論の激しい非難を浴びた、ＦＢＩの汚点とも言える事件である。

CSI《シーエスアイ》：科学捜査班《かがくそうさはん》

ダブル・ディーラー

マックス・アラン・コリンズ

鎌田《かまた》三平《さんぺい》＝訳

角川文庫　13737

平成十七年三月二十五日　初版発行
平成二十年十月十五日　四版発行

発行者—井上伸一郎
発行所—株式会社角川書店
東京都千代田区富士見二—十三—三
電話・編集（〇三）三二三八—八五五五
〒一〇二—八〇七八
発売元—株式会社角川グループパブリッシング
東京都千代田区富士見二—十三—三
電話・営業（〇三）三二三八—八五二一
〒一〇二—八一七七
http://www.kadokawa.co.jp
印刷所—旭印刷　製本所—BBC
装幀者—杉浦康平

Printed in Japan

定価はカバーに明記してあります。

コ 12-3　ISBN978-4-04-282606-4　C0197

角川文庫発刊に際して

角川源義

第二次世界大戦の敗北は、軍事力の敗北であった以上に、私たちの若い文化力の敗退であった。私たちの文化が戦争に対して如何に無力であり、単なるあだ花に過ぎなかったかを、私たちは身を以て体験し痛感した。西洋近代文化の摂取にとって、明治以後八十年の歳月は決して短かすぎたとは言えない。にもかかわらず、近代文化の伝統を確立し、自由な批判と柔軟な良識に富む文化層として自らを形成することに私たちは失敗して来た。そしてこれは、各層への文化の普及滲透を任務とする出版人の責任でもあった。

一九四五年以来、私たちは再び振出しに戻り、第一歩から踏み出すことを余儀なくされた。これは大きな不幸ではあるが、反面、これまでの混沌・未熟・歪曲の中にあった我が国の文化に秩序と確たる基礎を齎らすためには絶好の機会でもある。角川書店は、このような祖国の文化的危機にあたり、微力をも顧みず再建の礎石たるべき抱負と決意とをもって出発したが、ここに創立以来の念願を果すべく角川文庫を発刊する。これまで刊行されたあらゆる全集叢書文庫類の長所と短所とを検討し、古今東西の不朽の典籍を、良心的編集のもとに、廉価に、そして書架にふさわしい美本として、多くのひとびとに提供しようとする。しかし私たちは徒らに百科全書的な知識のジレッタントを作ることを目的とせず、あくまで祖国の文化に秩序と再建への道を示し、この文庫を角川書店の栄ある事業として、今後永久に継続発展せしめ、学芸と教養との殿堂として大成せんことを期したい。多くの読書子の愛情ある忠言と支持とによって、この希望と抱負とを完遂せしめられんことを願う。

一九四九年五月三日

角川文庫海外作品

X-ファイル
〜闇に潜むもの
クリス・カーター
チャールズ・グラント
南 山 宏＝訳
科学では解決不能とされた怪事件簿・X-ファイルにFBI特別捜査官が挑む！ 全米で超人気ドラマシリーズのオリジナル小説。

X-ファイル〜旋風
クリス・カーター
チャールズ・グラント
南 山 宏＝訳
インディアン居住区で、牛と人間の無惨な変死体が発見された。モルダー捜査官は論理的思考の相棒スカリーと現地へ赴くが……。

X-ファイル
〜グラウンド・ゼロ
クリス・カーター
ケヴィン・J・アンダーソン
南 山 宏＝訳
核物質のない研究室で、爆発が起こった。しかし、現場からは大量の放射線が検出された。さらに同様の不可解な核事故が各地で相次ぐ……。

X-ファイル〜遺跡
クリス・カーター
ケヴィン・J・アンダーソン
南 山 宏＝訳
メキシコの古代マヤ遺跡で発掘調査隊が忽然と姿を消した。失踪者が続発するこの地では、地球外起源らしき遺物も出土していた……。

X-ファイル
〜呪われた抗体
クリス・カーター
ケヴィン・J・アンダーソン
南 山 宏＝訳
ガン研究所襲撃の裏に隠されている真実とは？ 二人の捜査を阻む影の組織の正体がいよいよ明かされる、待望のオリジナル小説、第五弾！

タイムマシン
H・G・ウェルズ
石 川 年＝訳
タイム・トラベラーが冬の晩、暖炉を前に語りだしたことは、巧妙な嘘が、いまだ覚めやらぬ夢か。「私は80万年後の未来世界から帰ってきた……」

蟻の革命
ウェルベル・コレクションIII
ベルナール・ウェルベル
永田千奈＝訳
前代未聞の殺人アリ裁判が厳かに開廷された。社会を揺るがす衝撃の結末とは！ 幻の名作と呼ばれていた待望のシリーズ完結編がついに登場！

角川文庫海外作品

シティ・オヴ・グラス
P・オースター
山本楡美子
郷原　宏＝訳
ニューヨーク、深夜。孤独な作家のもとにかかってきた一本の間違い電話が全ての発端だった……。カフカ的世界への彷徨が幕を開ける。

あいどる
ウィリアム・ギブスン
浅倉久志＝訳
情報と現実をシンクロさせるレイニーは、ホログラム「あいどる」を調査するため東京へと向った…。幻視者ギブスンによる21世紀東京の姿！

ガンスリンガー　暗黒の塔《ダーク・タワー》Ⅰ
スティーヴン・キング
池　央　耿＝訳
〈暗黒の塔〉の秘密の鍵を握る黒衣の男を追い、一人の拳銃使い《ガンスリンガー》が今果てしない旅に出る。著者自らライフワークと呼ぶカルトファンタジー超大作。

ザ・スリー　暗黒の塔《ダーク・タワー》Ⅱ
スティーヴン・キング
池　央　耿＝訳
ローランドの前に突然現れた不思議な扉は、現実世界のニューヨークとつながっていた！　三人の人間との不可思議な旅を描くシリーズ第二弾。

荒地(上)(下)　暗黒の塔《ダーク・タワー》Ⅲ
スティーヴン・キング
風間賢二＝訳
中間世界の一行に合流したジェイクが迷宮の街の地下にさらわれた。救出に向かうローランドを待ち受けるのは……。キング入魂のシリーズ第三弾。

魔道師の虹(上)(下)　暗黒の塔《ダーク・タワー》Ⅳ
スティーヴン・キング
風間賢二＝訳
暴走するサイコ列車から危機一髪で脱出した仲間にローランドが語ったのは、幼き日の衝撃的な愛の物語だった。キング初めての恋愛小説。

ヴィドック
ジャン＝クリストフ・グランジェ＝脚本
江崎リエ＝編訳
その男の顔は鏡、映った者は必ず死ぬ——19世紀のパリに実在した伝説の英雄ヴィドックが、謎の怪人と対決する驚愕のゴシック・ミステリー！

角川文庫海外作品

光の石の伝説Ⅲ パネブ転生
クリスチャン・ジャック　山田浩之＝訳

テーベとペル・ラムセスの間でファラオの座をかけた争いが繰り広げられる中〝真理の場〟では一人の勇者が命を落とした。いよいよ佳境第三巻！

光の石の伝説Ⅳ ラムセス再臨
クリスチャン・ジャック　山田浩之＝訳

孤独な勇者パネブと王妃タウセルトはエジプトの平安のために力を合わせ最後の戦いに挑む。著者が全身全霊で打ち込んだ感動巨編、ついに完結。

闇の帝国 自由の王妃アアヘテプ物語1
クリスチャン・ジャック　山田浩之＝訳

ヒクソスのエジプト侵略。悲劇の運命に翻弄されながらも気高く戦い抜いたエジプトの王妃アアヘテプの人生を、C・ジャックが蘇らせる！

リンドバーグ(上) ――空から来た男
A・スコット・バーグ　広瀬順弘＝訳

スピリット・オブ・セントルイス号が滑走路に舞い降りた！　人類初の無着陸太平洋横断飛行を成し遂げた男の人生をつぶさに追った、決定版評伝。

リンドバーグ(下) ――空から来た男
A・スコット・バーグ　広瀬順弘＝訳

膨大なデータや入念な取材から愛児誘拐事件の真相、妻とサン＝テグジュペリとの愛など、人間リンドバーグの内面を緻密に綴るドラマチック巨編。

リプリー
パトリシア・ハイスミス　青田　勝＝訳

金持ちの放蕩息子ディッキーを羨望するトムは、あるとき自分と彼の酷似点に気づき、完全犯罪を計画する。サスペンスの巨匠ハイスミスの代表作。

ジョイ・ラック・クラブ
エィミ・タン　小沢瑞穂＝訳

中国からアメリカに移住した四人の女性の希いと悲劇を描く、永遠の母娘の絆の物語。処女作にして感動の作品と絶賛された米文学の収穫。

角川文庫海外作品

双生の荒鷲
ジャック・ヒギンズ
黒原敏行＝訳
第二次大戦中、希代の天才飛行士と言われた男には、敵方に実の弟がいた……秘められた双子の兄弟の絆を描く、感涙の本格航空冒険小説。

大統領の娘
ジャック・ヒギンズ
黒原敏行＝訳
米合衆国大統領の隠し子が過激派テロリストに誘拐される。娘の命とひきかえに中東空爆を要求する敵に、元IRA闘士ディロンが立ち向かう！

神の拳(上)(下)
F・フォーサイス
篠原慎＝訳
ついに独裁者は最終兵器を完成させた。褐色の英国人将校は、独りバグダッドに潜入する！　湾岸戦争をテーマに描く、最大級スリラー。

イコン(上)(下)
F・フォーサイス
篠原慎＝訳
混迷するロシアに彗星のごとく現れた、カリスマ政治家コマロフ。だが、彼の恐るべき目論見を英情報部は見逃さなかった……超大型スリラー！

完訳 ギリシア・ローマ神話(上)(下)
トマス・ブルフィンチ
大久保博＝訳
ギリシア、ヨーロッパはさまざまな神話や伝説の宝庫である。ギリシア・ローマ・北欧の神話を親しみやすく紹介し、〝伝説の時代〟を興味深く語る。

新訳 アーサー王物語
トマス・ブルフィンチ
大久保博＝訳
六世紀頃の英国。国王アーサーや騎士たちが繰り広げる、冒険と恋愛ロマンス。そして魔法使いたちが引き起こす不思議な出来事…。

モーセの秘宝を追え！
ハワード・ブルム
篠原慎＝訳
史上最大の財宝の在処は、旧約聖書に隠されていた——。事実が小説を凌駕する、怒濤のジャンルミックス・ノンフィクション!!

角川文庫海外作品

東京アンダーワールド
ロバート・ホワイティング　松井みどり＝訳

東京のマフィア・ボスと呼ばれた男の生涯が明らかにする、日本のアンダーワールド。政府と犯罪組織の深い絆、闇のニッポンの姿がここにある！

オペラ座の怪人
ガストン・ルルー　長島良三＝訳

華やかなパリ・オペラ座の舞台裏で続発する奇怪な事件、その陰に跳梁する怪しい男……そして運命のその夜、悲劇は起こった！　不朽の名作。

マンハッタンの怪人
フレデリック・フォーサイス　篠原　慎＝訳

その醜い容姿ゆえ愛を知らなかった男が、オペラ座の歌姫に生涯一度の恋をし、惨劇は起こった。そして十三年後。二人の愛の秘密が明かされる！

聖なる予言
ジェームズ・レッドフィールド　山川紘矢＋山川亜希子　訳

ペルーの森林の中に眠っていた古文書には人類の意識変化について九つの知恵が記されていた。世界的ベストセラーとなった魂の冒険の書。

第十の予言
ジェームズ・レッドフィールド　山川紘矢＋山川亜希子　訳

霊的存在としての人類は、なぜ地球上に出現したのか。そしてこれから何処に向かおうとしているのか。世界的ベストセラー『聖なる予言』の続編。

スコーピオン・キング
マックス・アラン・コリンズ　小田川佳子＝訳

紀元前三千年。圧政をしく王を暗殺すべく送りこまれたマサイアス。伝説と陰謀に彩られた世界を、圧倒的迫力でおくるミステリ・アドベンチャー。

ロード・オブ・ザ・リング
『指輪物語』完全読本

リン・カーター　荒俣　宏＝訳

「指輪物語」のあらすじ・要点を説明し、さらに「指輪物語」を理解するために必須である「ホビットの冒険」ついても解説していく。